INFIERNO
NEVADO

Ismael Martínez Biurrun

Segunda edición: Marzo, 2015

© 2015, Sportula por la presente edición
© 2006, 2015, Ismael Martínez Biurrun
© 2015, Ismael Martínez Biurrun por la traducción de la carta de
H. P. Lovecraft

Ilustración y diseño de cubierta: © 2015, Isabel González

ISBN: 978-84-15988-73-1

SPORTULA
www.sportula.es
sportula@sportula.es

SPORTULA y sus logos asociados son marca registrada de Rodolfo
Martínez

ÍNDICE

PROEMIO

Durante doce años he vivido en paz al abrigo de mi locura. Doce años desde que los soldados encontraron mi cuerpo magullado en aquella cañada nevada del Summo Pirineo, con los dedos de los pies ya más negros que lívidos y los ojos abiertos con la expresión ausente de los muertos. ¿Por qué no me dejaron allí? ¿Acaso les pedí que me resucitaran? Malditos, malditos sean para siempre los que me salvaron cuando ya acariciaba la cálida oscuridad de la no existencia. ¿Cómo no iba a enloquecer? Cuando el alma de un hombre ha quebrado de espanto y ya no soporta ni la sola contemplación de su memoria, la locura se convierte en la única opción sensata para sobrevivir, si es que puede llamarse vida a la persistencia de un cuerpo sin espíritu.

Soy sincero al decir que no simulé mis ataques, ni exageré al levantar mi voz cuando los médicos griegos me acosaban con sus preguntas. Nunca he tenido madera de histrión —aunque todos me reconocían una sensibilidad especial que ahora me mortifica—, pero confieso que la demencia me embriagaba muy placenteramente. Cuanto más me alejaba de mí y de mis recuerdos más cerca estaba de encontrar soportable mi vida; la tranquilidad solo podía hallarla en la inconsciencia absoluta.

Así pues acepté mi condición de loco con algún entusiasmo, aunque mi trastorno no era tal como para desconocer el siniestro destino que la gloriosa Roma depara a enfermos como yo. Por eso abusé de la protección de mi padre hasta que murió y tuve que abandonar la casa familiar de Capua, por no quedarme al amparo de mis abyectos hermanos. De él me quedó una exigua asignación con la que todavía pago este cochambroso cenáculo en lo más oscuro del Aventino. ¡Qué sórdidas habrían sido mis noches aquí sin la compañía de Ennio! Ay, pero su hermosura y sus poemas nada podrían consolarme en esta noche de insomnio... No, mejor que no vuelva esta noche a casa, o él también me tomará por loco.

Os digo que Roma me acogió con su cara más miserable, y por un tiempo tuve la impresión de que mi demencia encajaba maravillosamente con la frenética locura de la ciudad hasta hacerme pasar desapercibido. Pero en más de una ocasión he caído invocando el nombre de Pompeyo en la calle, en las termas o en el foro, cuando las burlas y los empujones de algún ciudadano poco avisado herían demasiado mi orgullo. «¡Soy Lucio Celio Rufo, veterano de Hispania!», gritaba, y ya nadie se arriesgaba a tocarme por temor a que mis palabras fueran ciertas. Así protegía mi alma moribunda de la humillación, sí, pero cada vez que me parapetaba tras la gloria de mi pasado legionario, siquiera por un fugaz instante, todo el cuerpo se me cobraba un tributo en forma de estremecimiento helado que me sacudía entero, y me entraban ganas incontenibles de gritar y correr como un lunático, huyendo de mi propia sombra hasta que el cansancio me obsequiara con un desvanecimiento. Así alimenté mi propia fama de perturbado hasta convencerme a mí mismo de que lo estaba, y no siento rubor al reconocer que fue entonces cuando encontré la paz que andaba buscando. Domestiqué mis visiones de muerte como simples ocurrencias de loco y a mis recuerdos llamé fantasías sin sentido; incluso mis horribles pesadillas parecían conjurarse con una sola caricia de Ennio. Doce años...

Ahora, a la luz de este candil y en el silencio de la noche, siento que todo este tiempo el horror ha permanecido agazapado en el fondo de mi memoria, como un murciélago dormido en una recóndita grieta que espera al crepúsculo para desplegar sus alas. ¿No escucháis su aleteo ahora? Si hasta hoy no he sido un loco mañana lo seré sin duda, suponiendo que sobreviva a esta noche. ¿Y por qué estoy escribiendo? Debe ser un puro acto reflejo, quizá para amortiguar mi ansiedad, ya que la única persona que podría creerme ha muerto hace unas horas. ¡Qué larga puede hacerse una noche! Será el miedo a más noches como esta lo que me impulsa a escribir mi sentencia de muerte, porque de ninguna otra forma se puede llamar a esta carta. Si los agentes de Pompeyo no me encuentran yo mismo iré a buscarles al amanecer; subiré al foro y contaré a los ciudadanos qué fue de la Quinta Cohorte de Olcairun. Les hablaré de la nieve, de los tambores en la noche, de la cueva sin fondo... Y les hablaré del hombre más bravo que ha pisado nunca el suelo de Roma, Arranes el vascón. Hablaré y puede que se rían de mí hasta que algún encapuchado se acerque y haga callar mi garganta con la espada. Entonces sabrán que no mentía.

Pero eso será mañana. Ahora es momento de empapar mi pluma en tinta y tomar aliento para convertir en palabras los recuerdos que hierven en mi cabeza. Empezar siempre da vértigo cuando la empresa es larga y promete dolor, pero el amanecer está cerca y no me queda tiempo para vacilar. Os contaré mi historia tal y como vive en mi memoria, remendando con la imaginación los agujeros que hayan podido horadar en ella el tiempo y la senectud, que no la locura. Pues todo en esta historia es tan cierto como que acaba de aullar un perro bajo este mismo balcón.

Y no hay otro modo de empezarla que por el hombre cuya vida ha sido sacrificada por mi culpa, por el simple hecho de tropezarme con él y reconocerle, cuando ambos habíamos encomendado nuestra supervivencia al dios del olvido.

No han pasado ni seis horas.

Cuando el sol se está ocultando por detrás del Palatino y las calles empiezan a vaciarse suena cada día la campana de los baños de la Puerta Querquetulana. No son unos baños grandes ni fastuosos, y su uso diurno ha quedado restringido para mujeres desde hace tiempo, pero son los únicos que al anochecer vuelven a abrir sus puertas para los mutilados del ejército. ¡Así trata Roma a los que llevan su historia gloriosa escrita en la piel! Como engendros tienen que esperar a la oscuridad para que los sensibles ojos del ciudadano no se escandalicen de su desnuda tullidez, ¡necios ingratos! Así, a la hora duodécima se forma un esperpéntico desfile de sombras contrahechas que renquean por las callejuelas más oscuras hacia los baños, una dolorosa procesión de almas ansiosas por recuperar su dignidad a base de vapores y restregaduras. Algunos privilegiados tienen un esclavo sobre el que apoyarse mientras alumbra su paso con la antorcha, pero los de auténtica fortuna disponen de baños propios y nunca se les ve mezclarse con la escoria.

Mi caso es particular. Solía frecuentar las termas del centro con naturalidad, puesto que nada hay desagradable en mi cuerpo fuera de una prematura marchitez y el vacío que dejaron mis cuatro dedos del pie izquierdo, muertos de frío en el corazón del Pirineo; pero una tarde algo debió hacerme perder la cabeza y estallé en gritos provocando gran alboroto. De inmediato me echaron a patadas y prohibieron mi entrada en adelante tomándome por demente peligroso. ¡Si ellos hubieran visto lo que vi yo, aleteando en el fondo de la piscina!...

Al cabo de las noches acostumbré mi mirada a todo tipo de mutilaciones espantosas y pude empezar a disfrutar de mis baños en las termas de los veteranos casi como si estuviera solo. Después de todo nunca nos juntábamos más de dos docenas por noche, y moviéndome con cuidado podía terminar mi aseo sin haberme rozado con ninguno de ellos. Pero anoche me llevé una gran sorpresa.

Acudí algo más tarde que de costumbre, habiéndome entretenido en alguna lectura, pero confiado en que las lluvias de la tarde hubieran disuadido del baño a los más inválidos. Al doblar la última esquina me topé con una silenciosa multitud que colapsaba la entrada de las termas; cien, ciento cincuenta veteranos bien vestidos y la mitad de esclavos sosteniendo antorchas a su lado, esperando serenamente el aviso de la campana.

—¿Qué pasa? ¿Quiénes son? —pregunté a un cojo habitual que reconocí a mi lado.

—Pompeyo ha licenciado a su ejército —confió en un susurro.

Había oído hablar de los éxitos del general en Oriente y de los increíbles tesoros que traían sus barcos, pero ahora mis ojos podían atestiguar esos triunfos en los ornamentos relucientes de sus veteranos: brazaletes de oro, togas de chillones colores y collares abigarrados de regiones remotas... Una posposidad demasiado inapropiada para el baño pero imprescindible para marcar las diferencias con los demás tullidos, aunque los miembros cercenados fueran igualmente feos bajo el manto o la ausencia de brazos obligara a un pliegue virtuoso de dicha prenda sobre los hombros.

¡El ejército de Pompeyo!, me excité súbitamente. ¿Quedaría alguien de...? No, no, mejor no pensarlo siquiera. Agaché la cabeza y cuando sonó la campana esperé a que todos entraran por delante de mí, incapaz de enfrentarme a las miradas de aquellos hombres. Tentado estuve incluso de regresar corriendo a mi casa para sumergirme de nuevo en mis lecturas griegas, y ahogar en ellas la visión de aquellos soldados antes de que desatara la furia evocadora de mi memoria. Pero ya era tarde, y una inconsciente curiosidad me arrastraba tras ellos como un remolino hacia el fondo del río, sin dejarme opción a la resistencia.

Los vestuarios se quedaban estrechos para tanto bañista y estaban tenuemente iluminados como el resto de las instalaciones, por lo que desvestirse resultó un proceso harto incómodo para los pompeyanos a pesar de la ayuda de sus esclavos. No escuché sin embargo una protesta ni una mala palabra salir de sus bocas, como si el sentimiento de miseria les fuera más soportable en silencio. Los bañistas habituales nos despojamos con mayor rapidez de nuestras sencillas túnicas y fuimos los primeros en enfilar hacia los sudatorios. Pronto se formó corrillo en una esquina y me acerqué para escuchar sus animados murmullos, mientras nuestros cuerpos se calentaban con los vapores.

—¿Habéis visto qué aires se dan? —decía uno.

—¡Parece que van a un banquete! —reía el otro.

—Hasta los héroes tienen que venir a bañarse aquí. ¿Qué va a ser de Roma? —reflexionaba un tercero.

Cuando los veteranos comenzaron a entrar todas las voces se callaron y el golpeteo de las muletas contra el suelo de terracota adquirió un eco siniestro en la bóveda del caldario. Noté alguna mirada posarse en mi cuerpo, sin duda intrigada —y diría que ofendida— por su aparente integridad, e instintivamente reculé hasta un recoveco oscuro. La sola idea de que uno preguntara mi nombre me llenaba de terror, e incluso ideé mentiras para responder si eso sucedía; de nuevo mi pasado en la Legión regresaba para sojuzgarme.

Desde mi escondite observé a los legionarios durante largo rato, y aunque la penumbra no me permitía distinguir los rostros creí notar en todos ellos una misma expresión de amargura y rabia contenida. Algunos mandaron a sus esclavos frotar su espalda con las estrígilas, pero o bien la impericia de los siervos o bien el sentimiento de invalidez terminaban por irritarlos y pronto exigían que parasen.

Fue cuando un grupo se levantó para cruzar hacia el tepidario que mi mirada se fijó en un hombre robusto y barbado que caminaba con cierta majestad entre los demás. Me costó distinguir la amputación en su brazo derecho, a la altura del codo, y por buscar su tara no tuve tiempo de escrutar su rostro; pero algo misterioso en él había llamado poderosamente mi atención, y me levanté para andar tras él.

Pocos se atrevían a zambullirse en la piscina del frigidario, no tanto por la gelidez del agua —que era considerable tras las lluvias vespertinas— como por el miedo a trastabillar y quedar en el líquido a merced de sus mermados miembros; así que se sentaban en silencio sobre el mismo borde, sumidos en sus pensamientos miserables, hasta que el tiritar de su cuerpo se hacía incontenible y decidían marcharse a por sus ropas. Pero el hombre de barba negra no dudó en descender los escalones de la piscina y sumergirse en ella hasta el cuello, sin un solo gesto de vacilación ni un sutil escalofrío, y con la impasible solemnidad de un Neptuno comenzó a atravesarla caminando.

Demasiado tarde para la luz del sol y pronto para la de la luna, mis ojos tuvieron que bastarse con las teas de las paredes para distinguir el perfil de aquel hombre en el agua. ¿Por qué me producía tanta inquietud ese manco? ¿Acaso lo había conocido en mis tiempos de escribano? ¿Era un veterano de Hispania como yo? Me acerqué unos pasos hacia él cuando salió por el otro extremo de la piscina, embargado por el secreto que se ocultaba en aquel rostro barbudo. ¡Las barbas, claro, eso era lo que no encajaba! Más cerca, y bajo el parpadeo de un hachón cercano, traté de imaginar su rostro anguloso sin la tupida mata que lo escondía. Tanto debía pesar mi mirada que el hombre se volvió de súbito hacia donde yo estaba, y sus ojos claros se clavaron en los míos con desconfianza. Entonces le reconocí.

—¿Fi... Filipo? —tartamudeé, estremecido.

El legionario dio un paso y por un momento pensé que me iba a golpear, pero simplemente escudriñó mi rostro y preguntó con voz profunda, casi desafiante:

—¿Quién pregunta por él?

—Soy yo... —me llevé la mano al pecho, y noté el latido furibundo de mi corazón al hablar—. Celio Rufo.

Una niebla de desconcierto enturbió su expresión durante un instante, como si tuviera que bucear mil pies en su memoria para encontrar sentido a mi nombre. De pronto su rostro mudó, y como si un demonio lo hubiera vaciado de alma sus ojos se ensombrecieron y su aplomo viril dio paso a un temblor inseguro en sus piernas. Trastabilló hacia atrás y estuvo a punto de dar con el suelo, sin quitarme la mirada como quien no puede apartar sus ojos de una aparición.

—Filipo... —lo llamé sin alzar la voz, y di un paso hacia él para sujetarlo, pero se sacudió mis dedos de encima como si quemaran y balbució entrecortadamente:

—No... te equivocas. Déjame.

Me dio la espalda para apresurarse hacia los vestuarios, con la cabeza gacha y el paso atropellado de un ladrón sorprendido en la noche. ¡Era él y me había reconocido, ya no podía dudarlo! ¿Qué mejor prueba que aquellas prisas para huir de mí con solo saber mi nombre, tal que de un mensajero del mismísimo Hades?

No quise gritar por no armar alboroto, pero lo seguí discretamente con intención de no dejarlo escapar. Temí que si lo perdía entonces ya nunca volvería a verlo; ¡o quizás él me buscase una noche para degollarme! Tenía que hablar con Filipo antes de que tuviera tiempo para comprender el peligro que le suponía mi existencia.

En los vestuarios se apretujaban los más prestos en terminar y los más rezagados en llegar, veteranos borrachines que miraban a los pompeyanos con ojos como platos mientras se desnudaban. Divisé a Filipo haciéndose vestir por un esclavo fornido y melenudo en la otra esquina de la sala. No era el momento. Busqué mi túnica y mis sandalias entre el rebujo de ropas y me apresuré a colocármelas sin dejar de vigilar los movimientos de Filipo. Nuestros ojos se encontraron dos veces, pero él los apartó con urgencia temiendo un gesto mío.

En cuanto lo vi cruzar las puertas acompañado por su esclavo salí tras él, sabedor de que unos metros de ventaja podían bastarle para escabullirse de mí en las sombrías callejuelas de Roma. Tuve que abrirme paso a empellones para poner el pie en la calzada, justo a tiempo de ver el fulgor de su antorcha perdiéndose tras una esquina. Corrí a su encuentro, y esta vez no dudé en gritar:

—¡Filipo! ¡Legionario Cayo Filipo!

Había empezado a llover de nuevo y el ímpetu de mi carrera me hizo resbalar sobre el barro cuando quise torcer la calle. Al alzar la vista del suelo me encontré con el filo curvo de una larga cimitarra ante mi rostro.

—*Centurión* Filipo —corrigió la voz profunda que sostenía el sable en la oscuridad. Cuando el esclavo nórdico se acercó con la antorcha y pude ver los dientes apretados de Filipo pensé que había llegado la hora de mi muerte, pero el afilado metal permaneció allí quieto un instante, salpicando gotas de lluvia en mis mejillas, y luego se apartó. Sin duda Filipo sintió conmiseración de mi patética vulnerabilidad, tirado e inerme en el barro—. ¿Por qué me sigues?

—¿No te acuerdas de mí? Soy Celio Rufo, el escribano.

—Ese nombre no me dice nada —mintió, devolviendo el sable a su sirviente.

Pensé con rapidez, y le reté:

—¿Cómo perdiste el brazo?

—Un pirata me lo segó de un hachazo antes de que yo le rajara el cuello con la otra mano —respondió con el cansado aplomo de una historia contada mil veces.

—Mientes —repliqué envalentonado—. Lo perdiste mucho tiempo antes, en Hispania.

—Estás loco. —Rió y volvió a darme la espalda para marcharse, pero de nuevo sentí que lo había hecho temblar por dentro. Me incorporé del barro para gritarle mientras se alejaba calle arriba:

—¡Sí, eso dicen todos! —Me carcajeé como un demente—. ¡Y será verdad, pues nadie más ha oído hablar de ningún tribuno llamado Arranes ni de ningún Pueblo Antiguo en las montañas del Pirineo!

Filipo se detuvo en seco. Ya no necesité gritar para mantener su atención prendida de mis palabras:

—Cuántas veces he lamentado no tener una señal en mi cuerpo para atestiguar la veracidad de mis palabras, una raja en el pecho o un brazo segado que me demostrara cada mañana que no fue un sueño lo sucedido en aquella gruta de pasadizos infinitos... Aunque quizás habría terminado inventando una historia más conveniente para evitar las burlas y engañarme a mí mismo, ¿verdad, Filipo?

El veterano se giró, su miedo súbitamente transfigurado en ira, y regresó junto mí en cuatro zancadas. Agarró mi túnica con su musculoso brazo izquierdo y me zarandeó como un saco escupiéndome al rostro:

—¿Acaso no crees que he luchado contra los piratas cilicios y más allá de Chipre, en las tierras de Oriente? ¿No sabes que era temido entre mis propios soldados por ser el centurión más sanguinario de la Legión? —Me mostró su brazalete con inscripciones—. ¿Por qué crees que llevo esto en mi puño? ¡El mismo

Pompeyo *el Grande* me lo dio por mi coraje y mi crueldad en la batalla!

Una voz senil protestó desde una ventana por el griterío y Filipo me soltó, arrojándome de nuevo al lodo.

—¡Por supuesto! —recuperé mi voz, aún más seguro—. Así como yo amordacé mi memoria con locura, tú has ahogado la tuya en sangre de bárbaros, convirtiéndote en un asesino. Pero sigues siendo el mismo Filipo que conocí en Hispania, y los dos somos pruebas andantes de lo que ocurrió allí aunque nuestras bocas no digan más que mentiras.

La silueta de Filipo se alzaba ominosa sobre mí como una sombra ciclópea a punto de devorarme, pero intuí una vacilación en su silencio. Su espíritu era después de todo tan vulnerable como el mío.

—Tú lo has dicho —habló al fin, pausadamente—: soy un asesino. Y si vuelvo a verte o me entero de que has ido contando historias por ahí te buscaré para matarte con mis propias manos.

Y dicho esto regresó junto a su esclavo para desaparecer calle arriba, sin mirar atrás.

¡Como si me importara algo morir a estas alturas! La muerte para mí era ya más una esperanza de paz eterna que una amenaza innombrable, y este mismo desapego a la vida, que no la lealtad a ningún *gran* general, era sin duda el que había convertido a Filipo en el más temerario de los guerreros. ¿Cómo pudo subestimar tanto mi desesperación y darme la espalda? ¿No vio en mis ojos que jamás lo dejaría marchar, porque hablar con él ya se había convertido en lo único con algún sentido que me quedaba por hacer?

Esta vez lo seguí de bien lejos, asegurándome de que no me sintiera detrás. Recorrió unas callejuelas embarradas siguiendo el paso firme de su esclavo pendiente arriba y pronto se detuvo ante el zaguán de un pequeño edificio del Esquilino. Recuerdo que al verlo entrar pensé desde mi escondite en las sombras en cuán desagradecido había sido Pompeyo con aquel soldado después de todo, concediéndole una miserable casa —aunque una planta baja, no un elevado cenáculo como el mío— en las tripas de Roma en lugar de una generosa posesión de tierras en los dominios. Quizás el general prefería mantener cerca a sus veteranos más fieles por lo que pudiera suceder, o quizás Filipo había elegido venir a Roma para acallar sus pesadillas en el estruendo de la ciudad, como yo hice.

Aguardé largo rato allí de pie, dejando que la lluvia terminara de empapar mi túnica y cada rincón de mi piel, hasta que la luz de la lámpara pareció extinguirse dentro de la casa. Entonces conté hasta cuarenta y luego hacia atrás, dando tiempo para que el sueño se hiciera con el esclavo. Ignoraba si Filipo habría vuelto a encontrar alguna placidez en el dormir desde Hispania —¿soñando quizá con bárbaros ensartados y decapitados?—, pero sin duda aquella noche le costaría hallarla. No obstante me bastaba con sorprenderlo con la guardia baja…

Con la única luz de la luna me llegué hasta su ventana y comprobé que no estaba atrancada. Entorné la hoja de madera lo suficiente para poder deslizar mi cuerpo en el interior, silencioso y con la cabeza por delante como una serpiente. Tal como suponía, el mostrenco esclavo dormía en aquella sala sobre el mismo suelo, mientras que Filipo disponía de un dormitorio al resguardo de los ruidos y el frío más adentro. Apenas podía distinguir el bulto informe de aquel hombre en el suelo y si no hubiera roncado pesadamente no habría sabido en qué extremo se encontraba su cabeza. El infeliz estaba a mi merced.

No os he dicho que todo este tiempo llevaba una daga oculta bajo mi túnica, para que no pensarais que mis manos están acostumbradas a empuñarla y a derramar sangre con naturalidad. Mas si conocéis Roma no debe extrañaros que un desgraciado como yo vaya armado cuando pasea solo por la noche; más de una vez los borrachos me han dejado desnudo en mitad de la calle, por no tener un arma con que disuadirlos.

Y allí estaba yo, tiritando de frío y con mi daga temblorosa sobre el cuello de la gigantesca mole, dispuesto a darle muerte en sueño como a un indefenso cordero… Cuando una voz musitó a mi espalda:

—No lo hagas.

Di un respingo tan violento que la daga se escurrió de mi mano sobre el pecho del esclavo, y me volví para ver a Filipo sosteniendo una lámpara de aceite en el umbral de su dormitorio. No iba armado ni se abalanzó hacia mí; al contrario, parecía sumido en una extraña laxitud.

—Es un buen esclavo —continuó sosegadamente—; y mi único amigo en Roma. Además, tú no eres un asesino. —Resopló una risa—. Te cortaría en seis pedazos antes de que le afeitaras un pelo. Ven conmigo y déjale que sueñe con la libertad hasta el amanecer.

Filipo volvió a entrar en su dormitorio y yo lo seguí, sintiéndome muy ridículo. Ni siquiera me atreví a recoger el puñal del pecho del esclavo, que se inflaba y desinflaba como un fuelle, totalmente ajeno a nuestro trasiego. Aparté la piel que hacía las veces de puerta y encontré a Filipo reclinado en su espartano lecho junto a un artilugio de cristal que al principio no reconocí. Un humo aromatizado flotaba en la estancia, como de hierbas embriagantes, y comprendí su procedencia cuando Filipo se llevó a los labios —con notable mérito, pues lo manipulaba con el mismo brazo que lo mantenía incorporado— una cánula emboquillada para aspirar de la cazoleta burbujeante; se trataba de una suerte de pipa gigante, con toda probabilidad traída de Oriente.

—¿Quieres? —me ofreció—. Nunca habrás probado nada igual.

Tal era su expresión de plácido abandono al exhalar el humo que no pude resistir su invitación, a pesar de que siempre me he mantenido lejos de los opiáceos por considerar que mi locura ya me proporcionaba suficiente evasión de la realidad. Me recliné en la cama de al lado, cabeza con cabeza, y tomé la boquilla de su mano para fumar.

Una cálida nube inundó mis pulmones y me esforcé por mantenerla allí un tiempo, sintiendo el efecto de las exóticas hierbas filtrarse en mis músculos, adormeciéndolos. ¡Cómo lo necesitaba!

—Estás mojado —observó Filipo, inesperadamente preocupado por mi bienestar—. ¿Quieres ropa seca?

—El frío que tengo está más adentro de mi piel.

El manco asintió juiciosamente y dejó que le diera de fumar acercando su boca a mi mano. Por su embriaguez deduje que lo había estado haciendo todo el tiempo que yo esperaba bajo la lluvia. Tras exhalar el humo muy despacio volvió sus ojos hacia los míos y con una infinita tristeza me preguntó:

—¿Por qué sobrevivimos, Celio?

Un estremecimiento hizo que estuviera a punto de caérseme la boquilla de los dedos. Pero, ¿por qué me asustaba ahora? ¿No había seguido a Filipo para que me ayudara a desenterrar y conjurar los fantasmas del pasado?

—No lo sé —respondí, luchando para que los ojos no se me llenaran de lágrimas—. Me lo he preguntado cientos de veces y aún no lo sé. A veces pienso que debería haberme quitado la vida en el mismo momento que desperté en la nieve, y sin embargo aquí estoy doce años después. Lo que queda de mí, un loco que no sirve mas que para la compasión, cuando no la burla.

Filipo bajó su mirada hacia la lámpara de aceite, en el suelo, como si en su llama pudiera ver palpitar las imágenes de su memoria.

—Lo recuerdo todo como si fuera ayer —masculló, apretando los dientes—. Ni con el sufrimiento y el ardor de todas estas guerras he conseguido borrar uno solo de los momentos que pasamos aquellos días. En cada batalla, en cada escaramuza he deseado secretamente que una espada enemiga atravesara mi pecho y pusiera fin a mis pesadillas, pero los dioses han sido crueles conmigo haciéndome invencible.

—Querido Filipo, no sabes qué bien te entiendo.

—Cuando te he reconocido en los baños… —continuó sin levantar la cabeza—. He sentido el impulso de lanzarme sobre ti y vengar en tu carne todo mi dolor… Y al mismo tiempo… una luz se ha hecho en mi alma, como si una esperanza se abriera para mí, aunque me da miedo solo intuirla… ¿Cómo explicarlo?… Tal vez seamos en verdad dos locos.

Alzó el rostro de nuevo y pude ver la profundidad de su terror en los ojos.

—¡No! —grité, incorporándome en el catre—. ¡Yo he sentido lo mismo! Es la esperanza de recuperar nuestra alma, Filipo, la que perdimos en aquella cueva. Solo entonces podremos encontrar la paz… Aunque sea la paz para morir.

Vi un nudo hacerse en su garganta; acababa de abrirse un abismo bajo nuestros pies y los dos ansiábamos caer en él, pero el vértigo… el vértigo de recordar…

—¿Y qué podemos hacer? —su voz temblaba, quizá porque conocía la respuesta.

—Nada —me encogí de hombros—. Solo nos quedaremos aquí un rato, charlando. Quizás eso sea suficiente.

No sé cuánto tiempo permanecimos así en silencio, fumando. El murmullo de la lluvia al otro lado del muro. El borboteo del agua dentro de la pipa. Los latidos de mi corazón en las sienes. Nuestra respiración profunda y sobrecogida.

Empezamos a hablar.

I
EL FUERTE DE OLCAIRUN

La guerra contra Sertorio continuaba sin dirimirse después de casi dos años de lucha en Hispania, y a la celebración de cada batalla vencida seguía siempre el abatimiento por otra perdida. Ya se hablaba de diez mil muertos en las tres legiones traídas por Pompeyo a través de Alpes y Pirineo, y una profunda desazón comenzaba a enquistar los bravos corazones de los soldados al ver que sus disciplinadas formaciones nada podían hacer contra las escaramuzas tramposas del ejército de Sertorio. El general rebelde había sabido atraerse a numerosas tribus indígenas al norte y al sur del río Ibero, y con ellas sus sucias técnicas de lucha montañesa. A esta inesperada dificultad se sumaba una acuciante escasez de trigo en toda la región, fruto de nuestra propia desmesura a la hora de esquilmar los suelos hispanos durante la contienda. Por eso Pompeyo, nombrado procónsul por un Senado necesitado de grandes hombres, no concebía otra manera de regresar a Roma que no fuera entre los clamores del triunfo, y decidió acuartelar su ejército antes de los idus de octubre para recuperar fuerzas y aguardar al envío de trigo desde Aquitania, donde había ascendido a esperar el invierno su colega el procónsul Metelo Pío.

Siguiendo el consejo de su lugarteniente, un tribuno de origen vascón llamado Arranes, Pompeyo eligió la tranquila aldea de Olcairun para establecer su fuerte, en el límite occidental de la Tarraconense con Aquitania. Objeto de oscuras leyendas como los astures y los galaicos al oeste, los vascones se habían demostrado un pueblo pacífico y algo timorato, incapaz de levantar sus rústicas espadas contra la maquinaria militar romana de uno u otro bando. Solo su inveterado odio hacia los celtíberos del sur, aliados sanguinarios de Sertorio, y la presencia de Arranes en las filas de Pompeyo habían terminado por inclinar sus simpatías hacia el lado del procónsul *Magno*. Pero los rostros silenciosos de los lugareños no expresaban bienvenida sino inquietud y desconfianza el día de nuestra llegada, asomados a sus chozas de adobe para mirar a los legionarios construir la gran muralla del fuerte. Y su congoja se entiende fácil: no más de cien familias habitaban la brumosa Olcairun cuando Pompeyo mandó acampar a su vera a los veinte mil hombres que integrábamos su ejército. El terreno ocupado por el fuerte, con sus barracones, sus establos, su hospital, su comandancia, sus baños, sus graneros, sus talleres y su patio de armas, era unas diez veces más extenso que el de la aldea vascona, sin contar los pequeños cultivos que se diseminaban a su alrededor. Todo el emplazamiento estaba naturalmente protegido por un río que lo bordeaba excepto en su lado suroeste, donde los ingenieros reemplazaron la empalizada de los indígenas por otra de grandes bloques de piedra. Fueron miles los árboles talados para la construcción y docenas los huertos removidos que hicieron morderse la lengua a más de un aldeano; pero ninguno de ellos, hombretones de recia barba y pantalones al estilo galo, se atrevió a alzar un solo reproche.

Tenían fe en la sangre vascona de Arranes, aunque el fulgor de su uniforme —del que nunca se despojaba en las horas diurnas— impedía olvidar que se trataba de un soldado romano, y por tanto un extraño. Ni siquiera los ancianos de la aldea sabían a qué atenerse con él, pero lo respetaban por ser hijo de un noble llamado Arbiscar, principal de la ciudad sureña de Segia. Nada habían oído del joven Arranes desde que se alistó en la Turma Salluitana para apoyar a Pompeyo Estrabón en las guerras itálicas, salvo que el general lo había honrado con la ciudadanía romana por sus méritos tras la victoria. Y catorce años después aún se cuidaba de ostentar dicha distinción con orgullo: nunca faltaban el cornículo sobre su casco, la armilla en su brazo ni la falera en el arnés de su caballo. Semejante panoplia, unida a su recortada barba romana y sus dificultades para expresarse ya en la tosca lengua vascona, lo dotaban de una aureola misteriosa casi legendaria, como si el haber luchado en tierras remotas le confiriese poderes divinos. Y él, que quizá tenía en la vanidad su único pecado, se regodeaba discretamente de esta admiración silenciosa y atemorizada de los aldeanos.

Yo mismo, que conocí a Arranes apenas dos años antes de aquel otoño, comparto ahora ese sentimiento de prosternación al recordarle, y aún lo multiplico por diez, aunque mis razones provienen precisamente de lo que sucedió ese noviembre, cuyos únicos testigos fueron mis ojos y los de un infausto grupo de legionarios. Pronto entenderéis mis palabras...

La razón por las que Arranes me escogió como escribano personal a pesar de mi juventud, cuando Pompeyo recibió la orden de enfilar su ejército hacia Hispania, no puede ser otra que su afán por empaparse de mis conocimientos sobre la épica griega, que me atrevo a calificar de profundos. Tarea que asumí encantado, ya que, aunque solo por imposición de mi padre abandoné mi toga de maestro para unirme a la Legión, el vascón me parecía un hombre lleno de misterios y su insaciable curiosidad —más insólita si cabe por ser soldado— me estimulaba enormemente para aleccionarlo.

También es cierto que no gustaba mucho de conversar; atesoraba sus pensamientos en la cabeza bajo siete llaves, de modo que me era imposible interpretar aquellos largos silencios en los que se sumía cada vez que yo terminaba una de las lecturas, al anochecer en nuestra tienda de oficiales. ¿Qué tramaba? ¿Qué recordaba? Cuanto más insondables se hacían sus miradas más me fascinaban, hasta el punto de que me pasaba todo el día esperando con impaciencia el atardecer para quedarme a solas con él y retomar nuestras lecciones. Nunca me tomó como amante, ni yo me insinué jamás a pesar de que cada pelo de mi piel se encrespaba cuando hablaba con su voz grave y arrastrada; tal era mi respeto hacia él.

De su vida solo quiso contarme lo que ya me habían contado otros: luchó como jinete en Ausculum y después permaneció en el ejército de Estrabón hasta el asedio de Roma por Cinna y Mario. Allí corrió mejor suerte que su general y sobrevivió a la peste, para librarse después de las venganzas políticas gracias a Gneo Pompeyo, hijo de Estrabón y el hombre a quien consagraría ya el resto de su vida como oficial. La fortuna no abandonó al joven Pompeyo desde que se arrimó sabiamente a la sombra del dictador Sila, y pronto sus victorias lo encumbraron como héroe del pueblo romano y seguro candidato para un próximo consulado. Así Arranes, por quien Pompeyo sentía una especial predilección por haber acompañado a su padre en las últimas horas, combatió también en Sicilia y África, disfrutó de los honores del triunfo por las calles de Roma y se convirtió en la mano derecha del entonces propretor, primero como decurión y luego como tribuno ecuestre, cuando ya rondaba los treinta y cinco años.

Y sin embargo estoy convencido de que el mismo Pompeyo, después de todo ese tiempo, no se sentía menos intrigado por Arranes que el mismo día en que lo conoció, y encontraba sus silencios meditabundos tan inextricables como lo eran para mí. Fueron aquellos fríos días de otoño en Olcairun cuando por primera vez empecé a vislumbrar lo que se escondía detrás de la mirada sombría del vascón; y sus sueños se revelaron proporcionados a la grandiosidad que yo auguraba para él...

He dicho que los aldeanos contemplaban a Arranes con atemorizado respeto, pero había una escandalosa excepción: un chiquillo de pelo pajizo llamado Neko irrumpía cada tarde en el campamento, después de ayudar a su madre con los animales de la granja, en busca de algún legionario que quisiera cambiarle un trozo de queso, unos huevos o unas setas por cualquier bagatela del uniforme. Tales trueques eran estrictamente castigados por los centuriones, de manera que el pobre Neko se tenía que conformar con empuñar alguna espada o calarse un yelmo durante el rato que su propietario tardaba en deglutir el aperitivo, escondidos en un barracón; otras veces había más suerte y salía del taller con una herradura sobrante o una pieza desechada de coraza para sus juegos.

Belartze era el nombre de su madre, una mujer de roma hermosura, sangre caliente y mirada digna, hija del anciano patrón Osaba Biurno. La misma tarde de la llegada de la Legión a Olcairun, Arranes presentó sus respetos a Osaba en nombre de Pompeyo, y desde entonces no había pasado ni un día sin que visitara su casa para informarlo de las noticias o charlar sobre sus antepasados comunes. Asistí a todas aquellas reuniones con pluma y pergamino dispuesto a transcribir sus palabras hasta donde pudiera, lo que no era mucho ya que a menudo alternaban el latín con su lengua bárbara y me resultaba imposible seguir su conversación; al cabo de unas semanas, empero, comprendí que a mi tribuno le importaban poco mis anotaciones porque no eran las fatigosas charlas con el anciano las que le movían a visitar aquella casa…

Recuerdo que una tarde el pequeño Neko nos acompañó a Arranes y a mí desde el campamento hasta la casa de Osaba, dando saltos, corriendo y parloteando sin descanso a nuestro alrededor.

Arranes intentaba sonreír, le revolvía el pelo, y sin duda apreciaba al crío, pero se lo notaba incómodo. ¿No era una ironía? Un hombre que había formado su carácter cortando gargantas en el campo de batalla, cohibido por el natural descaro de un niño.

Desde luego, Neko no era el único que se había sentido atraído por el campamento romano; a sus puertas siempre aguardaba una multitud de campesinos venida de los pueblos cercanos para comerciar con todo tipo de géneros. Los más avispados llegaban de la ribera del Ibero y ya estaban acostumbrados a usar moneda romana en sus negocios, pero poco pudieron abultar sus bolsas a costa de las tropas de Pompeyo. A pesar del racionamiento al que nos obligaba la escasez de víveres, el procónsul no estaba dispuesto a malgastar ni un solo as, y alentaba a los legionarios con promesas de los manjares que nos llegarían desde Aquitania. Pero las barrigas seguían rugiendo y algunos comentaban por lo bajo cuán fácil resultaría para una sola cohorte saquear todo el pueblo y las granjas cercanas; Pompeyo no necesitaba el consejo de Arranes, en este caso, para entender la inconveniencia de violentar a los vascones mientras tuviéramos que invernar en sus tierras y mantenía una férrea disciplina de respeto obligado hacia ellos.

Aquella tarde, decía, Neko nos acompañó hasta la casa de Osaba, que era también su casa, puesto que el anciano la habitaba con su hija y su nieto. Belartze salió a la puerta con las manos blancas de harina y medio rostro oculto tras un mechón de azabache; después un silencioso escrutinio, empleó más gestos que palabras para indicarnos que su padre había bajado al río a pescar. Yo no entendía la creciente esquivez de la mujer con Arranes, que ya oscilaba entre la descortesía y la más cruda insolencia; mi tribuno siempre había guardado el mayor decoro en su presencia, e incluso había hecho ostensible el agrado que le producía su compañía. Quizá lo odiaba por soldado, quizá por traidor a su pueblo, o más probablemente por haber atraído el interés de su hijo hacia los romanos.

—Neko, ven aquí —lo llamó, cuando el chiquillo ya se adelantaba corriendo sendero abajo—. Estás molestando.

—No nos molesta, mujer —terció Arranes con inapropiada vehemencia, para solo conseguir una réplica más áspera:

—Necesito que me ayude.

Belartze sostuvo la mirada del tribuno hasta que el niño hubo entrado en la casa, rezongando, y luego desapareció tras él. Arranes agachó la cabeza y echó a andar hacia el río en silencio, sin duda preguntándose qué estaba haciendo mal.

La escarpada vereda terminaba abruptamente en la misma orilla del río, un río sereno y angosto al que los indígenas llamaban Arga. El puente de madera recién levantado por la Legión quedaba más al oeste, y hacia él nos encaminamos por la alameda en busca del anciano.

—Estúpida mujer —oí mascullar a Arranes por delante, hablando consigo mismo—. ¿Cómo vamos a saber ahora dónde está?

—¡Osaba! —voceé a la espesa vegetación— ¡Osaba!

—*Chssst*.

El siseo llegó desde muy cerca, pero entre los arbustos y juncos me costó distinguir su procedencia. El anciano estaba acuclillado en una enorme roca que se alzaba en mitad de la corriente, sosteniendo algo en una mano y haciéndonos gestos con la otra para que nos acercáramos en silencio. Llamé a Arranes, que se había adelantado unos pasos, y nos abrimos camino entre la maleza para arrimarnos al agua: cuatro inestables piedras semi hundidas hacían las veces de puente hacia la atalaya de Osaba, corriente arriba.

—Vamos, venid —nos animó, divertido por nuestro titubeo—. Pero no os caigáis o me espantaréis los peces.

El cielo estaba despejado y apenas corría viento entre las dos riberas, pero era un otoño frío como el peor invierno y el torso desnudo del anciano se me antojó disparatado sobre aquella piedra. Cierto que parecía un viejo saludable, de carnes aún sonrosadas y firmes, pero incluso yo echaba en falta una capa para abrigarme.

Nos llegamos hasta él y se movió hacia un lado para que pudiéramos aposentarnos los tres en la roca, con algún aprieto. Entonces tiró de un hilo con su mano derecha y un anzuelo cebado emergió del agua remansada, sin presa. Osaba nos hizo fijarnos en un pequeño corcho atado al cordel cerca de su extremo, sin duda para mantener la trampa a poca profundidad.

—Lo he fabricado yo —anunció, orgulloso.

—¿Pican? —me interesé, ante la indiferencia de Arranes.

—Picarán. Es cuestión de paciencia.

Osaba se puso en pie para balancear el anzuelo en el aire y arrojarlo de nuevo al agua. Se distinguía el cuerpo plateado de algunos peces zigzagueando bajo los reflejos del sol, y Osaba los escudriñó atentamente antes de volver a sentarse.

—Las truchas son muy asustadizas —se justificó—. Os han visto y ya no se fían.

De pronto Arranes soltó una risotada. Osaba y yo nos volvimos hacia él, sorprendidos.

—Nadie se fía de mí. ¡Ni siquiera las truchas! —exclamó el tribuno, y volvió a reír. Pero latía una profunda amargura en su risa.

—Intuyo que dentro de ese «nadie» hay una alguien muy especial, ¿me equivoco? —Los ojos azules del anciano volvieron a posarse sobre su cebo flotante, y sentí envidia de aquel hombre calvo y desdentado que podía ver a través de las palabras de Arranes igual que veía las truchas bajo el agua cristalina. Y el pez que nadaba en la mente del tribuno no era otro que la hermosa Belartze.

—No estamos aquí para hacer ningún mal al pueblo —se escabulló Arranes—, sino al contrario. Pompeyo ha dado su palabra de que os recompensará por vuestro apoyo, cuando pase el invierno y la guerra acabe.

—He conocido a muchos romanos —replicó Osaba, arqueando las cejas con escepticismo— y hasta ahora no he encontrado ninguno cuya palabra valga más que la de una de esas truchas. —Arranes se puso rígido, pero no acusó el agravio y el anciano continuó—: Además, ¿qué clase de pueblo puede ser uno que manda a sus hijos a morir en tierras extranjeras? Un pueblo que cambia sus fronteras cada amanecer no puede tener alma propia... Claro que tú conoces a más romanos que yo, y seguramente pensarás de otra manera.

Yo no salía de mi estupor; Osaba hablaba a Arranes como si no fuera un oficial del ejército romano, como si no pudiera ver su pechera de acero refulgir bajo el sol sobre aquella roca.

—He hecho algo más que conocer romanos, Osaba —respondió al fin mi tribuno, muy despacio—. He conocido Roma.

—Ah, Roma otra vez... —gruñó el anciano, cansado de escuchar las loas de Arranes a la ciudad del Tíber.

—Si tú la vieras... —siguió el tribuno, exaltándose con sus propias palabras—. Roma brilla en este mundo de bárbaros como una estrella en mitad de la noche. Y pronto se convertirá en la luz de todos los pueblos, hasta de los que la rechazan en su ignorancia.

—Sí —convino Osaba, alentando por un instante la esperanza de Arranes—. Brilla tanto que te ha cegado.

Un zaherido silencio fue toda la respuesta de Arranes, y cuando el anciano alzó la vista fue él quien hundió la suya en el remanso del río. Pero Osaba podía oír sus pensamientos aun con los labios cerrados:

—Quieres casarte con Belartze, ¿verdad?

El tribuno le clavó entonces las pupilas con gran aplomo.

—Sí.

—Sabes que soy muy exigente en lo que se refiere a mi familia. Belartze no es para cualquiera que se presente con una resplandeciente armadura extranjera.

—Yo no soy extranjero —la recia voz de Arranes sonaba tajante, sin fisuras—; y tengo grandes aspiraciones para esta tierra.

—Ah, ahora lo entiendo... Aspiras a algo más que la mano de mi hija. —Arranes escondió el rostro; el anciano estaba llegando demasiado adentro de su alma—. Pensaba que eras distinto a mi sobrino Gurtarno, pero ya veo que vuestra estrecha amistad no era casual.

—Gurtarno era como un hermano para mí —alegó Arranes, perdiendo la mirada en el horizonte de su memoria—, además de el mejor jinete de la Turma.

—Pero a su regreso no se conformó con los honores de un héroe. Quiso un trono, y el viejo Sosinase no necesitaba otra razón para odiarlo; a fin de cuentas sus dos hijos no habían tenido la suerte de volver con él...

—¡Sosinadem y Sosimilo murieron apestados, ya te lo he dicho! —estalló el tribuno—. ¿O también piensas que tu sobrino era un asesino?

—No, no —aclaró el viejo, gesticulando para hablar más bajo—. Solo digo que su ambición acabó matándole. Este no es un pueblo de reyes, Arranes. Nunca los hemos necesitado, y ahora tampoco.

Dando la conversación por concluida, Arranes se incorporó en la piedra con intención de marcharse. Osaba lo detuvo:

—En cuanto a Belartze... Es mi hija y lo que más me importa en el mundo, pero yo no puedo decidir por ella.

—No te estoy pidiendo que me la des —protestó Arranes—, solo quiero saber qué puedo hacer para que Belartze no me odie.

—No te odia, te teme. Puedes regalarle todos los perfumes y todas las joyas de Roma que todo tu cortejo será vano si no te ganas su confianza.

—¿Cómo?

El anciano se encogió de hombros.

—Belartze ama esta tierra. Demuéstrale que has venido aquí para algo más que expoliarla para tus soldados. Demuéstrale que tú también la amas.

Arranes escrutó el rostro de Osaba en espera de algo más, pero el viejo había vuelto a concentrarse en las truchas que se deslizaban en el remanso, merodeando su cebo. Sin pronunciar una palabra el tribuno descendió de la piedra y se encaminó decididamente hacia la orilla. Yo me permití una escueta despedida antes de volver a convertirme en la sombra fiel de mi oficial.

Recuerdo que esa noche se vieron caer los primeros copos, aunque pronto despejó y la nieve se fue extinguiendo lentamente bajo la luz de las estrellas. Desde la comandancia del campamento, algo elevada sobre el resto de los barracones, se pudo vislumbrar durante ese lapso el tenue resplandor blanquecino de los tejados a ambos lados de la muralla. Que el pueblo era antiguo se apreciaba por la estructura circular de algunas de sus casas, más propias de tribus nómadas que de una raza civilizada como se proclamaban los vascones del sur. Y en la hora más recóndita de la noche, según relataba la cohorte de vigilancia, solía sentirse un extraño movimiento de antorchas por las callejuelas de la aldea; quizá los lugareños se reunían en alguna casa para celebrar sus ritos religiosos, quizá incluso sacrificaban algún pequeño animal a sus dioses primitivos. ¿Quién iba a reprochárselo, hallándose en su propia casa? No Pompeyo, desde luego, quien se tranquilizaba al constatar que nuestra presencia no había alterado excesivamente la vida cotidiana del pueblo.

O eso creíamos.

Un sirviente del procónsul vino a los alojamientos de Arranes cuando aprovechábamos la paz del conticinio para leer a Homero, interrumpiéndonos. Pompeyo requería la presencia del tribuno con urgencia, y Arranes no quiso hacerlo esperar.

Había una explicación para el rubor que encendía los ya de por sí rosados mofletes del procónsul cuando entramos en su habitación, y estaba en la crátera de vino que descansaba mediada sobre una mesa. Más que esto —nunca había sorprendido ebrio a Pompeyo hasta entonces— me escandalizó encontrarlo sin su ampuloso uniforme militar; se me hacía tan impúdico verlo en una camisa de lino y pantalones como verlo desnudo. Peor todavía, el rizo que colgaba sobre su frente terminaba de darle un aspecto infantil poco acorde con su pretendida aureola imperial.

El umbral entre aquella despejada antesala y el dormitorio del procónsul estaba cegado por una cortina mal corrida, y por la abertura entreví los pies desnudos de una mujer tumbada en lo que parecía un gran lecho; las notas de un arpa acariciada por dedos inexpertos llegaban de tanto en tanto a nuestros oídos.

—He escrito al Senado para informar de nuestra situación —comenzó a hablar el procónsul, después de haber saludado y ofrecido a Arranes una copa que este rechazó. Flotaba una sonrisa extraña en sus labios y paseaba excitadamente por la habitación, pero su voz no acusaba la embriaguez—. Sabes bien que no me sobran los amigos en la Curia, y algunos auguran ya mi fracaso. Bastardos, nada les haría más felices, ¡brindarían por ello! Sobre todo desde que perdimos a Memio. —Torció el rostro al mencionar el nombre de su lugarteniente, creo que con sincera compunción—. Corre el rumor de que Sertorio se ha aliado con Mitrídates y pretende marchar sobre Roma.

—Lo detendremos —atajó Arranes con seguridad.

—¡Lo sé, lo sé! Mi ánimo está incólume, fiel Arranes, no te inquietes por ello. Es la Legión lo que me preocupa.

—El ánimo de la Legión tam...

—¡No me digas lo que piensas que quiero oír! Sé que los soldados me son fieles, lo demuestran cada día en el campo de batalla. Pero el invierno se echa encima y estamos en una situación... difícil... —Se apoyó en la mesa y suspiró antes de anunciar—: Mañana ordenaré reducir otra vez el racionamiento.

Miré a mi tribuno estremecido. ¡Más racionamiento, si estábamos al límite de nuestras fuerzas! Pero las palabras de Arranes, aunque salieron renqueando, se alejaban demasiado de esta realidad angustiosa:

—La tropa aguantará hasta que llegue el trigo aquitano.

Pompeyo sonrió con amargura: era la mentira que esperaba oír. Dio otro paseo alrededor de la mesa, meditabundo, y se plantó ante Arranes con los ojos entornados.

—Tú hablas mucho con estos vascones.

Arranes interpretó alguna maliciosa sospecha en aquel comentario, y se defendió:

—También son mi gente. Quiero lo mejor para ellos.

—Sin duda, y no sabes cuánto me satisface su hospitalidad. —Hizo un guiño cómplice señalando la cortina de su dormitorio, detrás de la cual seguía sonando tímidamente un arpa—. La cuestión es, ¿quieren ellos lo mejor para nosotros?

En aquel momento comprendimos que el procónsul nos ocultaba alguna noticia, y el desconcierto dejó mudo a Arranes. Pompeyo me fulminó con una elocuente mirada antes de volverse hacia su silla.

—Me gustaría hablar a solas contigo, Arranes.

Turbado, hice amago de girarme para dejar la habitación, pero el vascón me sujetó del brazo.

—Espera. Celio Rufo es mi escribano, y nunca se separa de mí.

—Está bien, no tengo ganas de discutir. —Pompeyo hizo un gesto desdeñoso con la mano mientras se sentaba, decidido a hablar sin ambages—. Hace días que el envío de trigo debería haber llegado.

—Se habrán retrasado en el paso montañoso —replicó el tribuno, de nuevo haciendo gala de su pasional optimismo.

—No es un paso complicado, ni tampoco una gran distancia. —Pompeyo balanceaba la cabeza pesadamente; no había llamado a Arranes para escuchar estúpidos consuelos—. Y han llegado rumores del pueblo a mis oídos...

—¿Qué rumores?

—Se dice que las provisiones no llegarán nunca.

—¿Por qué no iban a hacerlo?

—Dímelo tú.

—¿Cómo... cómo puedo saberlo?

—Los vascones son un pueblo supersticioso, desde luego. No se puede creer todo lo que dicen: hechizos, bestias monstruosas, sacrificios humanos... Pero un hecho es indiscutible: no hay rastro del envío.

—No entiendo qué...

—Yo tampoco lo entiendo, Arranes. —Cada vez que mi tribuno abría la boca solo conseguía irritar más al procónsul—. Por eso quiero que utilices tus influencias con esos bárbaros para averiguar qué han hecho con mi trigo.

—Oh, ellos no... los vascones jamás harían algo contra...

—¿No? —Pompeyo se incorporó, y su última frase sonó a amenaza antes de encaminarse hacia la cortina del dormitorio—. Me alegro de que estés tan seguro, querido Arranes, ya que tú eres el responsable de que estemos aquí.

Llevábamos el tiempo suficiente en Olcairun para saber que todas las murmuraciones y augurios, a cuál más extraño, provenían de la misma lengua negra y viperina: la de la vieja *sorgin* Aliksa, la bruja. Tal era la certeza de Arranes que apenas los cielos comenzaron a alborear se enfundó en su uniforme de tribuno y cruzó la puerta sur del campamento con paso rotundo en busca de su cabaña. Tuve que correr colina abajo para no perder su figura en la espesa neblina matutina hasta que divisé con claridad cuál era nuestro destino: una gigantesca encina se alzaba solitaria en mitad de un prado cercano, y bajo sus ramas se adivinaba la forma de un pequeño chamizo. Al principio confundí con piedras los bultos que yacían en la escarchada hierba frente a su puerta, pero conforme nos aproximábamos noté que alguno se movía, y sentí un escalofrío al darme cuenta de que se trataba de gatos, dos docenas de gatos de todos los tamaños y colores, adormilados pero atentos como siniestros guardianes de la casa. Siempre me han repugnado esos pequeños animales, silenciosos como la noche, pérfidos como la noche. Sus ojos vidriosos y sus orejas puntiagudas vigilaron nuestros pasos al sortearlos para llegar ante la puerta, yo con algún cuidado más que Arranes. De hecho la cabaña estaba pegada al árbol como un hongo, y cuando mi tribuno apartó la mohosa lona del umbral encontramos a la vieja durmiendo en una oquedad del grueso tronco, acurrucada. El tenue resplandor del amanecer penetraba con la neblina por una ventana desprotegida, perfilando los cuerpos peludos de otros muchos gatos que también dormitaban en el interior.

—¡Bruja! —bramó Arranes, pero la mujer no se movió.

La suciedad de su pelambrera y sus harapos era ostensible incluso en la penumbra, y anticipaba la fealdad del rostro que permanecía escondido entre las rodillas. Arranes no volvió a gritar, sino que directamente se acercó a ella, pisando a un gato que soltó un maullido atroz, y la zarandeó del brazo para despertarla. Aliksa reaccionó de modo parecido al gato, con un bufido infrahumano y un feroz arañazo en la mano de Arranes.

—¡Quieta, alimaña!

No me había equivocado al intuir la monstruosidad de aquel rostro, más emparentado con las aves de carroña que con un ser humano. Solo sus enormes ojos grises, vidriosos y resplandecientes como los de aquellos felinos, estaban dotados de una belleza punzante, casi hipnótica. Cuando abrió la boca para escupir sus insultos incomprensibles pude comprobar que efectivamente su lengua estaba negra, incluso más que sus escasos dientes.

—¡Soy Arranes, tribuno de la Legión de Pompeyo! —la hizo callar mi tribuno, sin prestar atención al arañazo que había empezado a sangrar en el dorso de su mano—. ¿No me entiendes, mujer?

La vieja soltó una carcajada y nos sorprendió al responder en buen latín, sin levantarse del suelo:

—¿Ya has olvidado el idioma de tus padres, soldado?

—¡Cuéntame eso que has ido diciendo por ahí! —la exhortó sin merodeos Arranes—. ¿Qué ha sido del envío de grano? ¿Sabes algo, o lo inventas para limosnear?

—Yo no pido limosna, soldado. Ya quisieras para ti el respeto que me tienen todos en el pueblo.

—No te respetan; te temen porque eres una bruja y son supersticiosos. Pero eso ya se ha acabado. Ahora dime lo que sabes.

—Ah. —Aliksa se incorporó hacia nosotros, sacudiéndose los harapos como si no estuvieran hechos del mismo polvo. De pie no llegaba al pecho de Arranes, pero en su mirada asomaba una inquietante superioridad—. Entonces Pompeyo también debe de ser supersticioso, si te ha enviado para sonsacarme.

Uno de los gatos había advertido la sangre que goteaba de la mano del tribuno, y con insolente temeridad se apoyó en su greba para estirar el cuello hacia la herida. La visión del animal intentando lamer su sangre debió de resultar igual de repulsiva para Arranes que para mí, porque sacudió una patada al animal que lo hizo volar contra las tablas. Aliksa gritó como si hubiera recibido el golpe en sus propias costillas, y apuntó a Arranes con un dedo retorcido y uñoso.

—¡No los toques, o no te diré ni una sola palabra!

—Está bien, habla ya.

Aliksa se acuclilló junto al gato lastimado y comenzó a acariciarle el lomo, transformando mágicamente sus gemidos en un dócil ronroneo. Todos los demás bichos se habían desperezado con el alboroto y sentí sus infinitos ojos hostigándonos desde cada rincón de la choza.

—Todos saben lo que yo sé —empezó, a regañadientes—, pero nadie se atreve a decirlo. Cada año se quedan mudos al llegar estas fechas, se afanan en sus granjas por el día y se reúnen por la noche para bailar a la Diosa Blanca, como si ella pudiera protegerlos...

—¿Protegerlos de qué?

—Haz memoria, soldado. ¿No recuerdas tu infancia?

—Soy segiense, bruja; allí no perdemos el tiempo con supersticiones.

La mujer rió secamente.

—Los nobles no las necesitáis, ¿verdad?

—Sigue hablando.

—Todos los años —arrancó la *sorgin* muy despacio, afectando su voz con el susurro cadencioso de quien sabe hacer oscuras revelaciones— antes de la llegada del invierno sucede algo horrible en las montañas. Durante una noche sin luna el hijo de algún campesino desaparece de su casa y ya nunca se le vuelve a ver.

—¿Quién se lo lleva?

Aliksa alzó sus ojos grises a nosotros, y contuvo una espantosa pausa antes de responder:

—*Sarrak.*

Incluso a mis oídos ignorantes aquella palabra sonó temible, como el eco de una pesadilla tan monstruosa que no nos atrevemos a contar, mas no habría sabido de la certeza de mi instinto de no verlo confirmado en el rostro palidecido de Arranes. La bruja lo percibió y se levantó para escudriñar el miedo en su mirada.

—Sí lo recuerdas, ¿verdad? —en su voz latía un perverso gozo—. Tu madre te habló de ellos cuando eras niño; seguro que te contaba historias espeluznantes a espaldas de tu padre ¿O fue tu abuela?

—¿Para qué se los llevan? —atajó Arranes con brusquedad.

—Lo sabes bien, fingidor. ¿Es que tienes que pretender olvido ante tu secretario? Se los llevan porque alguien tiene que dar de comer al que duerme en el abismo. O saldrá de cacería….

—El que duerme en el abismo... —repitió Arranes, apabullado por la fuerza de sus propios recuerdos.

—El nombre está en tu cabeza, soldado, ¿por qué no dejas que salga por tus labios? —La bruja se acercó al tribuno hasta casi hacerle respirar su aliento—. *Suuu...*

—¡Calla! —Arranes se apartó, asqueado—. ¿Te piensas que soy un niño para asustarme con tus historias? ¡Te he preguntado por el trigo!

—¡Yo no sé dónde está tu trigo, estúpido! —Aliksa arañó el aire con sus manos huesudas—. Pero la luna ya casi está llena y ningún niño ha sido echado en falta por sus padres. ¿Aún no lo entiendes? ¡Nunca ha pasado un año sin un sacrificio!

—¿Estás diciendo que las tropas han sido...? —Arranes me miró por primera vez, solo para confirmar su estupor en el mío— ¿Dices que han sido atacadas por los que habitan en las montañas?

Aliksa se inclinó de nuevo sobre sus pequeñas bestias, que se habían empezado a restregar frenéticamente con sus pantorrillas y maullaban suplicantes. ¡Cómo se regodeaba la arpía en nuestro anhelo de respuestas!

—Solo hay una manera de averiguarlo, soldado —habló al fin, sin mirarnos.

El mero pensamiento de aventurarse en las montañas había dejado a mi tribuno como petrificado, con los ojos muy abiertos y la mirada perdida en un oscuro infinito. ¿Qué visiones tan terribles debían de haber resucitado en la memoria de mi tribuno, que súbitamente lo convertían ante mis ojos en un niño aterrado? Entonces me alegré de no saberlo, ¡infeliz de mí! Al cabo de unos instantes, y como la bruja ya solo hablaba a sus animales, me atreví a tocar el brazo de Arranes. Dio un respingo y se volvió hacia mí sobrecogido, con una expresión tan espantada como si lo hubiera rescatado del mismísimo Tártaro. Recobrado el aliento, lanzó una última mirada a la vieja y se volvió para salir de la choza sin pronunciar otras palabras.

Aliksa le hizo detenerse en la misma puerta:

—¿Ya te vas, soldado? —Arranes encaró de nuevo a la anciana, que ahora desplegaba una repugnante sonrisa—. Creo que si vas a adentrarte en los bosques necesitarás esto.

Arrastrando un pie como si lo llevara muerto, Aliksa se acercó a una combada alacena para coger una vasija de cristal turbio.

—¿Qué es eso? —el gesto de Arranes ya anticipaba repulsión.

—Para los malos sueños —explicó brevemente la bruja, tendiendo el frasco hacia nosotros. No podría jurarlo, pero me pareció distinguir que algo se movía en el interior—. Solo te costará veinte ases.

Por un momento la duda se alió con la curiosidad en los ojos del tribuno y pensé que daría un paso para coger lo que ella nos ofrecía, pero cuando sus labios se abrieron el desprecio fue tajante:

—Puedes guardártelo, bruja. La Legión no necesita de tu magia.

Arranes se escabulló por la puerta sin esperar respuesta y la mirada gélida de la *sorgin* cayó entonces sobre mí, haciéndome sentir atrapado en una red invisible que me impedía todo movimiento. Abrí la boca para llamar a mi tribuno, pero mi lengua se había quedado yerma de terror. Para mi fortuna Aliksa no me consideró digno de su maleficio y al cabo se volvió hacia sus alimañas chillonas, liberándome de su tenaza. Quise salir a toda prisa, pero me envolví torpemente con la cortina mohosa de la puerta y esto me entretuvo lo suficiente para ver cómo la bruja esparcía el contenido de la vasija que nos había ofrecido por el suelo de la choza. Cualquiera que fuese la naturaleza de estos despojos, los gatos se echaron sobre ellos con frenética voracidad.

Volvimos a cruzar la muralla, colina arriba, y no necesité preguntar a Arranes para imaginar hacia dónde encaminaba sus pies con tanto brío. La vehemencia en el gesto de Pompeyo aquella noche había hecho mella en su orgullo, más por la acusación de una deslealtad vascona que por la amenaza vertida directamente sobre su cabeza. Debía hallar alguna réplica para aquel deshonroso infundio, una respuesta que despejara cualquier atisbo de sospecha de la mente del procónsul. Era preciso reunir al consejo de ancianos de Olcairun.

Aún era temprano y los aldeanos remoloneaban en el calor de sus lechos, esperando a que la gélida neblina se disipase para comenzar las labores del día. Solo un labrador partía ya con sus bueyes hacia los campos cercanos, enfundado en un basto abrigo de lana y con su zurrón colgado al hombro, cuando ascendimos la calle central en dirección a la casa de Osaba Biurno. Inesperadamente fue el anciano quien abrió la puerta antes de que Arranes la golpeara anunciando nuestra visita; se disponía a bajar de nuevo al río, seguro de que su anzuelo sería mirado con menos recelo por las truchas a primera hora y por fin podría llenar su cesto. No obstante advirtió el gesto grave de Arranes y nos hizo pasar a la estancia principal, un humilde habitáculo sin ventanas ni apenas enseres, con bancos corridos de piedra y un hogar al fondo.

Osaba advirtió la sangre que goteaba de la mano de Arranes, y a pesar de las reticencias del tribuno llamó a su hija para que trajera agua y algún vendaje. Belartze, que al parecer dormía con Neko en la habitación de atrás, contestó de malos modos pero en seguida la vimos aparecer con una jarra y unos trapos. Por un instante pareció que Arranes había olvidado la razón de su visita y observó con los ojos muy abiertos cómo la zagala se le acercaba y dejaba las cosas a su alcance; una ardiente hermosura palpitaba bajo su pelo enzarzado y su desarreglada túnica como un ascua que quisiera revertir en hoguera. Nunca una mirada tan fugaz fue tan intensa como la que intercambiaron entonces Arranes y Belartze; unos ojos preñados de deseo y expectación, los otros... demasiado indescifrables. Pero no fue Arranes el único sorprendido cuando la arisca mujer se volvió y desapareció por la puerta como había venido, en silencio; su padre, incapaz de disimular la vergüenza por aquel desprecio, ya estaba abriendo la boca para llamarla de regreso cuando Arranes acometió el asunto que le traía:

—He hablado con Aliksa.

Y no hicieron falta muchas más explicaciones. Osaba convino en que era preciso hablar con los ancianos del pueblo, y solo esperó a que Arranes se limpiara y vendara la herida para salir con él por la aldea llamando a sus puertas. Hice amago de seguirlos, como siempre, mas esta vez mi presencia era notoriamente indeseada

—jamás aceptarían a un testigo de sangre romana en su consejo—
y Arranes no discutió por mí.

—Espera aquí —me dijo, cuando justo cruzaba el umbral de la
casa para seguir sus pasos. Miré la expresión recelosa de Belartze a
mi espalda y me volví para sugerirle a Arranes la conveniencia de
esperarlo en cualquier otro lugar, pero el tribuno ya se había alejado
y no tuve otro remedio que quedarme allí, parado como un imbécil
en la fría brisa matutina. No me atreví a pedirle refugio a la vascona,
ni entendí como un ofrecimiento el que ella dejara la puerta
entornada cuando regresó al interior de la cabaña. Me senté en un
banco de piedra que había junto a la entrada, en el zaguán, y abracé
mi cuerpo para darme calor mientras observaba a los ancianos del
pueblo salir perezosos de sus casas respondiendo a la llamada de
Osaba.

Para bien de mi salud, nunca suficientemente robusta en los
inviernos crudos, la niebla se levantó pronto y sentí el cálido baño
del sol sobre mi piel helada. Pasó alguna hora, no sabría decirlo con
precisión; la actividad aldeana había recobrado su flujo habitual ante
mis ojos aburridos, y noté que algunos me miraban con curiosidad
y cierta mofa. Los soldados no solían adentrarse tanto en el pueblo,
pues los comerciantes y las mujerzuelas se apiñaban en las puertas
del campamento, así que verme allí sentado debía inquietar a los
lugareños. Un panzudo herrero que había sacado el yunque para
trabajar frente a su casa me hizo extraños aspavientos y luego
compartió risotadas con su rolliza esposa. ¡Si supieran cuánto me
mofaba yo en mi interior a costa de su zafiedad!

Al cabo de un rato sucedió algo que me sorprendió gratamente:
oí un sordo arrastre desde el interior y apareció Belartze acarreando
un telar que debía pesar tanto como ella. Lo dispuso en el mismo
zaguán, se sentó frente a él y comenzó a enredar sus cordeles
lastrados metódicamente, indiferente a mi presencia. Una vez más
no me atreví a lanzar la conversación, y volví a sumirme en el tedio
cuando entendí que ella tampoco lo haría.

No sé por qué motivo, aquella mañana había dejado los
pergaminos en la habitación y tomado en su lugar mis viejas tablillas
de maestro para hacer anotaciones. Por pura ociosidad, las abrí
entonces sobre mis rodillas y saqué mi estilete del estuche para matar
el tiempo dibujando. Sin pretenderlo logré trazar una figura de

verraco bastante aproximada, y la estaba contemplando con cierto orgullo cuando me sobresaltó una voz delgada sobre mi hombro:

—*Basurde*.

Descubrí al pequeño Neko asomado a la puerta, con el cuello estirado para espiarme como una silenciosa comadreja, y mi primer impulso fue de ocultar el dibujo de su vista.

—¿Qué miras? —refunfuñé, pero mi hosquedad no disuadió al niño de acercarse y alargar su mano hacia las tablillas con todo el descaro del mundo. Desconcertado, y sintiéndome vigilado por la mirada oblicua de Belartze, dejé que las abriera de nuevo para contemplar mi dibujo con absoluta libertad. Neko arrimó la nariz a la cera hasta casi tocarla, como si un minúsculo detalle hubiera llamado su atención, y después me miró para decirme una palabra que tampoco comprendí. Enervado por mi pasividad, el niño me arrebató el estilete de entre los dedos y se inclinó de nuevo sobre el pergamino para horadar unas líneas sobre las mías. Demasiado estupefacto para reaccionar, esperé a que el pequeño terminara su apunte y me devolviera la herramienta para bajar mi vista al dibujo. ¡Había añadido dos colmillos al hocico del animal, convirtiendo mi suculento cerdo en un peligroso jabalí! No pude contener una carcajada al verlo, y Neko se unió a mi risa con entusiasmo. Incluso Belartze soltó por un instante las cuerdas de su telar para volverse hacia nosotros con gesto intrigado.

—¡Muy bien, ahora es un jabalí! —festejé, revolviendo el pelo al niño, y él entre risas me hizo repetir el nombre vascón de dicho animal. Su rostro pecoso mostraba la expresión satisfecha del pupilo que ha sabido corregir a su maestro, y esta orgullosa ingenuidad lo hizo aún más entrañable a mis ojos.

Decidido a seguir el juego, aplané la cera con el estilete, haciendo desaparecer el jabalí ante la mirada excitada del niño. Otra vez comencé a dibujar. En esta ocasión tracé la figura de un pájaro en vuelo, pero deliberadamente dejé la cabeza desprovista de pico para poner a prueba su sagacidad. No me decepcionó. En cuanto levanté mi cabeza y su vista pudo posarse en el dibujo una sonrisa de cómica autosuficiencia centelleó en sus labios. De nuevo hurtó el punzón de mis dedos y se volcó sobre la tablilla para hacer la necesaria corrección con todo su afán. El pico apareció donde debía estar y volvimos a reír felizmente por nuestra complicidad, intercambiando la palabra que nuestras respectivas lenguas asignaban al mismo animal. Esta vez creí advertir una sonrisa en el rostro de Belartze cuando nos miró, desde el otro lado del zaguán, y este tácito consentimiento me animó a continuar. Borré el ave y comencé otro dibujo con mi mejor intención, mas ahora el efecto que causé fue totalmente diferente e inesperado.

Esbocé el perfil ondulado de una larga serpiente, con su boca de grandes colmillos abierta de par en par y una lengua bífida proyectándose desde su interior; solo me guardé de dibujar los ojos, para proseguir con nuestro sencillo pero divertido pasatiempo.

Cuando Neko vio el nuevo dibujo, sin embargo, no apareció ninguna sonrisa en sus labios; lejos de eso, su semblante se congeló en una expresión de absoluto terror y retrocedió unos temblorosos pasos hacia su madre, como si temiera que la alimaña pudiera saltar de la cera sobre su cuello. Belartze notó el gesto y rodeó al pequeño con sus brazos, no sé si para confortarle o para impedir una huida despavorida, y yo me quedé anonadado sin entender qué estaba sucediendo. ¿Tanto pavor podía acusar un niño campesino ante la simple representación de una víbora? Supuse que siendo más joven habría padecido el tormento de alguna mordedura, y quizá el trauma lo había convertido en un niño excesivamente temeroso a los reptiles. No tuve tiempo de conjeturar otras explicaciones porque en ese instante escuché la voz de Arranes:

—¡Celio Rufo, ven aquí!

Vi a mi tribuno salir de una casa acompañado por los ancianos del pueblo, y comprendí que la asamblea había terminado. Era hora de volver al fuerte para informar al procónsul.

—He de marchar —me justifiqué torpemente ante Belartze y su hijo asustado, y plegué las tablillas para salir al encuentro de Arranes. Se me pasó por la cabeza regalarle el instrumento de escritura al pequeño, mas después de su inesperada reacción final no lo consideré oportuno. Además Osaba se acercaba con semblante sombrío y cualquier obsequio romano sería sin duda poco agradecido en su presencia.

Así pues abandoné el zaguán con urgencia para reunirme con mi tribuno, pero no contuve una última mirada hacia Neko para comprobar si el color había regresado a su rostro. No era así. Los ojos vidriosos del niño me siguieron mientras me alejaba desde su refugio en los brazos de su madre, aún poseídos de un inexplicable terror.

El procónsul escuchó con atención las noticias que Arranes le relataba sin escatimar detalle: en lo referente a la bruja Aliksa puedo atestiguar que no exageró ni se guardó ningún matiz, mientras que lo hablado en el consejo de ancianos llegaba de primeras a mis oídos y su exactitud solo puedo suponerla. Al parecer no hubo unanimidad entre los mayores de Olcairun sobre la medida más adecuada; ni siquiera todos asumían la necesidad de tomar alguna medida. Su inveterada superstición los tenía atenazados, y preferían seguir sometidos al padecimiento del sacrificio anual que rebelarse contra aquellas supuestas fuerzas maléficas que habitaban las montañas. Al final la reunión se había disuelto en completo desacuerdo y lo más parecido a una sentencia había surgido de la boca de Osaba Biurno en forma de advertencia para Arranes: los vascones no pedían nada a Roma y por tanto únicamente él tendría que cargar con las consecuencias de lo que ordenara hacer a sus legionarios.

Después de calibrar en silencio las nuevas informaciones, Pompeyo indicó a Arranes que saliera a comer algo mientras hacía llamar a sus oficiales de mayor confianza. Yo ya me dirigía hacia la puerta cuando noté un murmullo a mis espaldas y miré por encima de mi hombro; ¿qué era lo que el procónsul había susurrado al oído de mi tribuno con tanto celo?

El rumor de que algo iba a suceder se extendió inmediatamente por el campamento a pesar de que Pompeyo se empeñó en mantener el asunto en la máxima confidencialidad, o quizá por culpa de ello. Apenas dos horas después reunió un consejo de emergencia en sus propias dependencias, en lugar de hacerlo en el atrio de la comandancia como era habitual, y no avisó a los legados de las legiones X y XII; también varios de los centuriones más veteranos se extrañaron de no ser convocados como en otras ocasiones.

Cuando regresé con Arranes después del exiguo almuerzo del mediodía, solo tres personas acompañaban al procónsul en su estancia, y pesaba en el ambiente el sobrecogimiento de una grave decisión. Se trataba del Prefecto del campamento, un tribuno barbilampiño llamado Marco Arrio y el viejo centurión Sexto

Asellio. Todos se volvieron hacia Arranes y guardaron un respetuoso silencio, como si intuyeran que sobre sus hombros iba a recaer la responsabilidad principal de aquel dilema.

—No es un secreto para nadie que la situación de nuestras legiones es crítica —inició Pompeyo, el único que se permitía hablar desde su silla curul, completamente engalanado en su uniforme proconsular—. Los graneros están vacíos y lo único que mantiene firme el espíritu de los soldados es la esperanza en el trigo de Aquitania. El invierno se echa encima con todo su rigor y el solo pensamiento de afrontarlo sin reservas de alimento resulta insoportable. Pues bien —aquí puntuó su pausa apartando el rizo de su frente—, nuestro valioso tribuno Arranes tiene razones para creer que ese trigo puede demorarse indefinidamente si no hacemos algo para remediarlo. Pero mejor explícalo tú, Arranes.

Mi tribuno se plantó en medio del grupo, que lo observaba de pie con toda atención, y desplegó un papiro sobre la mesa rectangular.

—Mis recientes conversaciones con los ancianos del pueblo han venido a confirmar las sospechas que atribulaban a nuestro procónsul durante los últimos días. —Atrajo la mirada de los demás sobre el mapa para ilustrar su razonamiento—. De acuerdo con las noticias que tenemos, el envío de Metelo partió de su campamento en Aquitania hace doce días. Este itinerario que veis es idéntico al que ellos han utilizado, y demuestra que solo hay un camino para cruzar las montañas por el Summo Pirineo. Es una pista estrecha que puede haberse deteriorado con la nieve, pero esto no debería suponer ningún problema para los legionarios que custodian la impedimenta. La longitud total del itinerario, desde su campamento hasta el nuestro, es de unos quinientos estadios, que en las peores condiciones podrían ser recorridos por una cohorte en cuatro días. Como podéis ver, un retraso de ocho días es a todas luces injustificable.

—Aun así —intervino el Prefecto, un hombre de nariz torcida y ojos diminutos que adornaba su uniforme con extrañas sedas de colores. Se llamaba Liborio, pero sus perversiones sexuales con los soldados lo habían hecho merecedor de los más denigrantes apodos en el campamento—, me resulta imposible creer que estos adocenados vascones hayan cometido la osadía de atacar a nuestras tropas. Parecen tan sumisos...

Arranes se enmendó apresuradamente:

—No afirmo que así haya sido. Al contrario, estoy convencido de que el pueblo vascón, mi pueblo —estas dos palabras fueron pronunciadas con un énfasis recordatorio—, es demasiado noble para mantener su hospitalidad en Olcairun y al mismo tiempo guerrearnos en las montañas.

—Pero has de admitir, Arranes —terció Pompeyo—, que esta tribu nunca se ha caracterizado por su unidad. Más bien pareciera que cada aldea cuenta con su propio rey...

—No te falta razón —admitió mi tribuno—, pero tengo razones para garantizar que nuestro enemigo es otro en esta ocasión.

Pompeyo asintió sin pedir más explicaciones y entonces, cuando los ojos negros de Arranes dieron con los míos, comprendí que bajo ninguna circunstancia pensaban citar allí las palabras de la bruja Aliksa: nada de tribus legendarias, nada de sacrificios a dioses primitivos, en definitiva nada que pudiera sumar el terror a la angustia que ya padecían los soldados por el hambre. Sin duda este era el pacto de silencio que Arranes y Pompeyo habían sellado a mis espaldas poco antes.

—Supongo que no te referirás a... —comenzó Liborio, pero terminó Pompeyo:

—¿Sertorio? No, eso está totalmente descartado. —El procónsul dio la palabra al centurión de pelo blanco que escuchaba la conversación en respetuoso silencio—. ¿Me equivoco, Sexto Asellio?

—No estamos seguros de cuál es la situación exacta del general rebelde en estos momentos, pero es imposible que se haya adentrado más al oeste de Osca sin ser avistado.

—¿Ni siquiera con una pequeña expedición? —preguntó el Prefecto.

—No.

—Sertorio sabe que estamos en apuros —insistió Liborio—. Cortarnos el suministro de Aquitania sería un buen movimiento estratégico.

—Existen otros potenciales enemigos que también hay que tener en cuenta —advirtió Arranes, señalando en el mapa los territorios del noroeste, junto a la costa—: los várdulos. Ya han tenido enfrentamientos con los vascones y podrían estar expansionándose hacia el sur, pero es poco probable. Tampoco podemos olvidar a los suessetanos —movió el dedo hacia el sureste—; quizá aprovechan el amparo de Sertorio para ampliar sus territorios... O tal vez se trate de alguna tribu aquitana que desconocemos.

—Vascones, várdulos, suessetanos... ¿Qué importa cuál sea el nombre de esos bastardos?

El hombre que rompió su silencio con estas insolentes palabras, haciendo girar nuestras cabezas hacia él, merece una presentación aparte. Su nombre era Marco Arrio, y todos en la Legión lo conocían bien a pesar de sus cortos veinte años. Estaba emparentado con una insigne familia de Roma, y por ello se le auguraba un puesto en el consulado en muy pocos años. Ni que decir tiene que Pompeyo, también joven y ambicioso, lo consideraba rival y había aceptado su compañía como una imposición del senado; así, le otorgaba la mínima cortesía mientras suspiraba por verlo marchar y hubiera suspirado por que esa marcha fuera en deshonor de no ser porque su destino en la guerra corría inevitablemente unido.

La antipatía del procónsul hacia Marco Arrio encontraba eco dentro de la tropa, aunque por motivos bien distintos. Tal era el afán del joven noble por hacerse notar que utilizaba su rango —un tribunado que de militar solo tenía el nombre, pues no era fruto de una brillante carrera como la de Arranes sino de una concesión política— para someter a los legionarios a la disciplina más salvaje, aplicando severísimos castigos por nimiedades como un leve retraso en la formación o un casco mal bruñido. Para ello se servía de un látigo de cuero y empuñadura de marfil que siempre colgaba enrollado en su cintura en lugar de la reglamentaria espada, como un signo más de su egocéntrica personalidad, y que sabía blandir con endiablada destreza.

Por si esto no fuera suficiente para encender los odios de la tropa, aún estaba caliente en el recuerdo de todos la batalla de Mesina, donde Pompeyo había cometido la imprudencia de delegarle el mando de la Séptima Legión, acatando instrucciones directas del Senado, solo para constatar en la carne de los legionarios lo que ya sospechaba: los muertos alcanzaron el millar, el aquilifer cayó a la primera embestida y el enclave se perdió miserablemente por culpa de un movimiento inoportuno de Marco Arrio, demasiado visceral e irreflexivo, que revelaba sin matices una absoluta invalidez para el mando militar.

Así era aquel joven de rostro anguloso, siempre bien rasurado, ojos azules y bucles dorados. Un demonio con piel de cordero cuyos silencios meditabundos solo anticipaban explosiones de furia y necias palabras. Como aquella vez.

—Está claro que alguien ha atacado a nuestras tropas y se ha quedado nuestro trigo —prosiguió, con enérgicos aspavientos—. ¡Es una ofensa a Roma y quien sea el culpable va a pagarlo aunque tengamos que ir a buscarlo hasta el fondo del Averno!

—Creo que en estos momentos, querido Marco Arrio —dijo Pompeyo en tono condescendiente—, no nos preocupa tanto el sagrado nombre de Roma como los estómagos vacíos de la tropa. Pero tienes razón, no perdamos más tiempo con debates estériles y escuchemos lo que Arranes tiene que proponernos.

Desprecio y suspicacia se sumaban en la mirada de Marco Arrio sobre mi tribuno mientras acariciaba con estudiada despreocupación la empuñadura del látigo; debajo del uniforme de Arranes él seguía viendo a un vascón, y por tanto merecedor de todas las cautelas.

—Bien, iré directo al grano —comenzó este, obviando la hostilidad de su colega tribuno—. Propongo armar una cohorte expedita y enviarla hacia las montañas en busca de las tropas de Metelo. La partida deberá hacerse con discreción y nocturnidad para no inquietar a los demás legionarios; su paciencia está agotándose y temo que estas noticias puedan ser el detonante de una revuelta. Me gustaría que se tratara de voluntarios, pero carecemos de tiempo para eso; por esta razón he sugerido a nuestro procónsul que sea elegida la Quinta Cohorte de Sexto Asellio, y que salga antes del amanecer.

Sentí un estremecimiento al escuchar estas palabras, pues dicha cohorte albergaba para mí un significado singular que os explicaré más adelante. El centurión aludido, sin embargo, se limitó a informar con su característica parsimonia:

—Habéis de saber que la Quinta Cohorte solo dispone de cuatro centurias desde la batalla de Mesina.

—Lo sé —replicó Arranes—, y eso es así porque lucharon con mayor bravura que ninguna otra escuadra hasta el último momento. La derrota no fue culpa de ellos, sino a su pesar, como bien sabemos.

No tuvo que subrayar sus palabras con una mirada a Marco Arrio para que todos entendiéramos la velada acusación de Arranes.

—Por supuesto —apuntó Pompeyo, levantándose de su silla—, sería imprescindible un buen número de tropas auxiliares para arroparlos.

—Cien infantes y cien jinetes bastarán. —La voz de Arranes enflaqueció al añadir—: incluidos los vascones.

—¿Los vascones? —repitió horrorizado Marco Arrio—. ¿Pretendes enviar al enemigo dentro de nuestras propias tropas?

—Los vascones no son el enemigo —repuso Arranes, ahora firme.

—No lo sabemos.

—Y necesitamos soldados que conozcan el terreno.

—Tiene razón. —Pompeyo se interpuso entre los dos—. Los auxiliares vascones deben ir, aunque bajo un férreo control.

—¿Y quién se va a encargar de controlarlos —objetó Marco Arrio, incansable— si ni siquiera entienden nuestras órdenes?

Mi tribuno pronunció entonces tres palabras que hicieron contraerse a mi estómago por segunda vez:

—Yo lo haré.

—¿Tú? —exclamó Pompeyo, tan asombrado como todos los demás.

—Ellos solo confían en mí; y parece que yo soy el único que confía en ellos.

—Sí, pero... —el semblante del procónsul reflejaba un repentino desasosiego.

—Personalmente estoy deseando quitármelos de encima —comentó el prefecto Liborio con gesto de repugnancia, para corregir inmediatamente ante la mirada oscura de Arranes—. Quiero decir... no tengo nada en contra de ellos pero... digamos que no se adaptan bien a la disciplina del campamento.

Alguna impertinencia saltó de los labios de Marco Arrio que no llegué a entender, pues en ese instante afiné mis oídos en dirección al procónsul, quien otra vez se había acercado a Arranes para susurrarle sin ser escuchado:

—¿De veras crees necesaria tu presencia en la expedición, fiel Arranes? Sabes que no confío en ningún oficial tanto como en ti, especialmente desde la muerte de Memio.

—Por esa razón debes dejar que vaya —respondió el otro en un idéntico susurro—. Si esta misión fracasa y el trigo no llega, mi presencia aquí no te servirá para nada. Y como bien dijiste, soy en alguna medida responsable de que estemos en Olcairun...

—Oh, olvida esa estupidez. —Pompeyo se frotó la nuca nerviosamente—. Este era el único sitio donde podíamos acampar, y solo gracias a tu ascendiente en esta tribu ha sido posible hacerlo de modo tan pacífico. Por eso temo que con tu marcha...

—Si hemos de partir esta noche —interrumpió Sexto Asellio con suma delicadeza— sería conveniente que fuera a preparar a mis hombres.

El procónsul cerró los ojos para respirar profundamente.

—¡Está bien! —sentenció, abriendo los brazos—. Que así sea, entonces. Arranes partirá antes del amanecer al mando de la Quinta Cohorte de la Séptima Legión, con cien infantes y cien jinetes como tropa auxiliar, vascones incluidos. La misión, tan sencilla como vital para este asentamiento: remontar el itinerario del Summo Pirineo en busca de la impedimenta enviada por Metelo y regresar cuanto antes con ella. No hay tiempo para perderlo en castigos ni saqueos, ¿está claro? El objetivo de la expedición es volver con el trigo. —Señaló al centurión—. Como primera lanza te corresponde formar a tu cohorte con la máxima premura y la mayor discreción. Que los soldados piensen que se trata de una maniobra rutinaria, por el momento.

Sexto Asellio se cuadró ante su superior y salió de la estancia con paso vivo, como si la perspectiva de acción hubiera descongelado las venas de sus adormecidos miembros. Pompeyo se volvió hacia el prefecto, que parecía estar sopesando las repercusiones de aquella decisión en su propia comodidad.

—Liborio, encárgate de que no les falten mantas ni provisiones, y que la cohorte de vigilancia no obstaculice su partida esta noche. Diles que se trata de...

—Maniobras rutinarias, por supuesto —completó el prefecto con una sonrisa, y se encaminó hacia la puerta haciendo ondear los retales de seda de su uniforme. En el umbral se volvió para una última pregunta—. ¿Quieres que prepare un buey y avise a los sacerdotes?

Un suspiro amargo preludió la respuesta de Pompeyo:

—Por Júpiter, ¿de qué nos servirá conocer los augurios si no podemos compartirlos con la tropa? Y esos sacerdotes no saben mantener la boca cerrada.

Todos nos miramos invadidos por una sutil inquietud: ¿no era temor lo que se ocultaba detrás de aquel extraño razonamiento? ¿Tenía miedo Pompeyo del mensaje que se escondía en las vísceras del buey? En todo caso nadie se atrevió a replicar, y Liborio desapareció por la puerta silbando jovialmente. Al parecer había resuelto que la expedición iba a reportarle mayores beneficios que molestias.

—Yo también debo irme —anunció Arranes mientras recogía el plano de la mesa—. Me será imposible engañar a los soldados vascones sobre la naturaleza de la misión, pero no os preocupéis, jamás hablan con los legionarios.

—Para eso tendrían que conocer nuestro idioma. —Marco Arrio se había empeñado en irritar a mi tribuno y estaba cerca de conseguirlo.

—Está bien, Arranes —concluyó el procónsul—. Pero vuelve a medianoche para que pueda desearte suerte.

Arranes asintió y enfiló hacia la puerta seguido por mí. Al cruzar por delante de Marco Arrio sus miradas se acuchillaron mutuamente, mas no hubo otras palabras.

Así pues dejamos al procónsul en la única compañía de Marco Arrio, y a juzgar por los acontecimientos posteriores no me cuesta imaginar los términos en que se desarrolló su privada conversación.

Incluso imagino el gesto lánguido de Pompeyo ante la tozuda presencia del tribuno...

—Quiero ir con ellos —manifestó Marco Arrio cuando sintió nuestros pasos lo suficientemente alejados.

—¿Tú? —El asombro de Pompeyo no podía ser del todo sincero—. ¿Para qué?

—Yo... no sé cómo explicarme sin que lo consideres una ofensa —se justificó el tribuno con pretendida timidez—. Entiendo que tu amistad con el tribuno vascón es intensa, y admito que es un oficial inteligente y valeroso, pero yo...

—No, no creo que puedas entenderlo —interrumpió Pompeyo, mientras se volvía a sentar con un suspiro cansado—. Arranes fue reclutado por mi padre para luchar contra los itálicos y le sirvió heroicamente durante muchos años hasta que la peste convirtió en un infierno el sitio de Roma. Aquel día había solo dos personas junto al lecho de muerte de Pompeyo Estrabón y una de ellas era Arranes. Le juró que si sobrevivía marcharía al Piceno para cuidar y servir a su hijo por el resto de sus días. —La voz de Pompeyo no tembló aunque estaba preñada de melancolía—. Yo entonces tenía diecinueve años.

Los dedos de Marco Arrio se crisparon sobre la empuñadura de su látigo; ¡qué repulsión le causaban tales muestras de morbidez en un hombre, y más en un gran guerrero!

—¿Por qué me has hecho llamar, entonces? —preguntó al fin.

Pompeyo sonrió cínicamente.

—Tarde o temprano te ibas a enterar. Todos dicen que tienes el campamento lleno de confidentes.

—No es para tanto —rechazó el tribuno con indisimulado orgullo—. Solo soy un hombre perspicaz.

—Por otro lado... —vaciló Pompeyo, dejándose llevar por oscuras cavilaciones—. Comprendo que tu labor aquí resulta algo monótona.

—No quiero parecer caprichoso, señor. Si requiero esta misión es porque sinceramente...

—Está bien, no hace falta que te excuses; yo también soy joven, y los días en el campamento se me hacen larguísimos. —Pompeyo se incorporó para coger los hombros del tribuno con gesto paternal—. Solo quiero hacerte ver el peligro que entraña la expedición. Sabes cuánto aprecio a tu venerable padre en Roma y no me gustaría tener que darle malas noticias.

—No te preocupes por mí —replicó Marco Arrio, sensible al sarcasmo que albergaban aquellas palabras—. Los holgazanes del campamento no tendrán la suerte de perderme por mucho tiempo.

La risotada que soltó entonces el procónsul no fue sin embargo bien interpretada por el rubio, quien sonrió complacido por su propia ocurrencia; en realidad Pompeyo reía de lo fácil que le estaba resultando desembarazarse de aquel infeliz. Por pura crueldad, decidió prolongar su incertidumbre:

—Deja que me lo piense, ¿de acuerdo?

El procónsul se dirigió a una consola donde descansaba un aguamanil y comenzó a lavarse, dando por concluida la reunión.

—Iré preparando mi equipo —señaló Marco Arrio antes de abandonar la estancia, sintiéndose vencedor.

Los días se habían hecho cortos y cada anochecer sentíamos más fría la brisa que bajaba de las montañas. Como Pompeyo había hecho detener las edificaciones hasta la llegada de alimentos, después de la instrucción matutina en la explanada frente al fuerte los soldados tenían permiso para emplear el resto del día como considerasen oportuno. La mayoría dejaba su equipo en los barracones y salía en cuadrillas para regresar a última hora al campamento, después de una tarde dedicada a la cacería en los bosques o a la fornicación en los arrabales de la aldea, según estuviera más cerca del vientre o de la entrepierna su urgencia mayor. Algunos preferían quedarse ejercitándose en el patio de armas, paseaban por el inmenso complejo en busca de conocidos o simplemente permanecían charlando en sus literas, pero el hastío se terminaba haciendo insoportable para todos dentro de la muralla.

Los treinta jinetes vascones tenían su propia rutina. Tres veces marginada por la tropa regular romana, por los auxiliares y por los propios habitantes de la aldea, la turma vascona había convertido el ángulo sureste del fuerte en su feudo privado; allí pasaban las horas al calor de una hoguera, bebiendo sus caldos infectos de manzana y comiendo la carne que otros habían rechazado por pútrida. En efecto, el remilgado Liborio no carecía de motivos para reprobar la conducta de estos indígenas en su campamento: la jornada no amanecía para ellos hasta bien entrada la mañana, ya que consideraban una ofensa la sola idea de hacer ningún ejercicio físico con el estómago vacío. ¡Imaginaos el suplicio del decurión que los tenía a su cargo! Los vascones, en todo caso, disponían de su propio jefe, un titán de melena negra llamado Gogor, y cualquier orden que no viniera de sus labios era invariablemente ignorada. El arrojo y la fortaleza casi animal de estos jinetes los hacían sin embargo muy útiles en la batalla; de ahí que Pompeyo consintiera un mayor relajamiento en su disciplina durante las acampadas, para tormento de sus oficiales, el prefecto Liborio y muy especialmente el tribuno Marco Arrio, quien no podía aplicar sus sádicos correctivos a la turma vascona.

Tampoco cuesta imaginar la razón del odio que profesaban los olcairuneses a estos jinetes de su misma sangre. A pesar de que los estandartes romanos no eran considerados enemigos, los que se vendían como mercenarios para luchar a su lado eran tenidos por poco menos que traidores. Y no les exoneraba el que sus brazos se hubieran unido a los de Roma para doblegar a un enemigo —este sí— común, los celtíberos; el orgullo o el recelo hacían del vascón un pueblo escéptico a cualquier tipo de alianza, por muchos beneficios inmediatos que pudiera reportarle.

Que eran unos desarraigados se evidenciaba solo con verlos, aunque yo los conocía mejor por mediación de Arranes, que acostumbraba visitarlos más a menudo de lo que mi sensible olfato hubiera deseado. Quizá por sus largas campañas disputando fronteras con sus vecinos del sur, sus ropajes no se distinguían realmente de los celtíberos salvo en la falta de ornamentos y los colores más apagados, que yo atribuía más a la suciedad que al tono del tejido: una túnica corta, ceñida con unas bandas de cuero cruzadas sobre el pecho, unos pantalones largos de lana, y el característico *sagum*, un capote abrochado sobre su hombro derecho que colgaba por la espalda hasta la corva, dejando los dos brazos desnudos.

El despejado horizonte nos obsequiaba aquel día con una hermosa puesta de sol, aunque la cordillera se lo comía a dentelladas antes de que pudiera adquirir su rojo esplendoroso, como lo habíamos visto en las llanuras del sur. Será por mi alma sensible que siempre me ha conmovido la hora del crepúsculo: ese candente fulgor que agoniza en el cielo como los rescoldos de una hoguera olímpica, preludiando la absoluta y temible oscuridad de la noche... ¡Y qué noche! No bastaba mi sólida fe en la Legión para apartar de mi mente las palabras de la vieja arpía Aliksa, las terribles insinuaciones proferidas por su boca ennegrecida acerca de tribus salvajes y sacrificios humanos en los recónditos bosques de las montañas... ¿Y qué me ocultaba Arranes? Sin duda alguna evocación había saltado a su mente desde los rincones más antiguos de su memoria, como una atávica profecía cuyo solo pensamiento consciente pudiera impeler a la locura; no era extraño que el vascón, apercibido del horror que tal conocimiento causaría en mi débil espíritu, hubiera preferido guardarlo para sí por el momento.

Pero aquella tarde, decía, la simple ausencia de nubes sobre el fuerte bastaba para ensanchar mi acongojado ánimo. Incluso vi un cernícalo surcar el aire por encima de nuestras cabezas y quise descifrar en su vuelo circular algún buen augurio, a pesar de que siempre he sido un extraño en el nebuloso país de las adivinaciones.

Un fuerte hedor a queso de oveja rancio y a establo mal cuidado fue la primera barrera que hube de superar para adentrarme en el sector de los vascones siguiendo los pasos de Arranes. Los muy canallas estaban comiendo, ¡a todas horas comían! Mientras el resto de la tropa racionaba sus mendrugos a la espera del trigo aquitano, aquellos salvajes se llenaban el garganchón con todo tipo de desperdicios y alimañas del bosque, desde jabalíes hasta gorriones, pasando por liebres y viles ratas. Y todo acompañado de aquel queso fortísimo y jugo de manzana fermentado.

—¡Arranes! —saludó el primero en vernos llegar, desatando un fragoroso recibimiento de risas y gritos.

Adoraban a mi tribuno desde su embrutecida ignorancia, simplemente porque era el único en la Legión que se preocupaba por ellos y les hablaba en su lengua. Nada sabían de sus orígenes, su historial militar y menos de sus ambiciones para el futuro. Pero todos lo querían ciegamente, salvo uno.

—¡Ten cuidado, no vayamos a manchar tu reluciente coraza! —fueron las pocas palabras que pude entender de tanta algarabía, puesto que no había otro jinete vascón que utilizara el latín más que aquel llamado Unai, un joven larguirucho, cejijunto y cegato, pero sin duda el más *civilizado* de toda la turma. No en vano el jefe Gogor se aseguraba siempre de tenerlo a su lado, pues además lo necesitaba como intérprete con el sufrido decurión romano.

Arranes aceptó el abrazo viril de Unai pero mantuvo su boca bien apartada de los trozos de carne y las jarras desbordantes que numerosos brazos le tendieron. Cuando se volvió hacia Gogor, que ni siquiera se había levantado de su lugar frente al fuego para recibirle, bastó una mirada silenciosa para hacerle comprender la gravedad de su visita. El jefe vascón —sí, a él me refería al hacer la excepción— lo invitó a sentarse a su lado, echó a la hoguera el hueso que acababa de roer y eructó sonoramente como un león reafirmando sus dominios. El gigante de melena negra no sentía tanto desconfianza como temor de Arranes, pero su condición de líder lo obligaba a adoptar un ademán de superioridad y desdén hacia todo lo romano; como si ellos pertenecieran a una ralea más digna que la de simples mercenarios al servicio de la Legión.

—Traigo noticias importantes —anunció Arranes tras sentarse junto a él, y a partir de entonces su charla se desarrolló en lengua vascona. Gogor le hizo repetir varias frases, por su dureza de oído o quizá solo por humillar a mi tribuno, que padecía al buscar unas palabras demasiado tiempo olvidadas. Casi sonrío al imaginarlos: peores conversadores que aquellos dos no verá jamás la historia de la humanidad. Más de una vez tuvo que intervenir el atento Unai para enmendar un equívoco, precisar un matiz o rescatar el diálogo del total estancamiento.

Y a cada frase concluida el rostro pétreo de Gogor parecía adquirir una expresión más sombría, acentuada por el baile de llamas de la hoguera. Era evidente que la idea de adentrarse en las montañas nevadas en busca de soldados extraviados no le resultaba nada halagüeña, y en cuanto Arranes terminó de hablar el jefe mostró su negativa sacudiendo la cabeza y farfullando con obstinación.

Arranes trató de apaciguarlo en vano, luego perdió los estribos y bramó su nombre para hacerle callar. Con la atención recuperada, el tribuno siguió hablando despacio pero firme. Y es fácil adivinar el argumento que debió emplear para aplacar sus reticencias: la presencia de la turma vascona era imprescindible para ascender a las montañas y el procónsul lo sabía; si con su ayuda lograban recuperar las provisiones perdidas y así salvar el fuerte, Roma les estaría eternamente agradecida. Si por el contrario le negaban esa ayuda...

Sin duda pesaba más en el ánimo de Gogor la promesa de una suculenta recompensa que la amenaza de cualquier castigo castrense por su insumisión, pero otro oscuro pensamiento le retuvo de tomar la decisión inmediatamente. Sin apartar los ojos del fuego, en un murmullo casi avergonzado, Gogor pronunció:

—*Sarrak.*

¡De nuevo aquella palabra! Así que Gogor, como a buen seguro todos sus correligionarios de la turma, conocía la leyenda que la vieja nos había susurrado en su hedionda guarida y aunque su vil calaña le impidiera dar culto a otros ídolos que el oro y la plata, un temor ancestral todavía encogía su corazón al recordar el nombre de aquel mítico pueblo de las montañas.

La mentira no tiene lengua, habita en la malicia del hombre y para el buen observador es más fácil reconocerla en los ojos que en las palabras del mentiroso. Así supe al mirar a Arranes que estaba mintiendo para sosegar al jefe vascón, quizá jurando que el extravío del trigo no estaba relacionado con ninguna tribu legendaria, sino acaso con vulgares asaltadores, o más posiblemente con un lamentable accidente en los riscos nevados, tan inexplorados y peligrosos...

En todo caso la argucia surtió el efecto deseado y después de vaciarse en la garganta una jarra rebosante Gogor se puso en pie para hablar a sus hombres con voz atronadora. La respuesta fue inmediata, casi sin esperar al final de su arenga, y tal como preveía fue eufórica, brutal, descerebrada. Todos en pie alrededor del fuego, unidos en un clamor ininteligible, con sus brazos alzados al cielo como un ejército envalentonado ante la batalla; solo que en las manos de estos soldados no había espadas o lanzas, sino patas asadas y jarras de licor.

La Quinta Cohorte de la Séptima Legión, cuyo nombre ya siempre correrá unido a la leyenda y el misterio, guardaba para mí un significado especial antes de ser elegida —por Arranes, por el destino— para enfilar hacia las montañas del Pirineo. Era la unidad de Filipo.

He tenido muchos amantes, algunos tan jóvenes que sus padres me los entregaban confiadamente como alumnos, pero nunca conocí muchacho más brioso y risueño que aquel legionario criado en las faldas del Palatino. Imposible olvidar el día en que mi mirada lo descubrió entre los demás soldados como una pepita de oro entre guijarros, ejercitándose en el patio de armas del fuerte de Cremona. La sola admiración de su cuerpo ya hubiera bastado para estremecerme, pues ni en las estatuas de Apolo se daban cita mayor belleza y proporción, pero fue su manera de desenvolverse con los otros la que me embriagó por fuera y por dentro de la piel. Filipo era sin duda el mejor, el más ágil y rápido de sus contrincantes en las luchas improvisadas sobre la arena; con la espada de madera o los brazos desnudos era siempre quien terminaba encima, doblegando a uno tras otro hasta que nadie más se atrevía a retarlo. ¿Pensáis que esto lo hacía envanecerse? ¡Al contrario! Su risa incesante demostraba demasiada candidez para herir ningún orgullo, y los vencidos aceptaban su mano para levantarse con gran regocijo. ¿Y cómo no sentirse hechizado por aquellos ojos claros y vírgenes como el alba?

No recuerdo, sin embargo, haber llegado a enamorarme de Filipo. Demasiado veleidoso, me decía yo, solo va a traerme decepciones; y en todo caso, debo admitir, mi corazón era inexpugnable a sus llamados porque ya se había juramentado por otro hombre. ¡Ah, qué injusta y lacerante fidelidad exigen las pasiones no correspondidas!

En aquellos días los suspiros de Arranes eran para la hija de Osaba, Belartze, y no sabría decir si en este caso los sentimientos eran correspondidos o no; ¡misterio mayor que una mujer...! Me inclino a pensar que ella lo veía en sus sueños más placenteros y era tan solo el uniforme romano lo que despertaba su recelo y la impelía a actuar con tanta hostilidad.

Sé que Arranes fue a verla después de dejar a los jinetes vascones con su báquica celebración, aunque entonces no quiso reconocerlo.

—Voy al poblado —me dijo escuetamente—. Quédate y ve pertrechándote para la expedición.

¿Qué palabras tendría guardadas para la agreste dama? ¿Una sentida despedida? ¿La solemne promesa de regresar con el trigo? ¿O habría llegado más lejos pidiendo su mano? Sea cual fuere su intención no pudo hablar con ella. Una puerta cerrada y un silencio acusador fueron toda la respuesta a sus voces desde el zaguán; ni Belartze ni Osaba querían oírlo. La determinación de Arranes de marchar hacia las montañas había sido demasiado transparente durante el consejo de ancianos y ningún lugareño estaba dispuesto a bendecir tal empresa, menos si cabe Osaba, de quien todos conocían su preocupante amistad con el tribuno.

Cuando Arranes partió, tomé la dirección contraria a nuestros aposentos y me apresuré hacia los barracones de la Quinta Cohorte. El campamento tenía dimensiones de ciudad y a aquellas horas de la tarde las dos vías principales bullían de soldados que regresaban del exterior, por lo que me costó abrirme paso y orientarme entre la multitud. Decenas de pequeños fuegos ya crepitaban frente a los barracones y los legionarios acercaban sus potes para llenarse la tripa siquiera de agua caliente antes de dormir. He de admitir que la paradigmática austeridad del ejército romano, cuyos estómagos nunca han necesitado más que pan e higos para marchar victorioso en todos los rincones del mundo, comenzaba a mostrar fisuras y no era extraño ver a dos soldados discutir por un pedazo de mala carne. Yo mismo, que gozaba de una manutención privilegiada gracias a Arranes, sentía mi lengua empaparse cuando me asaltaba el aroma de aquellos paupérrimos asados.

Supe que había llegado hasta el sector de la Quinta Cohorte por la especial agitación que allí se percibía. No distinguí al centurión Sexto Asellio, pero sin duda rondaba cerca y ya había hecho correr discretamente las instrucciones para emprender la expedición. El vientre de los infantes debía de haberse encogido por la emoción, ya que apenas ardían fogatas frente a sus barracones y en lugar de eso se oía la frenética preparación de unos equipos algo descuidados: un casco abollado, unas sandalias que necesitan remiendo, una espada por afilar... Incluso escuché los lamentos de un infeliz que había cambiado su lanza por un pedazo de queso y ahora se desvivía por conseguir otra de sus compañeros, recibiendo solo burlas y reproches.

Nadie reparó en mí hasta que asomé la cabeza en el dormitorio de Filipo. En el cubículo de entrada dos legionarios pertrechaban sus equipos entre maldiciones y risas; me miraron con expectación, pensando que portaría algún tipo de mensaje de mis superiores, pero comprendieron mis intenciones demasiado bien en cuanto pronuncié el nombre de mi amante. Con un guiño que hubiera preferido no ver me indicaron que Filipo se encontraba en el interior y pasé entre ellos sintiendo sus sonrisas imbéciles a mi espalda.

—¡Celio Rufo, salimos de maniobras!

Igual que un niño excitado antes de su juego favorito, Filipo saltó de su litera al verme entrar y me sujetó de los hombros sin parar de reír. Noté mis mejillas enrojecerse y di un paso hacia atrás casi por acto reflejo, pues otros tres legionarios deambulaban por dormitorio y sus miradas me incomodaban. Todos semidesnudos, ordenaban o cosían las rasgaduras de su ropa en previsión de una caminata por las cumbres nevadas. Al parecer esa había sido la única consigna honesta transmitida por el centurión: debían aligerar su equipo de trastos prescindibles y engordar su abrigo para una accidentada marcha hacia el norte.

—Lo sé, lo sé —tranquilicé a Filipo—. Yo también iré.

—¿Es cierto eso? —Soltó otro aullido eufórico— ¡Maravilloso!

—Ya veremos si te parece tan maravilloso cuando tengas los pies hundidos en la nieve, idiota —protestó un barrigudo llamado Casio, mientras se enfundaba en unos pantalones demasiado estrechos para sus piernas de roble. Otro compañero de contubernio rió en su litera.

—¿Es que no tenéis ganas de salir de aquí? —replicó Filipo, que no era idiota ni fácil de amilanar—. ¡Pues yo sí!

—¿Cómo está tu equipo? —me interesé, intentando mantener mi voz fuera del alcance de los demás—. ¿Necesitas algo?

—No, estoy listo.

—¿Y comida?

—¡Comida! —ladró Casio a mi espalda—. ¡Este escribano debe estar de guasa!

—La suficiente —aseveró Filipo, haciéndole caso omiso.

—Entonces podrías... —Las palabras se balancearon indecisas en mi lengua; demasiados oídos a mi alrededor—. Podrías acompañarme... y ayudarme a preparar mi equipo...

—Claro, Celio Rufo, te ayudaré.

Lo cierto es que Filipo y yo no teníamos nada que ocultar; contados eran los soldados de la Legión que no habían sofocado en alguna ocasión sus apetitos sexuales con sus propios compañeros. Para un romano cultivado nada de escandaloso tienen dichos desfogues, tanto más comprensibles entre los sufridos legionarios, pero esta tolerancia parece disiparse en cuanto los amantes demuestran un embelesamiento más duradero que el mero clímax físico. Esta es la paradoja de los supuestos defensores de la moralidad: desprecian las relaciones prolongadas entre hombres pero no sus contactos sexuales esporádicos, como si el amor hacia un hombre fuera patrimonio de las mujeres y de los afeminados o débiles mentales.

Por eso, y aunque yo no profesaba profundísimos sentimientos hacia Filipo como ya he dicho, no me sorprendía el intercambio de ademanes socarrones entre los legionarios cada vez que me acercaba a hablar con él. Era una murga que levantaba cierto color en mis mejillas pero no me preocupaba realmente.

Y no penséis que escondía mi afición por los jóvenes a mi tribuno Arranes, a pesar de que él nunca llegarse a comprenderla. Tan solo procuraba mantener mis hábitos en la mayor discreción y él nunca me hizo preguntas. Pero por alguna razón —tan absurda como fácil de deducir— yo no quería que Arranes supiera de mi asentada relación con Filipo, así que nuestros encuentros debían ser breves y furtivos, aprovechando los pocos ratos que yo me separaba del tribuno o por la noche mientras dormía.

El joven legionario me siguió con paso ligero hasta los aposentos de los tribunos, que estaban ubicados frente a la comandancia, sin dejar de parlotear animadamente. ¡Cuánto lo entusiasmaba la expedición, al pobre infeliz! Ya me empezaba a cuestionar su inteligencia cuando de pronto dijo, con la obvia intención de sonsacarme:

—Apuesto a que no son solo maniobras rutinarias. Debe tratarse de algo más serio para que el tribuno Arranes encabece la marcha, probablemente una misión peligrosa. ¿Por qué, si no, iba a ordenar una cohorte expedita, en lugar de cargar con todo el equipo como en las maniobras ordinarias?

El tono de voz de Filipo no reflejaba temor; al contrario, parecía desear con todas sus fuerzas que tal sospecha fuera fundada y la misión tuviera unos objetivos secretos más altos y comprometidos. El ingenuo siempre piensa que detrás de la próxima esquina le espera la Fortuna, aunque camine por un callejón oscuro y plagado de asesinos.

—No sabría qué decirte —fue mi parca respuesta. No era momento de abrumarlo con ominosas leyendas y supersticiones atávicas, cuando nos dirigíamos hacia mi lecho.

¿Me sentía excitado? Tanto como se puede estar; pero el origen de mi calentura no era aquella noche Filipo, en realidad; era la emoción del viaje lo que espoleaba mis miembros y hacía latir deprisa mi corazón, igual que le sucedía a él. Solo que en mi caso la euforia aventurera dejaba paso a un profundo miedo a lo desconocido, tal vez igual de injustificado, pero cuánto más turbador.

Había anochecido cuando entramos en las habitaciones de Arranes, en el ala izquierda del mismo edificio compartido por el tribuno Marco Arrio. Con muros de mampostería y tejado de madera, estas viviendas eran —aunque muy por debajo de la comandancia de Pompeyo— bastante más cálidas y confortables que el resto de los barracones, si bien el escaso mobiliario ofrecía solo el alivio indispensable. Una gruesa cortina colgaba del dintel que separaba el vestíbulo de mi dormitorio, justo frente al de los sirvientes de Marco Arrio. Las habitaciones de los tribunos rodeaban el pequeño atrio interior, ya iluminado por media docena de antorchas.

Reinaba un silencio total cuando hice pasar a Filipo a mi dormitorio; estábamos solos. Con Arranes en la aldea y Marco Arrio desaparecido en las entrañas del campamento, el bullicio de los legionarios pasando por la calle parecía muy lejano, amortiguado por los postigos cerrados de la ventana. Prendí una lámpara de aceite y las sombras de la estancia tomaron forma: a un lado mi equipo ligero, ya dispuesto para la marcha; a otro lado mi lecho, con su colchón de plumas de oca: un capricho carísimo que siempre debía trasportar en secreto y que en esta ocasión debería olvidar.

—Parece que lo tienes todo preparado —apreció Filipo con malicia, mas no lo dejé pronunciar otra palabra. Comencé a besarle el cuello y deslicé mis manos bajo su capa para quitársela con atropellada excitación.

Fue un encuentro crispado, de manos fuertes y abrazos atenazados. Los dos desnudos sobre mi catre, en la penumbra, no advertimos las horas consumirse, ni el aire hacerse frío, ni las voces extinguirse en la calle al cerrarse la noche sobre el campamento. Por un mágico lapso creo que hasta nos olvidamos de la expedición, con sus miedos y sus desafíos.

Pero de pronto sucedió algo. Filipo estaba encima de mí, exhalando su aliento en mi mejilla, cuando abrí los ojos y vi una silueta en el umbral de la puerta, tras la cortina semi abierta.

Inmóvil y callada como una estatua, la sombra de un hombre nos contemplaba.

—Filipo... —susurré apenas al oído de mi amante, mientras cerraba los ojos en un absurdo impulso de cobardía, como si negando mi visión pudiera cegar también al insolente observador que acechaba detrás de la cortina.

¿Y quién podría ser aquel, sino mi tribuno Arranes, cuyo regreso no habíamos oído en el fragor de nuestra pasión? ¡Oh, cómo maldije mi suerte y mi vicio!

Filipo no me oyó y poco a poco noté sus músculos relajarse sobre mí, ya cercanos al amodorramiento. Al cabo me atreví a abrir de nuevo mis ojos, confiando en que el buen Arranes, que sin duda nos había descubierto por casualidad, no habría permanecido en aquel umbral por más que un fugaz instante de confusión.

Pero la sombra seguía allí de pie, mirándonos.

—¡Ah! —grité débilmente, y me revolví del abrazo de Filipo, quedando sentado de espaldas a la puerta. Me faltaba el aire.

—¿Qué te pasa? —Filipo vacilaba entre alarmarse o reírse—. ¿Te he aplastado?

El corazón me golpeaba por dentro como un mazo, y al apretar de nuevo mis párpados vi volar mil luciérnagas.

—Vete —masculló con un hilo de voz.

—¿Qué? —el pobre pensó que le hablaba a él—. ¿Quieres que me vaya?

¿Es que aquel botarate no tenía ojos en la cara? ¿Por qué entonces no veía al hombre que nos vigilaba desde el umbral con la misma nitidez que lo había visto yo? ¿Acaso ya se había marchado?

Lentamente, contenida la respiración y apenas entornados los ojos, giré la cabeza hacia la puerta del dormitorio. Por favor, por favor, por favor...

Se había ido.

—Oh, Júpiter —suspiré, todavía estremecido.

Súbitamente Filipo saltó del lecho y comenzó a vestirse a toda prisa, sin mirarme.

—Filipo, espera...

—¿Ahora dices que espere? —Mi desairado amante levantó un incómodo alboroto— ¡Aclárate!

—Shhh —le conminé a bajar la voz—. Había alguien tras la cortina, espiándonos.

Tal vez mi susurro fue tan liviano que ni siquiera llegó a sus oídos, o tal vez lo escuchó pero prefirió ignorarlo; lo cierto es que

Filipo terminó de vestirse y salió apartando la cortina de un manotazo, sin despedirse.

Escuché sus pasos alejarse y fundirse en el murmullo de la calle; luego permanecí durante un rato abrazado a mi cuerpo tiritante, boqueando maldiciones. Pero el silencio mortuorio que llegaba desde el vestíbulo me seguía inquietando. ¿Se habría marchado el merodeador, o todavía estaba agazapado entre las sombras? Porque bien pensado podría tratarse de cualquiera, desde un soldado curioso hasta un esclavo manilargo, aunque hace falta ser muy osado o muy estúpido para atreverse a allanar la morada de los tribunos Arranes y Marco Arrio. ¿Tal vez se trataba de algún mensajero enviado en su busca? Ah, nunca me sentí más humillado que en aquella desnuda ignorancia.

Quienquiera que fuese había demostrado una perversa crueldad quedándose allí de pie, sosteniendo mi mirada horrorizada desde su escondite cobarde en las sombras; era impensable, por tanto, que se tratara de Arranes. ¿O acaso no conocía a mi tribuno también como pensaba?

Muy despacio me enfundé en la túnica y me asomé sigilosamente al vestíbulo, descalzo y sin lámpara. Las antorchas del atrio y de los que paseaban frente a la puerta bastaban para perfilar los contornos en la estancia, aunque tardé unos instantes en poder cerciorarme de que estaba vacía.

Oí un ruido: unos pasos furtivos en el atrio.

—¿Tribuno Arranes? —llamé tímidamente.

Silencio.

Decidiendo contra mi apocada voluntad, mis pies echaron a andar hacia el patio. ¿Qué tenía que temer, después de todo? ¿A quién había de dar cuentas por mis placeres privados? ¡En todo caso él debía avergonzarse por su indiscreción y pedirme disculpas!

Y sin embargo el corazón seguía martilleándome los oídos como a un reo que se adentra en la arena del circo.

—¿Tribuno Arranes? —repetí, escudriñando las ventanas de sus aposentos en busca de alguna luz, mas la oscuridad siguió sin responderme.

Entonces me volví hacia los aposentos de Marco Arrio, al otro lado del atrio, y bajo el parpadeo de las antorchas creí percibir una leve oscilación en la cortina de una puerta. ¡El intruso se había refugiado allí, sin duda!

El terror se enseñoreó de todos mis músculos, pero en vez de atenazarlos como esperaba les empujó a moverse otra vez hacia el mismo origen de mi turbación. ¡Imprudente de mí! ¿Qué iba a hacer, semidesnudo y desarmado, si el desconocido resultaba ser un asesino o un ladrón sin escrúpulos? Nada bueno podía salir de tan absurda temeridad, y aún mis pies continuaron su camino sobre la helada tierra hacia la puerta de aquella habitación. Apenas a unos pasos del umbral, sin oír ni sentir nada más que mis latidos en las sienes, vi mis manos alargarse lentamente hacia la cortina como las de un fantasma, ansiosas por desvelar el misterio...

...Cuando la voz profunda de Arranes me hizo dar un respingo.

—¡Celio Rufo!

Entraba por el vestíbulo a grandes zancadas, con el ánimo más ofuscado que nunca por su frustrada visita en el pueblo, y ni siquiera advirtió mi susto al volverme de un salto.

—¿Todavía no estás preparado? —preguntó sin detener su marcha hacia las habitaciones—. Es muy tarde ya.

—Estoy... enseguida, mi tribuno —tartamudeé, retrocediendo sobre mis pasos. Intuí que no era buena idea delatar la presencia del intruso; ¡a saber lo que el desgraciado inventaría para salvarse de la espada de Arranes! Ladrón o soldado, prefería que se largase de la casa con mi secreto como parte del botín.

Regresé ligero a mi dormitorio, todavía estremecido por el susto, y me aseguré de correr la cortina por completo antes de comenzar a vestirme. Creo que lo hice canturreando por lo bajo, seguramente para no escuchar los pasos huidizos del intruso cruzando el vestíbulo.

La inusitada calma de la noche tenía aire de presagio. No soplaba ni una brizna de viento, el cielo ofrecía una luna resplandeciente y los únicos sonidos que planeaban sobre el campamento eran el aullido de los perros y el canto de las lechuzas.

¡Nadie en un extremo del campamento podría imaginar lo que se fraguaba en el otro! El sueño era profundo y recogido bajo las mantas de los legionarios, y tan solo algún relincho hizo levantar un par de cabezas del lecho en los barracones de la Séptima Legión. Un murmullo profundo, como un amortiguado retumbo en la tierra, se extendió lentamente desde el sector suroeste hasta el foro frente a la comandancia: quinientos soldados bien pertrechados caminaban en disciplinado silencio como una cohorte de espectros, apenas alumbrando sus pasos con un puñado de teas. El casco colgado sobre el pecho, el escudo amarrado a la espalda y en la mano derecha el *pilum*, los legionarios habían cargado sus escasos víveres y las herramientas imprescindibles en las mulas de la retaguardia, una por cada diez hombres; la marcha se preveía corta y se les había exigido la máxima ligereza en su equipo individual.

Al grueso de la tropa fue confluyendo el contingente de auxiliares, doscientos entre jinetes e infantes, formando toda una mezcolanza de razas y atuendos de las más dispares procedencias: estaban los sirios de piel parda y orgullosa huraña, tan elegantes jinetes como letales arqueros; los númidas de tez tan negra que sus túnicas parecían cabalgar solas en la noche, pero bajo la cual se ocultaba un espíritu cantarín y festivo; también los había de las orillas del Adriático, dálmatas y macedonios más hechos a los rigores de la infantería que al dominio de los équidos. Y por último la alborotadora turma de jinetes vascones, que insólitamente parecía haberse contagiado de la siniestra quietud del desfile.

En el patio del Foro se ordenó la tropa según las indicaciones del primer centurión Sexto Asellio, en formación de columna, sin que ningún oficial levantara la voz más de lo imprescindible. El roce de lanzas y el pateo de los caballos devino en poco más que un suave rumor sobre la tierra escarchada, pronto extinguido de nuevo en el silencio de la noche. La cohorte se me figuró como un inmenso animal agazapado en su guarida: mil alientos de hombres y bestias fundidos en una sola respiración, profunda, oscura, ancestral, esperando el primer albor para salir de cacería...

Arranes me quería cerca de su caballo —blanco, noble, nombrado Argo en honor a la nave de Jasón— al frente de la primera centuria, justo bajo el estandarte del toro que distinguía a la Quinta Cohorte, y ocupé el lugar en cuanto hube cargado mis bultos en una de las mulas que venían detrás. Arranes, sin embargo, se demoró un tiempo en aparecer sobre su engalanada montura; tenía algo de mítica la visión de aquel hombre de rasgos tan marcadamente vascones uniformado con coraza, capa y destellante casco romanos.

Durante el rato que permanecimos allí giré la cabeza varias veces para buscar a mi soliviantado amigo, Filipo, pero su puesto quedaba muy rezagado en la columna y no lo distinguí.

Dispuestos para emprender la marcha, todos aguardábamos la aparición de nuestro comandante Pompeyo en el Foro para dirigirnos sus palabras de despedida. Pero no sucedió. Marco Arrio llegó trotando en su corcel azabache y se inclinó para susurrar algo al oído de Sexto Asellio. Después de asentir sumisamente, el centurión levantó su brazo y la Quinta Cohorte se puso en movimiento como una perezosa y gigantesca serpiente.

Miré el rostro de los primeros legionarios y no advertí ninguna señal de preocupación; ¿por qué habían de mostrarla, si aquello no era más que una maniobra de entrenamiento? Antes al contrario, parecía reflejarse en sus ojos un destello de vanidad por haber sido elegidos entre todas las cohortes, y en el ardor de sus mejillas el anhelo de cumplir con sus órdenes ejemplarmente para —quizá— merecer después la recompensa de sus superiores en forma de pan o vino.

Setecientos hombres éramos en aquella marcha, de los que solo cuatro —no cuento a los jinetes vascones, que ya habrían anegado sus escasas entendederas en el olvido del alcohol— conocíamos su verdadero destino: Arranes, Marco Arrio, Sexto Asellio y yo mismo. El secreto me pesaba, pero a cada metro recorrido se me antojaba más liviano, de poca importancia, casi ridículo; ¡cómo no iba a ser así! Sentir a mi espalda las pisadas firmes de toda una cohorte romana, el hálito helado de aquellos legionarios que habían campeado victoriosos al norte y al sur de nuestro mar, envolviéndome, arrullándome, casi llevándome en volandas... ¡Qué estremecimiento tan sublime me poseyó, al fundirme con aquel cuerpo fabuloso que avanzaba ciegamente hacia la noche! ¡Temblad, salvajes de los bosques —me decía enfervorizado—, porque Roma marcha por vuestras lindes!

La cohorte recorrió en contenido silencio toda la vía pretoria del campamento hasta la puerta norte, donde los vigilantes ya nos habían dejado el paso expedito y nos observaban con curiosidad desde lo alto de la muralla. Allí distinguí al prefecto Liborio moviéndose de un lado para otro con una antorcha, dando instrucciones y protestando por la ineptitud de algún soldado. Pero entonces me llamó la atención otra figura que permanecía inmóvil muy cerca de él, envuelta en una capa roja y sin casco. Era Pompeyo.

Ignoro si algún otro soldado de la cohorte advirtió su presencia, aunque me inclino a pensar que no. Se cuidaba bien de permanecer en la penumbra y con el rostro tapado hasta los ojos, pero yo ya lo había descubierto. ¡Maldito sea por siempre! ¡Qué bien intuía el destino que nos aguardaba mientras nos veía marchar desde la empalizada, sin necesidad de escuchar a sus arúspices!

Solo Arranes, al percibir mi rostro alzado, levantó sus ojos hacia la muralla y se encontró con los de Pompeyo. No hubo un gesto, no hubo una palabra. Arranes pasó bajo la puerta y enfiló hacia las casas del poblado seguido del resto de la tropa. Cruzado aquel umbral él era el jefe; la expedición había sido fruto de su empeño y ahora era responsable de convertirla en una misión victoriosa. Indagué en su mirada buscando el reflejo de mi propio temor, mas no hallé otra cosa que una oscura determinación. Si es cierto que los hombres venimos al mundo con un destino encomendado, sin duda aquella era la noche en que Arranes partía para enfrentarse al suyo, arrastrándonos a todos con él.

La columna era tan larga que aún no habían terminado de salir del campamento los jinetes zagueros y ya la cabeza alcanzaba las últimas casas del poblado, desde donde se tomaba el camino del río. Todas las puertas de las chozas permanecían cerradas y quizás atrancadas a nuestro paso; la única luz era aún la de nuestras teas y la de la luna, pero el amanecer estaba cerca.

Inesperadamente, unos postigos chirriaron cuando cruzábamos por delante de una fachada. Vi la barbilla de Arranes volverse como una flecha y me di cuenta de que era la casa de Osaba Biurno. Entre las sombras del zaguán, el rostro blanquecino de un niño curioseaba por la abertura del portón. Neko.

Arranes detuvo su caballo a un lado de la columna con la excusa de supervisar su paso, pero no podía apartar sus ojos de los del niño que le espiaba. Yo hube de seguir marchando, o de lo contrario habría tenido después que remontar a mi puesto corriendo, pero aún pude distinguir la figura de una mujer apareciendo por detrás del pequeño Neko, en el umbral de la puerta. ¿Belartze? Debía ser ella a juzgar por la expresión nerviosa de mi tribuno, que solo acertó a levantar una mano tímidamente como saludo antes de que ella cerrase el portón llevándose a su hijo hacia el interior. ¡Era tanto lo que Arranes quería decir a aquella dama, tan profundo el sentimiento que deseaba compartir con ella, que imagino cuánto debía doler un desprecio tan cruel!

Pero lejos de afligirse, Arranes se reincorporó a la delantera de la expedición más encorajinado que nunca y marcó un paso bien ligero por el camino que declinaba hacia el río.

Al llegar al puente de madera los primeros rayos del alba asomaban en la distancia, y por encima de mi hombro percibí la infinita hilera de soldados que descendía culebreando por la colina. Transparente y afilado como una placa de hielo, el presentimiento de que un destino horrible aguardaba a aquellos hombres atravesó mi pecho de parte a parte.

II
LA QUINTA COHORTE

Las primeras horas de la mañana, sin embargo, se deshojaron sin prisa y suavemente. Amparados por un cielo azulísimo y marcando un paso cómodo sobre la ancha pista de tierra, ni siquiera la visión de las cercanas cumbres nevadas nos impidió disfrutar de la apacible campiña que transitábamos, todavía dominada por una familiar fronda de encinas y pinos silvestres. Marchábamos junto al río, uno de cuyos brazos hubimos de franquear muy pronto, aprovechando un angosto puente de madera; recuerdo, pobre de mí, que aún quedaba en mi ánimo la ligereza suficiente para maldecir la suciedad de mis sandalias mientras caminábamos sobre un repentino asfalto de excrementos de oveja. En seguida hallamos a las culpables paciendo en unos espléndidos herbazales; eran rebaños reducidos pero de cuerpos muy lanudos, mantenidos a raya por unos perros pequeños que apenas necesitaban dos voces de su amo para realizar su tarea con asombrosa destreza, se diría que con juicio propio. Estos pastores, cuya aldea no se anunciaba en nuestro escueto itinerario pero había de ser próxima, nos miraban a su vez con ojos estupefactos, y no se atrevían a moverse mientras el grandioso desfile les pasaba por delante como un espejismo de escudos y estandartes resplandecientes. ¿Se preguntarían cuál era nuestro destino, o temblarían sobrecogidos por conocerlo demasiado bien? En todo caso no arriesgaron una sola palabra a nuestro paso y Arranes no consideró oportuno sonsacársela.

Marco Arrio parecía erguirse inquieto sobre su montura. Cada vez que uno de los jinetes de la avanzadilla regresaba para informar a Arranes —quien oportunamente había encomendado a los vascones dicha labor, pues conocían mejor el terreno y podían conversar con los indígenas— se arrimaba a preguntar excitado. Su semblante no conocía más que dos registros, el gesto circunspecto de quien sospecha hasta de su sombra y la mueca encolerizada del que a todas horas cree ofendido su hinchado orgullo. Por eso tratar con él resultaba siempre mortificante como andar entre ortigas y la táctica asumida por todos parecía ser intercambiar el menor número de palabras posibles.

Y en parquedad nadie ganaba a mi tribuno Arranes.

—¿Qué noticias trae? —le preguntó Marco Arrio en cuanto el jinete salió galopando a reunirse con sus compañeros de vanguardia.

—Ninguna —Arranes ni siquiera le concedió una mirada.

—¿Ninguna?

—Los pastores no quieren hablar y todavía no hay rastro de soldados.

—¿Y para eso ha vuelto? ¡Valiente inútil!

Yo, que caminaba justo detrás de sus caballos, temí una reacción airada de mi tribuno, pero no hizo el más leve mohín.

—Estos pastores nos ocultan algo —continuó Marco Arrio, sosteniendo la mirada de un viejo que se había hecho a un lado del camino con sus dos vacas—. Estoy convencido. Por eso están tan tranquilos.

—Si estuvieran nerviosos dirías lo mismo —replicó Arranes, suscitando a la vez mi sonrisa y la irritación del tribuno.

—¿Piensas que soy idiota? Ningún hombre puede ver al ejército romano desfilando por sus tierras y no sentir algún temor, de no ser un loco o... —Un pensamiento malévolo centelleó en los ojos de Marco Arrio—. O un traidor a su pueblo.

Arranes interpretó bien aquellas palabras: la desconfianza del joven no provenía tanto de los pobres pastores como de su propio colega de tribunado, pues ni el más deslumbrante de los uniformes bastaría para camuflar su sangre vascona. Arranes levantó otro muro de silencio, pero la impertinencia del romano estaba lanzada:

—¿Puedo hacerte una pregunta, de tribuno a tribuno? —No esperó un consentimiento que no iba a recibir—. ¿Qué esperas sacar de todo esto?

—No te entiendo.

—Venga, seamos francos. Esta es una misión peligrosa, y tanto si resulta un éxito como un fracaso determinará nuestras posibilidades en la guerra contra Sertorio. Al menos eso es lo que piensa Pompeyo; y tiene fama de ser un hombre agradecido...

—No espero otra recompensa que el reconocimiento de mi procónsul y de mi gente.

—Perdona, pero ahora soy yo el que no entiende. Cuando dices «tu gente», ¿te refieres a los legionarios, o a los vascones?

—Todos estamos en el mismo lado.

—¿Sí? Bueno, eso es precisamente lo que tenemos que averiguar.

Los dos oficiales continuaron la marcha en silencio, siempre guardando la distancia entre los arqueros sirios que caminaban delante y la primera centuria que seguía mis pasos, estandarte alzado. Conforme ascendíamos hacia el norte, el paisaje de quejigales y prados a este lado del río iba dando paso a otro más exuberante donde hayas y robles amenazaban con invadir el camino. El viento gélido arreció.

—Yo también quiero preguntarte algo, de tribuno a tribuno —saltó Arranes al cabo de dos o tres estadios.

—Claro —convino Marco Arrio, sorprendido.

—¿Fue idea de Pompeyo el que vinieras en esta expedición?

—Por supuesto —mintió Marco Arrio, y aún tuvo el descaro de añadir—: No es que desconfíe de ti, pero... mi padre y él son grandes amigos...

—Sí, he oído que tienen aspiraciones similares en el Senado.

El joven tribuno no adivinó la ironía de Arranes, y continuó pavoneándose torpemente:

—De hecho mi padre no es el único que augura un gran futuro para mí en Roma. Por eso no dudé cuando surgió la oportunidad de acompañar al procónsul a Hispania; ¿quién mejor que él para apreciar el ímpetu y la ambición en un joven noble?

—Es cierto, en eso os parecéis. ¡Da gracias a Júpiter de que haya dos consulados para repartir y no un único trono, o tarde o temprano tendrías que batirte con Pompeyo por sentarte en él!

Dicho esto, Arranes tiró de la brida de su caballo para retroceder por un costado de la columna, dejando al otro tribuno a solas con su desconcierto.

Cuando el bosque se espesó y las bifurcaciones del camino comenzaron a desdibujarse la marcha hubo de hacerse más pausada para que los jinetes de la avanzadilla se cerciorasen de que las tropas provenientes del norte no habían tomado ninguno de aquellos desvíos. Esta operación era sencilla, pues las huellas dejadas por un destacamento romano son fácilmente reconocibles incluso entre la tupida vegetación, pero Arranes exigió el máximo celo en sus rastreadores para no cometer un error que podía ser fatal.

Así el atardecer nos alcanzó antes de haber concluido noventa estadios, pobre hazaña para una jornada que amaneció tan temprano, y al no encontrar un puente que nos llevara al otro lado del río como exigía el itinerario Arranes decidió aprovechar un calvero en la ribera para ordenar la acampada.

Un escarpado bosque de sombras nos esperaba allí delante, escondido tras un velo de niebla, prometiendo fatigas y humedades para la jornada siguiente. Pero más inmediata era la amenaza de los densos nubarrones que se habían quedado detenidos sobre el valle, como si el viento ya no pudiera arrastrar sus vientres hinchados, esperando tan solo el canto de una rana para descargarse en nuestras cabezas.

Bajo el acecho de las nubes y los gritos del centurión Sexto Asellio, nuestro agrimensor se apresuró a calcular los límites del campamento, hincando su groma sobre un leve promontorio, justo en el lugar idóneo para la tienda de los dos tribunos. A partir de ese punto se midió la extensión necesaria para seiscientos hombres y fueron marcadas con lanzas las zonas de cada centuria. El terreno raso se quedaba algo corto, por lo que era obligado el desbrozo de todo el perímetro alrededor, y Asellio encargó a la primera centuria que se armara de hachas para volcarse en dicha tarea con toda presteza. Se ordenó a los auxiliares apostarse a poca distancia para vigilar, pues pese a tratarse de unas maniobras —¡tan pocos lo creerían ya!— se encontraban en territorio extranjero y todo era esperable; mientras tanto el resto de la tropa disponía sus equipos para levantar las tiendas y la empalizada conforme a los límites marcados, con la diligente eficacia que distingue a los soldados de la Legión sobre cualquier ejército.

Y me alegré sobremanera de que la primera tienda en estar montada fuera la de Arranes, pues al poco de iniciarse los trabajos se desató una nevada como no había visto en toda mi vida. Copos como nueces que inmediatamente tejieron una alfombra blanca sobre la tierra y empaparon los cabellos de los legionarios, haciendo su ardua labor todavía más enojosa. Ya empezaba a perder la sensibilidad en mis pies por el frío y la humedad mientras esperaba allí plantado a que las lonas de la tienda fueran bien apuntaladas, con el saco de mis ropas e instrumentos de escritura sobre el hombro y el códice de las Argonáuticas debajo del brazo. Arranes trotaba de un lado para otro supervisando el asentamiento, totalmente olvidado de mí, y Marco Arrio se había unido al trabajo como un legionario más, en uno de sus hipócritas gestos de fraternidad con la tropa. No cabe duda de que el tribuno se había ganado un grupo de acólitos, que se contaban entre los hombres más disciplinados y crueles, pero difícilmente los otros se dejarían engañar por aquella pantomima; a más de uno debían escocerle aún en la espalda los latigazos propinados por el noble en alguno de sus antojadizos castigos ejemplares.

Aproveché que Arranes y Marco Arrio estaban fuera para instalar mis cosas con tranquilidad en la tienda y cambiarme de ropa, pues la súbita nieve ya había conseguido calar mi túnica. Me encontraba secando mis pies y mis cabellos con un trapo cuando se abrió la lona de la entrada y apareció Marco Arrio.

Se adentró unos pasos en la umbría estancia hasta que sus ojos repararon en mí. Tras un momento de vacilación, como si le costase entender que aquella era también mi tienda o hubiera olvidado por completo mi existencia, el tribuno exhibió una extraña sonrisa y se sentó en un baúl, al otro lado de la estancia. Mantenía sus ojos fijos en mí, pero yo me esforcé por ignorarlo mientras terminaba de vestirme. Al fin habló:

—Imagino que no llevas mucho tiempo sirviendo para el vascón, escribano. Eres joven para los libros.

—Algún tiempo llevo, mi tribuno —dije vagamente.

—¿Te paga bien?

—Sí —atajé. No adivinaba a dónde quería llegar el romano pero supuse que era mejor frenarlo deprisa. Él abrió su sonrisa, y pasó una mirada por la puerta antes de proseguir:

—Eres su sombra, nunca te despegas de él. Tienes que conocerlo todo sobre Arranes, ¿me equivoco? Cosas que nadie más sabe.

Guardé silencio. Hubiera podido decirle que desconocía más de lo que conocía acerca del tribuno Arranes, pero me negué siquiera a tal confidencia. ¿Es que pretendía conspirar contra él a mi costa? ¡Antes muerto por mil de sus latigazos!

—Yo también, algún día... —prosiguió, trabajando una estudiada ambigüedad—. Podría valerme de un escribano. Y le pagaría bien.

Tampoco abrí la boca entonces, aunque la descabellada insinuación me impulsaba a gritar. En lugar de eso le volví la espalda y seguí recogiendo, temiendo sentir su mano cerrarse sobre mi cuello en cualquier momento. Pero solo oí algo parecido a una risa ahogada y el sonido de la cortina de su dormitorio. Después silencio. Entonces me di cuenta de que llevaba un rato sin respirar.

No había pasado ni una hora cuando entró Arranes acompañado por el centurión Sexto Asellio, interrumpiendo mis escrituras. Desde el exterior solo llegaba el martilleo de los ingenieros afanándose en la construcción del puente sobre el río, y supuse que el resto de los soldados ya descansarían satisfechos en sus tiendas, pero la agitación de mi tribuno denotaba que aún quedaban asuntos por resolver.

—¡Marco Arrio! —llamó a través de su cortina, y el oficial salió casi de un salto, sin su uniforme.

—¿Algo va mal?

Arranes se le acercó para clavarle una mirada acusadora.

—Parece que se ha extendido el rumor entre los legionarios de que esta no es una expedición rutinaria y están preocupados.

—Es natural que lo estén —argumentó Marco Arrio, intentando justificar su indiscreción—, si tienen la sospecha de que sus mandos les están ocultando algo.

Arranes se cubrió el rostro con las manos en un gesto de agotamiento y farfulló para sí unas palabras como «maldito idiota». Luego se encaró de nuevo con el tribuno, cuyos dedos nerviosos parecían añorar el tacto de su látigo.

—Pensaba decírselo al amanecer, para que esta noche pudieran recuperar el sueño atrasado, pero ahora ya es inútil...

—Habrá que formarlos antes de que oscurezca y explicarles la verdad —apostilló Sexto Asellio, como siempre con irrebatible sensatez.

El vascón asintió, apesadumbrado, mientras buscaba una vasija con agua para aclararse la garganta.

—Qué remedio...

—Así prestarán mayor atención en la vigilancia esta noche —sentenció obscenamente Marco Arrio, ganándose el desprecio de la última mirada de Sexto Asellio antes de abandonar la tienda. Esta vez Arranes no otorgó al comentario del tribuno más respuesta que un resoplido fatigado.

Pronto se oyó la trompeta que llamaba a formación y de inmediato comencé a sentir los pasos trepidantes de los legionarios reuniéndose detrás de nuestra tienda. Arranes esperó sentado en una silla y bebiendo el aguamiel que un esclavo le había traído, sumido en sus cavilaciones. Marco Arrio, siempre parapetando su intimidad detrás de una cortina, volvía a enfundarse en su uniforme para dirigirse a la tropa.

Cuando se escuchó una voz final de Sexto Asellio, Arranes se levantó de su silla y avisó escuetamente a Marco Arrio antes de salir:

—Yo hablaré.

No había parado de nevar, y ya no se distinguía el verde bajo los pies de los legionarios que esperaban erguidos las palabras de su líder. También había acudido a la llamada la turma vascona, aunque su habitual indolencia se justificaba más que nunca por ser los únicos conocedores del rumoreado objetivo y se mantenían apartados en un extremo para asistir a la arenga como meros testigos. Las obras del puente habían cesado para la ocasión y los ingenieros también se encontraban entre el resto de la tropa.

Arranes se colocó frente a la Quinta Cohorte y permaneció unos instantes callado, dejando que la nieve encaneciera su pelo negro mientras contemplaba a sus hombres embriagado de orgullo. Porque sus ojos traslucían algo más que esa elevada severidad del tribuno que ordena marchar hacia la batalla; su mirada traspasaba con el ardor lacerante del que se sabe guía en un viaje hacia lo más oscuro del infierno. Nada parecido a la gallardía bruta e ignorante del tribuno Marco Arrio, que soportaba con gran incomodo el silencio de Arranes.

El vascón habló al fin con estas palabras:

—Legionarios y auxiliares de la Quinta Cohorte, he de deciros que me siento privilegiado de estar con vosotros esta noche. Apenas habéis dormido y después de un largo día de marcha habéis levantado este campamento en menos de dos horas, aun bajo la fría nieve. No me equivoqué al elegiros para esta expedición. Muchos ya sabéis que esta no es una marcha rutinaria; probablemente lo intuíais desde el primer momento. Pues bien, ahora que nos vamos a adentrar en las profundidades de estos bosques ha llegado el momento de revelaros la auténtica grandeza de esta misión, de cuyo éxito o fracaso depende la supervivencia del campamento de Olcairun.

Alguna mirada inquieta centelleó entre los legionarios, pero la nieve y el orden marcial congelaron mayores expresiones de sorpresa. Arranes era consciente de que había mentido a sus tropas, pero continuó hablando con el aplomo del que se sabe investido de una autoridad inapelable y abnegada al servicio de Roma.

—Nuestro procónsul Pompeyo está convencido de que las provisiones enviadas por Metelo han sido interceptadas en algún paraje de estas montañas por guerreros indígenas. No tenemos la certeza de cuál es su número ni su localización exacta, pero una cosa es segura: si han podido con una cohorte de intendencia no se trata de vulgares salteadores. Mañana nos internaremos en sus dominios; no hace falta que os diga lo importante que es estar alerta y preparados para luchar en cualquier momento. Nuestra misión es encontrar la impedimenta y regresar con ella al campamento cuanto antes, pues de no hacerlo los graneros se agotarán antes siquiera de que llegue el invierno, y todos sabéis que la guerra...

Un lejano percutir suspendió el discurso de Arranes, y al comprobar que no provenía del campamento todos en la formación alzaron instintivamente la vista hacia las montañas brumosas; sonaba como un golpeteo cadencioso, restallante, más parecido al choque de dos varas que al tañido de un tambor, y en su extraña cacofonía parecía albergar algún tipo de mensaje indescifrable. De esto no me cupo duda porque de inmediato surgió una réplica al repiqueteo desde otro punto del bosque; ante nuestros estupefactos oídos se había establecido una insólita conversación de chasquidos cuyo significado solo podíamos imaginar.

—¿Qué demonios es eso? —interpeló un atemorizado Marco Arrio al tribuno vascón.

—No lo sé —tuvo que responder Arranes con demoledora sinceridad, y raudamente abandonó su lugar de orador para acercarse a la turma vascona en el otro extremo.

El larguirucho Unai intentaba distinguir la procedencia del misterioso tableteo estirando el cuello y entornando los ojillos negros hacia la frondosidad del valle; Gogor, que se había sentado sobre una roca para comer o beber alguna ponzoña, detuvo sus mandíbulas y arrugó su poblado ceño como si reconociera una vaga familiaridad en aquel sonsonete pero no alcanzase a interpretarlo;

los otros jinetes cruzaban miradas desconcertadas, sutilmente preñadas de un temor ambiguo y ancestral.

—¿Qué están diciendo? —Arranes utilizó el idioma vascón para dirigirse al jefe de la turma, soslayando la atención de los legionarios más próximos.

Unai adelantó su respuesta:

—Es difícil saberlo, pero sin duda están hablando de nosotros.

—¿Son pastores? —la ingenuidad de Arranes era más deseada que real.

—No —enmendó Unai sin vacilar—. Son montañeses. Quizá nunca hayan visto a un soldado romano.

—Si es así no tienen nada que temer; no son nuestro objetivo.

La voz cavernosa de Gogor se elevó como un presagio siniestro:

—Tal vez nosotros sí seamos el suyo.

La arenga concluyó de aquel modo abrupto y Arranes hubo de cambiar sus meditadas palabras de aliento por urgentes instrucciones de vigilancia. La amenaza no parecía inminente; aquellos tambores evocaban más al perezoso despertar de una tribu salvaje que a los preparativos de un ejército para la guerra, pero convenía no confiarse.

Por eso Arranes no quiso regresar a su tienda sin cerciorarse personalmente de que cada puesto de vigilancia estaba salvaguardado por un hombre capaz; antorcha en mano, recorrió la empalizada del campamento escrutándola pie por pie, ordenando un refuerzo o unas paladas de tierra donde la defensa pareciera flaquear; en la certeza de que ningunos ojos velarían mejor por su seguridad que unos romanos, dejó descansar a la turma vascona y a todos los auxiliares y confió exclusivamente a la tropa regular la vigilancia nocturna, bajo la supervisión del joven centurión Darío Luso.

A pesar de que la montaña ya no pronunciaba otras palabras que el rumor del viento en las ramas peladas de los árboles, los ecos de aquellos tambores todavía retumbaban en la imaginación de todos en forma de terribles augurios y la súbita consciencia de hallarse en una misión de naturaleza tan incierta como crucial sin duda había sacudido el temple de los soldados como un ariete.

Afuera continuaba nevando y dentro mi aliento seguía formando nubes a la luz del candil mientras me arrebujaba en las mantas con el códice de las Argonáuticas entre mis manos heladas. ¡Cómo eché de menos mi colchón de plumas aquella noche! Arranes apareció por fin empapado de pies a cabeza y sucio de barro hasta las rodillas; su catre estaba dispuesto junto al mío y en nada se diferenciaba de este, apenas una esterilla almohadillada sobre el duro suelo. Mientras se desvestía aprovechando el resplandor de mi lámpara —otra llama tenue palpitaba tras las cortinas del huraño Marco Arrio, aunque a juzgar por los ronquidos no servía de gran uso—, Arranes se apercibió de mi lectura y quiso darme conversación, quizá sintiéndose culpable por haberme olvidado durante todo el día.

—¿Qué lees?

—Las Argonáuticas —respondí, encantado de merecer al fin su atención—. ¿Recuerdas dónde lo dejamos?

El vascón quiso complacerme haciendo memoria, pero su cabeza había girado demasiadas veces en las últimas horas para mantener aferrado aquel detalle trivial.

—¿Las rocas chocantes? —tanteó.

—Eso quedó en el canto segundo, y ya comenzábamos el cuarto —corregí amablemente y maticé para activar su interés—: Es el último; por fin Jasón y Medea van a enfrentarse al dragón.

—Ah, cierto —asintió vagamente sin interrumpir su muda—. Puedes continuar en voz alta, si quieres.

Tan desapasionado ademán no invitaba a otra cosa que a mi silencio, pero resuelto a ganarme los oídos del vascón comencé a recitar el texto haciendo alarde de mi cautivadora arte declamatoria. En efecto, se acercaba el emocionante desenlace de la obra apoloniana y en otras circunstancias esto habría bastado para capturar la atención de Arranes. Pero había sido un largo día y ya no nos encontrábamos en la confortable comandancia del fuerte, al abrigo de una estufa de leña y lejos de tambores amenazantes y bosques sombríos.

No obstante observé con indecible gozo cómo los ojos del tribuno se mantenían bien abiertos sobre su catre durante largo rato, se diría que con mayor excitación conforme mi voz se adentraba en los pasajes más fabulosos.

Al llegar al encuentro con el dragón esperé alguna exclamación incontenida de Arranes, que como un niño solía dejar escapar en estos lances, pero mi ánimo se desinfló al no escucharla y comprobar que la expresión de su rostro permanecía quieta en un gesto adusto. Ya empezaba a sospechar que su magín rondaba por otros lares cuando me sorprendió con un juicio no exento de cierto enojo:

—Me gustaría saber que habría hecho Jasón de no contar con la ayuda de Medea.

Un velo se descorrió entonces en mi despistado entendimiento. Aquellas palabras aparentemente banales habían dado luz al verdadero padecimiento que latía en el corazón de Arranes como una llaga camuflada: ¡Belartze! Hasta aquel momento yo no había presentido el valor absoluto que aquella mujer representaba para el tribuno; lo que había tomado por el patético pero inocuo dolor del amante despreciado se descubría ahora como un insoportable quebranto en las raíces de su alma. Porque Belartze no era solo una mujer, era una mujer vascona, y a través de sus ojos negros era todo el pueblo vascón el que rechazaba a Arranes con una mirada desdeñosa. ¿Dónde estaba su Atenea protectora, dónde su cómplice Medea, dónde su Ariadna salvadora? Arranes era un héroe repudiado embarcado en una misión apócrifa, sin princesa a la que casar ni reino que gobernar a su regreso. De súbito comprendí su inmensa soledad y mis labios ya no fueron capaces de seguir articulando más palabras.

Arranes tampoco las reclamó.

La noche parecía eternizarse sobre el valle como si un sol timorato no se atreviera a invadir la ominosa oscuridad con sus primeros rayos. Quizás eran nuestros dioses benefactores que avisados de las desgracias que nos deparaba el día habían vuelto su mirada hacia otro lado, dejándonos olvidados en la ignota profundidad de aquellas gargantas boscosas.

Pero el amanecer compareció finalmente, envuelto en una fina neblina, a tiempo para sorprender dormidos a los pocos afortunados que habían logrado abrazar el sueño en una noche de terrores helados. Mis ojos solo llegaron a cerrarse por sí solos en las últimas horas, y fue para entregarme a una pesadilla espantosa.

En mi sueño caminaba solo por el bosque. No se podía decir si era la luna o el sol lo que colgaba como un disco mal bruñido detrás de la niebla, porque era de la misma niebla de donde surgía la luz, como un resplandor hiriente, cegador y devorador de todas las formas y colores. Era la misteriosa tierra de los malos sueños, un país transitado por todo hombre que alguna vez se ha acostado con los miedos y los fantasmas de su memoria; pero también era el bosque de los vascones, una región tan cierta y tan lejana de casa que dolía pensarlo. Caminaba con una espada en la mano que no era la mía, atenazado por la certeza de que algo me escudriñaba tras los troncos de los árboles y no tardaría en saltar sobre mí. Una gruesa capa de nieve se extendía inmaculada por delante de mis pasos, y con estremecimiento vi que también por detrás de ellos, como si el suelo cobrara vida y rellenara cada hueco de mis pies con un soplo silencioso. De pronto escuché un susurro, me volví y había una sombra delante de mí, aparecida de entre los árboles. Era la silueta de un hombre de pie, y me trajo un recuerdo como una flecha: era el mismo perfil inmóvil y negro que nos había espiado a Filipo y a mí mientras yacíamos en el lecho, la noche antes de la partida.

—¿Quién eres? —le pregunté, quizás sin abrir los labios, pero la sombra no respondió.

Me acerqué a ella como atraído por un imán. Sentía que, fuese ladrón o asesino, aquello era un hombre y había cosas mucho peores que temer a un hombre en el fondo del bosque vascón. Al cabo de unos cuatro pasos, que se me hundían como emplomados en la nieve, me detuve y grité de repugnancia. Al principio solo noté un bullir viscoso en el contorno del aparecido, pero en seguida discerní la miríada de gusanos amarillentos que lo cubrían de pies a cabeza sin dejar una sola pulgada de piel libre. Era imposible adivinar un rostro detrás de aquella cortina de babosas, ni siquiera supe si era hombre o mujer. Entonces el individuo abrió la boca, tal vez para hablarme, para pedirme ayuda o suplicar que lo atravesara con mi espada, pero no llegó a emitir sonido. Los gusanos se precipitaron por el hueco de su boca como una cascada de anillos brillantes, dentro de su garganta, más adentro, y después de dentro afuera, comiéndole las entrañas, consumiéndolo como termitas que provocan el derrumbe de una casa, pero a velocidad de vértigo. El hombre cayó de rodillas, se ovilló como un niño y fue disolviéndose en un mar de gusanos ante mis ojos despavoridos. Entonces noté algo en mi pie, miré hacia abajo y vi la primera de las babosas trepando hacia mi rodilla. Me la sacudí sin parar de gritar y salí corriendo. O al menos eso quise hacer, porque la nieve atrapaba mis tobillos en cada zancada y se negaba a soltarlos, haciendo de mi huida una penosa agonía. De pronto una zancada se abrió paso entre la nieve sin encontrar fondo, y caí en un pozo oculto.

Desperté. Pero no en la tienda del campamento, junto a Arranes, sino en mi catre de niño, en la casa de Capua. Era de día, y por la ventana se escuchaban pájaros de verano. Todo transmitía la paz de una infancia mítica, nunca tan feliz como en los recuerdos, y sin embargo mi mano de adulto seguía empuñando una espada desconocida. Aparté la manta de mis piernas y vi que mis sandalias habían dejado una gran mancha de humedad y barro. En la ilógica de los sueños, pensé que aquello me haría merecedor de una buena regañina por parte de mi madre. Luego pensé que no era posible, porque mi madre había muerto mucho tiempo atrás, pero entonces se abrió la puerta y allí estaba. Viva, hermosa, sus ojos jóvenes y destellantes tras los mechones escarolados.

—Celio Rufo —murmuró, con una voz tan profunda que sus palabras saltaron directamente de su pecho al mío.

—Soy yo, madre, Celio Rufo —quería levantarme, quería abrazarla, quería que me sacase al jardín y me enseñase los árboles en flor, seguro que ya estarían tan bellos y llenos de vida…; pero mis piernas no se movían.

—¿Tú también estás muerto? —dijo con apagada tristeza, y noté mi piel erizarse de horror ante aquel oráculo. Pero de pronto sus ojos ya no me miraban a mí, recostado en el lecho, sino más allá. Sentí una sombra cubrirme la espalda y un aliento frío crepitar por mi nuca. Si me doy la vuelta moriré, pensé. Un hedor pastoso me envolvió y la puerta de la habitación se cerró sola, llevándose a mi madre. Si me doy la vuelta moriré, me repetí. Y lentamente, comencé a girarme…

Abrí los ojos, esta vez mis ojos carnales.

Lo que me había despertado —quizás a tiempo para no quedar para siempre lívido en mi catre, muerto de verdad, muerto de terror— eran unas voces provenientes del exterior de la tienda; gritos de soldados. Me puse en pie de un brinco y empecé a vestirme a toda prisa creyendo que el campamento estaría asediado; Arranes ya no se encontraba en su lecho y pronto escuché su voz tronando afuera. Marco Arrio había sido sorprendido en la modorra matutina igual que yo y se afanaba con el uniforme para ir a comprobar la causa de tal alboroto.

Él fue más rápido porque yo no encontraba mi daga entre el rebujo de ropas, de puro nerviosismo. ¡Pobre de mí, si tenía que llegar a defender mi vida con ella, pues toda mi destreza física se terminaba en el manejo de la pluma para escribir! No obstante era poco aconsejable permanecer en la tienda del tribuno y salí decididamente con el puñal bien sujeto a mi cintura. Bajo el resplandor zafíreo del alba descubrí que la nevada había persistido durante el tiempo suficiente para modificar el paisaje de las montañas a ambos lados del río, tiñéndolo de un blanco que quería imponerse sobre la bruma. Los tobillos se hundían en la nieve y el recuerdo del sueño horroroso me sacudió como un atizador, avivándome el paso.

—¡Arranes, aquí, Arranes! —llamaban unas voces con insistencia.

El ajetreo procedía de la puerta este del campamento y hacia allí vi correr a mi tribuno acompañado por varios soldados, además del rezagado Marco Arrio. El centurión de guardia Darío Luso abría el paso de otro reducido grupo que iba a su encuentro proveniente del exterior y hube de acercarme más para comprender la razón de tanto vocerío: los legionarios de Luso traían cautivo a un indígena corpulento y de aspecto verraquil, al que mantenían más postrado que erguido a base de empujones y patadas.

—Estaba merodeando muy cerca de la empalizada —explicó el centurión sin esperar las preguntas de Arranes y le mostró un casco romano que sostenía en la mano—. Y llevaba esto; probablemente lo robó ayer durante la fortificación sin que nadie lo viera y ha esperado al amanecer para continuar con su rapiña.

Arranes escrutó de arriba abajo al prisionero, un patán desharrapado que respondía a su mirada con dos ojillos redondos y asustados. Un brillo de esperanza iluminó su rostro al comprender las palabras de Arranes:

—¿Cómo te llamas?

—Rug —su voz sonaba gangosa, estúpida.

—¿Qué estabas haciendo por aquí, Rug? —Arranes había adoptado un tono casi paternal con el detenido, como si el peor castigo concebible para su pillaje fueran unos azotes en el trasero.

—Nada. Mirar.

—¿Mirar? —Arranes alzó el casco frente a sus ojos—. ¿Y esto?

Rug bajó la vista y se encogió de hombros, cohibido.

—¿No dices nada?

De pronto Arranes advirtió un detalle en el casco que sujetaban sus manos, y lo escudriñó con detenimiento.

—Espera un momento...

—¿Qué sucede? —Marco Arrio observaba la escena con el ceño muy fruncido, contrariado por el diálogo privado de Arranes con el indígena—. ¿Qué ha dicho?

—Este casco no es nuestro —anunció Arranes, señalando una pequeña inscripción en su interior—. Es del ejército de Metelo.

Todos los presentes intercambiaron miradas de desconcierto, hasta que Marco Arrio vislumbró el trascendente significado de aquellas palabras y estalló:

—¡Bastardo! —Se lanzó sobre el prisionero para zarandearlo del cuello—. ¡Habéis sido vosotros! ¿No es verdad? ¡Habéis asaltado a nuestro suministro!

—¡Quieto!

Arranes fue el único con la autoridad y la corpulencia suficiente para apartar a Marco Arrio de un fuerte empellón; el tribuno perdió el equilibrio y fue a dar con sus nalgas en la blanda nieve.

—¿Estás loco? —balbuceó desde el suelo, su ira aún ahogada en el estupor—. ¿Me has golpeado?

—Si le haces daño no hablará —se justificó escuetamente Arranes, trasluciendo cierta retractación por su arrebato. ¡A fin de cuentas había agredido a un oficial de su mismo rango!

El vagabundo llamado Rug contempló la disputa con indisimulado pasmo y cuando Arranes se dirigió de nuevo a él una tímida sonrisa levantó sus rubicundas mejillas.

—Ahora dime, Rug, ¿dónde has encontrado este casco?

—El pueblo —respondió el retrasado.

—¿Qué pueblo?

Rug levantó un dedo hacia las escarpadas laderas al otro lado del río y matizó ambiguamente:

—Detrás.

Marco Arrio se había incorporado y atendía al interrogatorio con una mirada llameante; su mano derecha aferraba la empuñadura del látigo en su cintura como si estuviera imaginando lo que podría hacer con él... ¿al prisionero, o a Arranes?

—Necesitamos que nos guíes hasta ese lugar, Rug —prosiguió mi tribuno, siempre tratándolo como a un niño—. ¿Sabrás hacerlo?

—No puedo volver —rezongó el hombretón agachando la frente—. Allí no me quieren.

—¿Por qué no?

Al no recibir respuesta, Arranes puso una mano tranquilizadora sobre el hombro de Rug.

—Está bien —resolvió—. Solo nos tendrás que acompañar hasta que veamos el pueblo. Luego serás libre para ir donde quieras. ¿De acuerdo?

Rug alzó la mirada muy despacio, como para cerciorarse de la sinceridad de Arranes en sus ojos.

—Sí —aceptó al fin, y volvió a sonreír mostrando sus dientes agujereados.

El incauto vagabundo había confiado en Arranes por el desafortunado incidente del empujón, dando por supuesto —como lo habría dado cualquier otra mente menos castigada por la idiotez— que solo una autoridad suprema podría permitirse tales maneras y que teniendo su protección nada había de temer. Un profundo error, aunque su mayor ingenuidad había sido creerse en posición de elegir; la bondad de Arranes tenía un límite preciso e infranqueable y estaba marcado por el éxito de la expedición que comandaba. Quizá no le habría cortado la cabeza, quizá no lo habría hecho desmembrar con cuatro caballos ni lo hubiera mandado crucificar en el camino; pero con toda seguridad una negativa a colaborar con la Legión habría supuesto el final de las andanzas del desdichado Rug.

Sin perder un instante, Arranes ordenó al primer centurión el levantamiento del campamento; cada hora perdida era un retortijón más en los vientres vacíos de Olcairun.

—¿Quiere que lo atemos? —preguntó uno de los legionarios que custodiaban a Rug; después del altercado con Marco Arrio ya nadie se atrevía a ponerle una mano encima.

—No hará falta —aseveró el tribuno, y se volvió hacia el prisionero para darle un último consejo, más que una orden—. Mantente cerca de mí.

No tuvo que insistir; en cuanto Arranes echó a andar hacia su tienda y se vio rodeado de legionarios con miradas asesinas —¡cómo no advertir los ansiosos dedos de Marco Arrio acariciando su látigo!— Rug salió trotando detrás de él, no sin antes agacharse a recoger el casco que Arranes había dejado caer. Una vaharada hedionda me aturdió cuando intenté seguir sus pasos; o no se había dado un baño en toda si vida o aquel hombre estaba podrido debajo de sus harapos.

En la puerta de la tienda me detuvo una voz conocida.

—¡Celio Rufo!

Tal vez debería abochornarme al admitir que para entonces ya había olvidado por completo a Filipo y nuestra última despedida airada, pero lo cierto es que tenía preocupaciones harto más serias que sacudirme de encima. Cuando lo vi acercarse recuerdo que dos ideas bastante triviales fulguraron en mi cabeza: «¡Oh, no, ahora no!» y «Se ha puesto pantalones, ¡qué buena idea!». No obstante tuve la suerte de que Filipo no era un muchacho rencoroso, y lo único que requería de mí en aquel momento era información sobre nuestra misión.

—¿Qué está sucediendo? —me preguntó, refiriéndose al alboroto levantado por el apresamiento—. ¿Algo va mal?

—No, no —desmentí en seguida—. Al contrario.

Filipo se me acercó mucho en busca de confidencialidad.

—Vamos, dime, ¿a qué viene tanto misterio? He oído que han capturado a un salvaje. Y lo de anoche... ¿Qué eran esos tambores?

—Pues ya sabes tanto como yo, mi querido Filipo —respondí sin faltar demasiado a la verdad—. Tenemos un prisionero que nos guiará por las montañas, pero acerca de los tambores te garantizo que ni el mismo Arranes sabe bien su origen.

—Es todo tan terrorífico... —comentó Filipo con inapropiada cadencia infantil.

—Sí, pero no te preocupes. —Quise concluir nuestra charla para asegurarme de que el maloliente prisionero no ponía sus zarpas en mis cosas dentro de la tienda—. Regresa a tu puesto y prepárate para salir.

—Está bien. —Filipo me presentó un rostro de severidad impostada, como si quisiera demostrarme que ante todo era un legionario leal, y reemprendió el camino hacia su centuria. Antes de que yo hubiera traspasado la puerta de la tienda se giró otra vez para añadir unas palabras que me conmovieron de pura candidez—. ¡Celio Rufo! Quiero que sepas que... comprendo que no pudieras decirme la verdad sobre la expedición la otra noche.

Sonreí y le hice un gesto para que se apresurase.

Pantalones de lana, por supuesto. Y unas gruesas medias por el interior de las sandalias para poder hundir los pies en la nieve sin miedo a la congelación. Los legionarios que no habían tenido la previsión de traer ropa suficiente ya lo estaban lamentando; se prometía una penosa caminata por las montañas nevadas y el frío no iba a ser buen compañero de marcha ahora que se sabían amenazados.

Pero la maquinaria militar romana no se dejaba aterir tan fácilmente; el campamento fue levantado en menos de una hora y antes de que la neblina se hubiera terminado de disipar —pronto la reencontraríamos en las entrañas del bosque— toda la cohorte estaba dispuesta en formación para continuar con la marcha.

El puente de madera alzado sobre el río era estrecho y provisional, no podía exigirse más a unos ingenieros tan parcamente equipados, pero resistió bien el paso de la tropa con sus mulas y sus carros. La nieve había escondido cualquier vestigio de camino o sendero en la otra orilla, y Arranes tuvo que solicitar la ayuda de nuestro estrafalario guía inmediatamente. Rug, quien volvía a ostentar su casco robado con desgarbada marcialidad, no parecía un hombre acostumbrado a pisar por muchos caminos, salvo quizá para asaltar a los viajeros; con sus primeros gestos indicó a Arranes la dirección por la que había venido, atravesando una escarpada y matojosa pendiente, pero su escaso conocimiento brilló lo suficiente para advertir al tribuno de que la tropa necesitaría una pista más practicable. Entonces indicó una abertura entre los árboles que evocaba el arranque de un camino y Arranes llamó a los jinetes de la turma vascona para que se adelantaran. Recuerdo que todos los que caminábamos delante nos quedamos atónitos cuando, al pasar con su caballo por delante de Rug, el gigante Gogor le lanzó un soberbio salivajo que impactó grotescamente en mitad de su rostro.

¿Se conocían de viejas tropelías, pertenecían a familias rivales, o era simplemente una forma de demostrar quién estaba por encima? El gesto perplejo de Arranes me disuadió de preguntarle.

Al avanzar íbamos descubriendo la capa de hojillas rojas que había quedado enterrada en la nieve, víctimas y culpables de la desnudez de las ramas que se estiraban hacia el cielo por encima de nuestras cabezas. Era el reino de las hayas, un mundo de estandartes quietos que parecen respirar silenciosamente —¿qué es esa bruma perenne que los anega, sino el hálito gélido de los árboles?— y tenerte siempre vigilado cuando cometes la osadía de traspasarlos. Pudiera ser fruto de mi imaginación, demasiado sugestionable y propensa a la leyenda, o el terror aún palpitante de mi última pesadilla, pero la sensación de ser observado me asediaba con tal rotundidad que no podía dejar de mirar hacia cada tronco, cada arbusto, cada rimero de nieve sin tener la acongojante certeza de que algún ser hostil e indefinido se agazapaba detrás espiando nuestro paso.

El orden de marcha establecido por Arranes era el siguiente: como avanzadilla habían salido los treinta jinetes vascones, y todavía oíamos sus voces cercanas aunque no se los distinguía en la niebla; abriendo la columna caminaban los arqueros y toda la infantería auxiliar; tras ellos cabalgaba Arranes junto al prisionero, justo por delante del emblema que presidía a las dos primeras centurias; en mitad de la formación viajaban las acémilas y los cuatro carros de impedimenta, que habían de ser desvarados de la nieve a cada giro de rueda, con el consiguiente retraso para toda la expedición; detrás Sexto Asellio marcaba el paso de las otras dos centurias, y cerraban la marcha los setenta jinetes auxiliares restantes.

Marco Arrio se mezclaba entre las últimas filas de legionarios, conversando desde su caballo con un soldado de aspecto cruel llamado Veleyo; quizá me permito calificarlo de cruel porque no puedo aplazar en mi memoria los sucesos que iba a protagonizar poco después, pero no es menos cierto que aquel rostro marcado —una tosca cicatriz en forma de Y partía su mejilla izquierda— y sus ojos de hielo anunciaban una maldad contra la que valía más precaverse.

La falta de sueño y la endeblez congénita de mis piernas me convertían en un paupérrimo marchador, pero al menos me veía libre del pesado equipo de legionario: el escudo a la espalda, el *pilum* en la mano, la bolsa con ropas y herramientas al hombro... ¿No era para maravillarse la fortaleza de aquellos hombres, que con vacío en el vientre e incertidumbre en el espíritu continuaban hundiendo los pies en la nieve sin una mueca de protesta?

Con el paso de las horas no pude evitar rezagarme y descolgarme de las primeras posiciones, lo que al menos me sirvió para reparar en Filipo, que abría el paso de la tercera centuria detrás de Sexto Asellio. Su porte, incluso en la farragosa marcha, era sobresaliente al de todos los demás, como si a su dignidad de legionario se añadiera una elegancia natural y un sincero anhelo por llegar a su destino, aun desconociéndolo. Me había detenido inconscientemente a mirarlo y tomar aliento, pero en cuanto sus ojos repararon en mí preferí reanudar y apurar mi paso sin darle la oportunidad de hablar.

Calculo que nos acercaríamos a la hora quinta —aunque allí dentro el tiempo parecía haberse suspendido mágicamente, como en los sueños— cuando la pendiente se enderezó en una endiablada rampa final y Arranes ordenó parar la marcha. Lo que habíamos asumido como camino se desvanecía en aquel punto, como si la nieve y los árboles se hubieran confabulado para ocultarnos su rastro y complicarnos el último tramo hasta la cumbre. Aunque las huellas de los jinetes vascones nos incitaban a acometer la pendiente frontalmente, se veía a todas luces que los carros jamás lograrían superarla. El tribuno mandó a un grupo de auxiliares en busca de un mejor acceso para la columna, aunque fuera flanqueando la montaña, y después azuzó a su caballo para remontar esos últimos pies siguiendo las marcas de la avanzadilla. Rug, resuelto a no quedarse ni un instante a solas con los soldados, se puso a trepar el repecho a cuatro patas, como un estrafalario perro disfrazado con harapos y casco romano.

Arranes desapareció en la niebla y al cabo de un rato dejaron de oírse los resoplidos de su corcel, ya más cerca de la cima que de nosotros. Un silencio mortuorio se abatió sobre toda la cohorte mientras esperábamos y por un instante tuve la absurda sensación de que la ausencia de Arranes nos convertía en seres inermes como una serpiente descabezada o un niño pequeño extraviado de sus padres. Tal vez yerro al extender mi congoja sobre los demás legionarios, pero no me cabe duda de que otras mentes además de la mía se estaban formulando la misma pregunta, escueta pero aterrorizadora, en aquellos momentos: ¿Y si no vuelve?

¿Y si no volvía? Yo podía temer que hubiera sido emboscado por los indígenas allí arriba, apresado o asesinado, pero el miedo de los legionarios detrás de mí con toda probabilidad enfilaba otros derroteros más turbadores: ¿Los habría traicionado su líder, uniéndose a los indígenas? ¿Había sido aquella extraña expedición una inmensa trampa organizada por Arranes para congraciarse con los suyos? Porque en definitiva se trataba de un vascón...

Recuerdo que empecé a contar mis exhalaciones para atrapar de alguna manera el tiempo en aquella quietud brumosa. Pasaron cincuenta y todo seguía en calma; pasaron ochenta; conté un centenar de nubes de hálito y todavía no se escuchaba ninguna voz proveniente desde lo alto, no se distinguía ninguna sombra distinta a la de los árboles, nada. Mentiría si no reconociese cierto tambaleo de mi ciega confianza en Arranes al cabo de tanto rato, aunque luchaba contra aquella sospecha con todas mis fuerzas. Fue entonces cuando volvieron a sonar los tambores. Más cerca.

Tak. Tak-tak. Tak-tak-tak. Tak. Tak...

El sobrecogimiento que se extendió por toda la cohorte fue brutal: cientos de cabezas volviéndose en todas direcciones, lanzas enristradas ciegamente hacia la neblina, caballos encabritados por sus jinetes inquietos... Hasta donde podía ver, monte abajo, los legionarios se afanaban en prepararse para un inminente ataque, pero la confusión sobre el origen y la naturaleza de este desbarataba cualquier posible defensa organizada; el primer centurión de la columna, llamado Manlio, gritaba órdenes a los legionarios que se contradecían con las de los otros centuriones más rezagados, desbaratando caóticamente la formación. La serpiente descabezada se retorcía a ciegas entre la niebla.

Ya no era fácil discernir si el sonido llegaba desde más arriba o desde el fondo del valle; el tableteo, chillón y discordante, asaeteaba la mortaja brumosa del bosque por sus cuatro costados, esparciendo su oscuro mensaje sobre cada piedra y cada raíz en busca de unos oídos menos extraños que los nuestros.

—¡Allí! —exclamó un soldado a mi lado, apuntando su espada hacia el flanco derecho.

Unas siluetas tambaleantes se perfilaron en la blancura súbitamente, aproximándose en actitud belicosa, y ya sentía el pánico secuestrar mis músculos cuando Manlio reconoció a los auxiliares sirios y levantó la voz para tranquilizarnos. Eran los que habían salido a rastrear nuevos caminos, que regresaban a toda prisa con el arco preparado para la lucha.

—¿Habéis visto algo? —pregunté al primero.

—No, no —respondió asustado, como si supiera de la futilidad de sus flechas para combatir a los fantasmas que nos acechaban.

El repiqueteo terminó en aquel mismo instante y de nuevo nos hundimos en un absoluto silencio que no tenía nada de plácido. Los dientes apretados para morder el miedo, los ojos entornados para penetrar la temible neblina, los dedos lívidos aferrados a las lanzas... y esa horrible sensación de que ser vigilados por mil ojos invisibles.

—¡No disparéis, soy yo!

Un resoplido de alivio se dejó sentir entre los soldados —y yo me incluyo— al reconocer la voz de Arranes y distinguir su silueta montada descendiendo por el terraplén.

—¿Viene solo? —preguntó una voz anónima desde más atrás, haciendo poco esfuerzo por camuflar su desconfianza.

—Con el prisionero —explicó otro a mi espalda, cuando la grotesca figura de Rug apareció tras el tribuno. Andaba sofocado y un resbalón lo hizo rodar todo el trecho hasta nuestros pies, entre exclamaciones.

—He visto una vía más accesible para subir —anunció Arranes al reincorporarse a la cabeza de la columna—. Y lo que es mejor: ya se distingue el humo de la aldea que buscamos, al otro lado del valle.

—Tribuno, ¿y los tambores? —El centurión Manlio no se atrevía aún a envainar su espada.

—No hay peligro —sentenció Arranes, alzando la mano para señalar la nueva dirección—. ¡En fila de a dos, seguidme por aquí!

Con lentitud, la cohorte entera rehízo su orden de marcha y comenzó a renquear tras los pasos de Arranes, que había encarado el ascenso diagonalmente. Un cierto sosiego había regresado al ánimo de la tropa con la sola visión de su tribuno, pero mis ojos no eran los únicos que seguían volviéndose hacia la neblina a cada paso, seguros de sorprender antes o después alguna extraña silueta deslizándose furtivamente tras los árboles.

Comenzamos a añorar el azul del cielo cuando vimos que el valle nos engullía de nuevo y unas nubes bajas se acomodaban sobre las copas de los árboles, reduciendo todo nuestro paisaje a una vaporosa blancura habitada por infinitas columnas violáceas. La nieve parecía haberse resentido del breve azote del sol y las hojas caídas empezaban a asomar cuando volvió a cubrirnos una cortina de gruesos copos; el bosque se negaba a desnudarse ante nuestros ojos.

Durante todo el trayecto escuché las protestas del vagabundo Rug, que incansablemente tiraba de la pernera de Arranes para solicitarle la libertad, ante la proximidad cada vez mayor de la aldea. En vano. Mientras tanto Marco Arrio continuaba detrás, cerrando la marcha y quizá prosperando en su labor conspiradora contra Arranes.

Pronto nos encontramos con la necesidad de vadear el río que culebreaba por el fondo del valle, pero apenas nos supuso demora ya que el caudal era escaso y fácil de acometer incluso para los carros de impedimenta. En esto se afanaban los soldados cuando dos jinetes de la turma vascona regresaron desde la vanguardia con noticias para Arranes. Uno de ellos era el espigado Unai.

—El poblado está justo detrás de este cerro —anunció—. No son más de diez o doce chozas.

—¿Y la gente? —se interesó Arranes.

—No hemos visto a nadie, pero tienen a las bestias arrediladas, así que deben estar escondidos dentro de las casas. Nos habrán sentido llegar.

—Los tambores —dedujo Arranes—. Era una señal de alarma.

El tribuno sintió la mano anhelante del prisionero en su tobillo.

—*Iturissa* —pronunció Rug, ratificando las palabras de Unai con un frenético balanceo de cabeza—. La aldea. Iturissa.

—¿Cuántos? —le interrogó Arranes, poco resuelto a dejarlo marchar todavía—. ¿Cuántos en Iturissa?

—Pocos. Pastores. Mujeres y viejos —No era fácil adivinar si el pordiosero decía la verdad o mentía para ser liberado.

Arranes sopesó la noticia durante un instante y luego mandó a un legionario a que informara de la situación a los centuriones. No se preveía una gran batalla en la aldea si efectivamente estaba poblada por mujeres y ancianos granjeros, pero valía más estar preparados. Unai salió trotando monte arriba con la orden de permanecer alerta; entonces el tribuno se volvió hacia el prisionero Rug.

—Está bien, puedes marcharte.

Después de tanta insistencia desatendida el pordiosero no podía creer las palabras de Arranes; me miró con pupilas trémulas, miró a los soldados de alrededor, buscó la figura de Marco Arrio y su ominoso látigo... y comprendió que las intenciones de Arranes eran honestas. En un gesto de insólito respeto que recordaré mientras viva, el ladrón se quitó el casco romano de su cabeza y se lo tendió al tribuno.

—Quédatelo —obsequió Arranes, también conmovido—. Pero ten cuidado de no llevarlo delante de un legionario romano o te lo arrancará con la cabeza dentro.

Ignoro qué pensamiento se habría cruzado por la mente de los otros soldados al verlo marchar río abajo con el casco bajo el brazo, casi cantando de alegría, pero yo no pude evitar una punzada de regocijo y conmiseración hacia aquel granuja que no sabía lo cerca que había estado de la muerte... ¡Ah, qué espanto me produce imaginar lo que sucedió entonces!

Aún creo estar oyendo el chapoteo de sus pies y su canturreo feliz al perderse de vista en el brumoso riacho, mientras los últimos soldados terminaban de cruzarlo y la columna se enderezaba ya colina arriba. ¡Cómo no advertí entonces, al reanudar la marcha con los demás soldados, que Marco Arrio se había quedado rezagado con sus secuaces!

El pobre Rug detuvo sus pasos sobre una inestable roca y calló sobrecogido al distinguir una siniestra figura acercándosele desde la orilla: un corpulento legionario con la espada en ristre.

—¡Eh, tú! —llamó el soldado, adentrándose más en el cauce—. ¿A dónde crees que vas?

Rug no necesitaba entender las palabras de aquel hombre para adivinar sus intenciones y echó a correr por el arroyo para salvar su vida. Torpe como un buey, no tardó en venirse al suelo sobre sus manos y rodillas; el casco romano se marchó flotando con la corriente... hasta toparse con las patas de la montura de Marco Arrio, que observaba al pordiosero con una sonrisa maléfica. El tribuno empuñó su látigo y ante la mirada aterrada de Rug lo dejó desenrollarse mansamente hasta abajo. Apenas inclinándose sobre el testuz del caballo, y como si de un tentáculo se tratase, Marco Arrio enredó el extremo del látigo en el casco que flotaba a sus pies y lo alzó por el aire de un fuerte tirón, recogiéndolo diestramente con su mano libre.

—¿De verdad pensabas que podías burlarte de la Legión y marcharte sin más? —El tono sosegado del tribuno no cuadraba con el fuego de sus ojos.

Lleno de espanto, Rug se levantó para volverse hacia la otra orilla en un desesperado intento de huir, pero su nariz se estrelló contra la pechera del legionario Veleyo, que se le había acercado por detrás como una silenciosa culebra de río. El terror hizo doblarse las piernas del vagabundo otra vez y se postró suplicante frente al soldado. Una retahíla de gimoteos y lamentos fue todo lo que el desgraciado atinó a balbucear en defensa de su miserable vida; una saliva que habría estado mejor empleada en orar a sus dioses por su alma, caso de tener alguna de las dos cosas.

A un simple cabeceo de Marco Arrio, el legionario Veleyo desenfundó su puñal y abrió la garganta del vagabundo de oreja a oreja; la boca de Rug continuó escupiendo súplicas de sangre hasta que la muerte nubló sus ojillos de rata y su pesado corpachón se desplomó sobre una roca.

Como en una macabra broma final, Marco Arrio se inclinó en su montura al pasar junto al cadáver para dejar el casco robado sobre su cabeza. Veleyo rió con fuerza y los dos comenzaron a remontar el río sin más demora, para que no se notara su ausencia. Cuando:

Sssssssssss.

Súbitamente el tribuno tiró de la brida y se volvió con el corazón congelado. Con la punta del ojo había visto algo moverse entre los árboles, al borde mismo del agua.

Alguien los vigilaba.

Marco Arrio escudriñó el paisaje con la certeza de que el espía estaba ahí, delante de sus ojos pero invisible, igual que la cobra que se camufla entre las hojas hasta que pisas a su lado y te muerde el tobillo.

—¿Tribuno? —llamó Veleyo, interrogante.

El romano gruñó, echó una última mirada a la ribera y azuzó su caballo con templanza. Si hubiera estado solo, quizás, hubiera galopado de regreso a la formación. Veleyo debió notar el sudor en su frente, pero no dijo nada.

Instantes después, en la orilla del río, algo que había parecido una enorme piedra gris parpadeó, y lentamente, comenzó a deslizarse.

La aldea llamada Iturissa se levantaba en un claro al otro lado del valle, y tal como nos había advertido Unai no era más que un puñado de chozas separadas por una calle que habían cerrado en sus extremos a modo de aprisco. La quietud era tan absoluta que se diría intentaban pasar desapercibidos como una roca en el paisaje nevado; sin duda así lo habían hecho durante siglos para no ser devastados por las hordas provenientes del norte, pero no les iba a servir para escamotearse del ejército romano.

—¡Vecinos de Iturissa! —llamó Arranes en su idioma, ligeramente adelantado de la tropa. La caballería había rodeado la aldea y las centurias estaban armadas en previsión de un ataque sorpresa.

Pero nada sucedió.

—Ratas cobardes... —Marco Arrio se llegó junto a Arranes con una antorcha en la mano, sobresaltándolo—. Se creen que están a salvo en sus ratoneras.

El tribuno vascón miró al romano como quien recuerda una mala pesadilla, y vio el anhelo incendiario tan claro en sus ojos que decidió anticiparse a él, azuzando su caballo para acercarse a las primeras casas de la aldea.

—No deberías... —Marco Arrio dejó morir la advertencia en sus labios; si Arranes era tan estúpido como para exponerse ante aquellos salvajes, no iba a ser él quien se lo impidiera.

—¡Vecinos de Iturissa! —volvió a gritar Arranes, deteniendo su montura frente al cercado de las cabras.

Una batalla de silencios se estaba librando en aquella ladera nevada; el silencio alerta de las tropas romanas alrededor del pueblo, frente al silencio acongojado de los vecinos en sus chozas. Medio millar de alientos contenidos a la espera de una señal, cualquier señal...

—¡No hemos venido a luchar! —continuó Arranes, sabiendo que agotaba sus palabras antes de ordenar la devastación—. ¡Estamos buscando a unos soldados romanos! ¿Me oís? ¡No queremos haceros daño!

Silencio. La mirada de Arranes saltaba nerviosamente de las puertas de las chozas a la antorcha de Marco Arrio, que ya daba lumbre a la de otro jinete, y esta a otra, y otra... Pronto un anillo de hachones se cernía llameante sobre Iturissa y Arranes comprendió que sus buenas intenciones solo le estaban dejando en ridículo frente a sus propios hombres. Resignado a convertirse una vez más en el brazo ejecutor de la implacable Roma, Arranes tiró de la brida de su caballo para regresar con nosotros y dar la orden que todos esperaban.

Entonces una puerta se abrió. Apenas se percibió un suave gemido de madera vieja, pero fue suficiente para poner en frenética búsqueda a nuestros infinitos ojos; y fueron los míos los primeros en distinguir la silueta de un hombre asomando por una puerta.

—¡Ahí, alguien sale! —me precipité a gritar, señalando una de las primeras chozas.

Era un hombre robusto, de melena agrisada y piel cuarteada por más de cincuenta inviernos. El orgullo montañés pintaba un gesto de suficiencia en aquel rostro enjuto y tuve la absurda sensación de que no estaba tan cohibido ante nosotros como nosotros lo estábamos ante él. Quizá porque nosotros éramos los extraños en su casa.

Arranes se volvió hacia él raudamente.

—¿Cómo te llamas, anciano? —preguntó en su idioma, pero la respuesta del viejo debió sonar tan inescrutable a sus oídos latinizados que el tribuno tuvo que llamar a Unai para que ejerciera de intérprete.

—Pregunta —explicó el jinete después de escuchar de nuevo al montañés— quién eres tú, que tienes ojos y lengua de vascón, pero vistes uniforme de romano.

—Soy Arranes, hijo de Arbiscar. —El tribuno se empeñaba en hablar la lengua vascona, al menos con la claridad suficiente para que el montañés le entendiese—. Y has acertado en las dos cosas: soy vascón de Segia y sirvo a Roma como tribuno.

El anciano se encogió de hombros y habló.

—Pregunta —aclaró Unai, sin poder contener una sonrisa— si eso te convierte en un amigo o en un enemigo.

Arranes encajó aquella ironía con dolor; todavía no se había acostumbrado a que sus colegas romanos lo mirasen como a un extranjero y ahora se encontraba con que sus hermanos de sangre le otorgaban la misma mirada recelosa. ¿Por qué había de elegir entre Roma y su pueblo? ¿Acaso no podía amarlos por igual?

—Quien colabora con Roma es amigo de Roma —sentenció al fin ambiguamente—. ¿Dónde están los demás?

De nuevo Unai hizo de eco:

—Están en sus casas; dice que son gente pacífica.

—¡Que salgan! —bramó Marco Arrio, aguardando aún con su antorcha junto a los demás jinetes—. ¡Si no les haremos salir con fuego!

Arranes sintió de nuevo la inminencia de una masacre y tanto se retorcieron las raíces de su alma que se atrevió a contradecir una vez más a su colega tribuno.

—Eso no será necesario. Sé cómo tratar con ellos.

—¿Estás seguro? —Ya no era estupor ni ultraje lo que encendía las mejillas de Marco Arrio, sino la escalofriante ansiedad del que no puede esperar el momento de su venganza.

Por supuesto que Arranes no estaba seguro de poder tratar con aquellos aldeanos. ¿Qué sabía él de aquella gente, después de todo? Nunca había pisado esas montañas, nunca había hablado cara a cara con un habitante del *saltus*. ¡Por Júpiter, si apenas había salido de Segia hasta que marchó con las tropas de Estrabón! Lo ignoraba todo sobre el pueblo de sus ancestros, salvo una cosa: que era su pueblo.

Arranes descabalgó para poder hablar con el anciano cara a cara y el intérprete Unai hubo de hacer lo mismo.

—Estamos buscando a otros soldados romanos —explicó el tribuno casi en tono de confidencia—; una cohorte que venía del norte cargada de provisiones. ¿La habéis visto?

El hombre de barba cana sostuvo la mirada de Arranes sin despegar los labios y este solicitó a Unai que repitiera sus palabras por si no había sido comprendido.

Pero el viejo les interrumpió:

—Te he entendido, tribuno. Y podría complacer tu curiosidad fácilmente, pero dime: ¿por qué habríamos de ayudar al ejército romano los habitantes de esta aldea? ¿Qué favor les debemos?

—No estamos comerciando, abuelo —replicó Arranes, cuya sangre, aunque vascona, se inflamaba de orgullo romano—. El mismísimo procónsul Pompeyo nos ha enviado para encontrar esa cohorte y lo haremos aunque tengamos que remover cada piedra del valle. Mis buenos modales nacen del respeto a mis antepasados, pero no los confundáis con una falta de firmeza.

El anciano mostró sus palmas vacías en un gesto que decía: «Haced lo que debáis hacer; nosotros solo somos granjeros.» ¡Cuánto detestaba Arranes aquella indolencia impertinente de los vascones, esa aparente resignación a los designios de la Fortuna! Era la misma actitud desidiosa que habían mostrado los ancianos de Olcairun ante la partida de su misión y que cualquiera hubiera entendido como un ingrato desprecio a Roma. Pero Arranes conocía bien la humildad de ambiciones y la inveterada mansedumbre de su pueblo; por eso un espíritu tan audaz y temerario como el suyo había sido presa fácil para el ejército romano, que no alimentaba su orgullo de leyendas del pasado sino de sus gloriosas gestas presentes.

—Como quieras —dijo Arranes después de constatar la testarudez del anciano en sus ojos, y llamó al primer centurión Sexto Asellio para que se acercara. Marco Arrio observaba la escena lleno de agitación, deseoso de comandar el saqueo de la aldea, pero Arranes confiaba más en la prudencia y la veteranía del centurión, a quien habló alto y claro para que todos los montañeses escondidos pudieran oírle—. Que la mitad de tu centuria registre el pueblo choza por choza, sin dejar una vasija por pequeña que sea. Y si algún aldeano se resiste demostradle lo bien afiladas que llevamos nuestras espadas.

La amenaza surtió un efecto inmediato. Cuando Asellio comenzaba ya a organizar a sus hombres se abrió la puerta de una choza, y una mujer robusta salió dando voces. El anciano, sin duda indignado por aquel desafío a su autoridad, se volvió hacia la mujer y le indicó con grandes aspavientos que regresara a su casa. No fue escuchado. Antes al contrario, el griterío hizo abrirse otras puertas en la aldea y media docena de rostros asustados asomaron, dando al traste con la estrategia de tortuga del anciano.

Pronto descubrimos que aquel acto de desacato —tan inaudito entre vascones— nacía del temor y de la culpa: Marco Arrio fue el primero en reconocer una capa de centurión entre las ropas de los que poco a poco salían de sus chozas. Y había mucho más: colgantes, brazaletes, sandalias romanas...

—¡Mirad! —El joven tribuno se acercó al trote con su caballo y chasqueó el látigo sobre la cabeza del viejo que se cubría con la capa roja, haciéndole caer de rodillas—. ¡Aquí está la prueba! ¿Aún dudas de la culpabilidad de estos bastardos?

Arranes se había quedado súbitamente mudo. La evidencia ya era demasiado contundente para justificar cualquier prudencia y a fin de cuentas aquello no hacía sino constatar la versión del malogrado Rug, con lo que no cabía más estupor ni vacilación. Sin embargo algo no encajaba.

Marco Arrio tomó ventaja del aturdimiento de Arranes para ordenar a los soldados que allanaran todas las chozas. Los aldeanos que no salían por su propio pie eran empujados y golpeados sin miramientos, hasta que pronto el medio centenar de habitantes se había congregado entre las cabras del redil, que se revolvían y balitaban excitadas por la algarabía.

Las peores sospechas quedaron confirmadas cuando los primeros legionarios salieron de una de las chozas con una saca de trigo.

—¡Está aquí! ¡Está aquí!

La euforia inicial de los soldados y de Marco Arrio —en su caso más motivada por su victoria moral sobre Arranes que por el hallazgo— fue templándose cuando los números demostraron que aquello no era más que una mínima parte de las provisiones mandadas por Metelo y a todas luces insuficientes para sustentar Olcairun durante el invierno.

—Sesenta sacas de trigo, cuarenta de cereal, nueve de sal, cuarenta odres de vino y veinte piezas de tocino —contabilizó Sexto Asellio al concluir el registro por toda la aldea.

Lejos de festejar el descubrimiento, Arranes se había sentado sobre una roca y se frotaba el pelo como abrumado por una honda preocupación. Marco Arrio, ya apeado de su corcel, paseaba inquieto a su alrededor, pues no era idiota y debía compartir en cierto grado las tribulaciones de Arranes.

—Eso no es ni una séptima parte del total —protestó el joven tribuno—. Deben tener el resto escondido en otro lugar.

—No es probable —replicó Sexto Asellio—. Con estas provisiones podrían sobrevivir durante un año. ¿Para qué iban a guardar más?

—Comercio —respondió Marco Arrio, algo ingenuamente.

—No parece un pueblo de comerciantes, sino de granjeros —el centurión hablaba con una lentitud que aún exasperaba más al tribuno.

—No sabía que fueras un gran conocedor de estos salvajes, Sexto Asellio.

—Yo solo supongo...

—¡Ya basta, por Júpiter! —interrumpió Arranes con su voz de trueno, se puso en pie y señaló hacia los aldeanos—. ¡Míralos! ¿De verdad los crees capaces de haber asaltado a una cohorte de legionarios?

En efecto, la sola idea parecía absurda. Rug tampoco había mentido al describir a los habitantes de Iturissa: se contaban treinta mujeres y catorce hombres, todos ya enfilando el camino hacia la decrepitud. No obstante Marco Arrio se encastilló en su posición:

—Una cosa es segura: que nuestros soldados no les han entregado su carga voluntariamente. ¿No has dicho que los ejecutaríamos? ¡Yo digo que les crucifiquemos en mitad del bosque para que sirva de ejemplo a todos los montañeses!

—Tenemos dos opciones —concluyó Arranes, manteniendo la calma—: o bien ajusticiamos a todos los habitantes del pueblo, como dice el tribuno Marco Arrio, y seguimos buscando a ciegas por este bosque inmenso, o bien los dejamos vivir para que colaboren con nosotros y nos digan dónde encontrar el resto de las provisiones y así tal vez podremos regresar a tiempo para que nuestros hombres no mueran de hambre. Tú que eres más veterano, Sexto Asellio, ¿qué piensas que es lo más sabio?

—Habitualmente los vivos prestan más ayuda que los muertos —respondió el centurión, sin dejar que el sarcasmo alterase el tono suave de su voz.

Arranes asintió enérgicamente, disfrutando de la complicidad de Asellio, y aprovechó ahora el desconcierto de Marco Arrio para hacer las disposiciones oportunas:

—Esto es lo que haremos: recluid en la choza más espaciosa a todos los habitantes salvo el anciano y la mujer que salieron en primer lugar. Yo hablaré con ellos. Que la tropa aproveche para descansar un rato, pero sin bajar la guardia.

Sexto Asellio partió sin más demora a ejecutar sus órdenes, dejando a los dos tribunos en medio de un tenso silencio. La lengua de Marco Arrio ansiaba desplegarse tanto como su látigo, pero decidió esperar a ver el curso de los acontecimientos.

El anciano se llamaba Isarri y la mujer que había salido dando voces detrás de él no era otra que su propia esposa. Gracias a mis libros no me era desconocida la existencia de pueblos de raigambre milenaria cuya cúspide social estaba ocupada por las mujeres; una aberración fruto de su primitiva devoción a la diosa lunar, probablemente, o de su arcaico entendimiento de la fertilidad. Por Arranes supe después que entre los vascones de las montañas se sigue respetando esta especie de organización matriarcal y a la luz de este dato pude entender mejor el inhibido silencio que Isarri había guardado mientras su locuaz esposa respondía las preguntas de los romanos, dentro de su angosta choza.

Además del viejo matrimonio, Arranes y yo mismo, habían entrado en la vivienda Unai, para ejercer de intérprete una vez más, y Marco Arrio, que permanecía apoyado en el quicio de la puerta con un falso ademán de indiferencia. Creo que en el fondo tenía pánico a quedarse encerrado en una habitación con cuatro vascones.

La mujer, dejándose llevar por un inapropiado impulso hospitalario, había encendido el hogar que ocupaba el centro de la estancia y no paraba de moverse de un lado para otro mientras parloteaba. Se diría que estaba preparándonos algo para almorzar —¡con nuestra propia intendencia robada!—, y no niego que mi lengua empezaba a diluirse, pero aquel ajetreo resultaba de lo más improcedente y Arranes, ya enervado, le pidió que se sentara frente a él para seguir hablando.

Pronto averiguamos que no era el miedo a la Legión lo que la mujer intentaba sacudirse del cuerpo con tanto movimiento, sino un terror mucho más profundo...

—No nos interesan las experiencias de este pueblo con el ejército romano en el pasado, señora. —Arranes tuvo que encarrilar la desordenada palabrería de la mujer hacia el asunto crucial—. Lo único que necesitamos saber es dónde encontraron todas estas provisiones y qué ha pasado con los soldados que las transportaban.

Unai matizó allí donde los perplejos ojos de la anciana lo solicitaron, pero la respuesta remoloneó en sus labios como si prefiriese no haber entendido una palabra.

—Vamos, responde —acució Arranes—. ¿Dónde?

—Dice... —Unai coreó las sílabas que nacían muy lentamente de la boca de la mujer—. Dice que fue Urko, el pastor, quien los encontró... se había llevado a sus cabras al otro lado del valle y desde lo alto de una loma distinguió el campamento de los romanos... Fue hace dos días...

—¡Dónde, que diga dónde está ese campamento! —intervino Marco Arrio desde la puerta, sobresaltando a la mujer.

—Dejemos que hable. Señora... —Arranes quiso retomar el hilo de la narración, pero la anciana ya se había puesto a discutir con su marido, que había aprovechado la interrupción para hacerle algún reproche.

—¿Lo ves? —Marco Arrio era obstinado en su actitud—. Están poniéndose de acuerdo para engañarnos.

Intrigado por la frenética disputa de la pareja —aunque no precisamente por el mismo motivo que Arrio—, mi tribuno se volvió hacia Unai:

—¿Qué están diciendo?

El jinete devenido traductor puso toda su atención en aquellas sentencias cortantes y como atropelladas que se lanzaban el uno contra otro, en busca del significado que trataban de ocultar a los oídos romanos, pero incluso él solo podía reconocer frases sueltas:

—Él tiene miedo... tiene miedo de un castigo si habla más de la cuenta...

—¿Castigo de quién? —preguntó Arranes.

—Los que habitan en las montañas... ellos se enterarán de su traición... El durmiente... tienen miedo de despertar al durmiente... —Unai sacudió la cabeza, entregado—. Lo siento, no le encuentro ningún sentido.

Pero Arranes sí se lo encontraba, e incluso a mí me evocaba oscuras sensaciones, hasta que el reconocimiento de una palabra entre la retahíla de exabruptos de la mujer terminó de ponernos la piel de gallina, de puro estremecimiento: *sarrak*...

—Sarrak —repitió Arranes, provocando el inmediato cese de la discusión entre los ancianos, que se le quedaron mirando sorprendidos—. El Pueblo Antiguo. Conozco esa leyenda.

Unai se lo hizo comprensible, y esta vez fue el viejo quien adelantó su respuesta:

—Si piensas que es una leyenda, entonces no conoces nada.

—¿Qué tiene que ver el Pueblo Antiguo con estas provisiones? —quiso saber el tribuno, demasiado sobrecogido para disfrazar su intriga de escepticismo.

Antes de que la anciana retomara la palabra, haciendo caso omiso de las advertencias de su marido, Marco Arrio manifestó su desconcierto desde atrás: «¿El Pueblo Antiguo?». Pero todo el interés estaba volcado en las palabras de la mujer, que ahora brotaban con mayor aplomo:

—Tal como os decía, Urko divisó el campamento de los romanos en un calvero lejano. No se veía moverse un alma, parecía un fuerte abandonado, pero Urko tuvo miedo de acudir solo porque había que entrar en el Bosque de Mari, y además no podía abandonar a sus cabras. Así que regresó a la aldea y nos contó su descubrimiento. Como podéis ver en este pueblo no quedan más que seis ancianos, pero aún son hombres y no les faltó valor para acompañarlo de regreso al lugar, con otras tantas yeguas de carga. Debéis entender que cualquier desperdicio dejado por la Legión podía servir de utilidad en un pueblo tan necesitado como el nuestro.

—¿El campamento estaba abandonado? —se sorprendió Arranes—. ¿Con las provisiones?

La mujer volvió la mirada a su marido antes de responder, buscando una complicidad que sugería engaño.

—Así es —le confirmó finalmente, a través de Unai—. No somos salteadores ni ladrones, pero no está bien dejar que todo ese alimento se pudra o sea devorado por las bestias, cuando hay tantas bocas hambrientas...

—Eso es muy cierto —musitó Arranes, con la mente puesta en los miles de soldados que le esperaban en Olcairun—. Pero sigo sin comprender: ¿cómo es posible que toda la cohorte se marchara dejando su carga?

—Están mintiendo —terció de nuevo Marco Arrio—. Y nos están haciendo perder tiempo. Pregúntale por dónde se llega a ese campamento y a qué distancia está.

El viejo Isarri tomó entonces la palabra —se deducía que él había sido uno de los valerosos ancianos que acudieron al fuerte— para indicar el camino a seguir, pero sus explicaciones resultaban demasiado ambiguas para un hatajo de forasteros como nosotros, así que me permití interrumpirlo para ofrecerle mis tablillas de escritura. Se quedó mirándome con la boca abierta mientras yo las acercaba al hogar para ablandar la cera, como si le pareciera el artilugio más ingenioso ideado por mente humana, pero no le tembló el pulso al coger el estilo y ponerse a trazar con sorprendente maestría un rudimentario plano de las montañas. Se diría que aquel hombre, de nacer en Roma, podría haber llegado a convertirse en un auténtico artista.

Era obvio que si el testimonio relatado había sido una invención, aquel trazado de cera sin duda debía ser otra mayor, una fácil maniobra para extraviarnos por quién sabe qué inhóspitos parajes nevados. No obstante nuestras opciones eran limitadas y la resolución de Arranes encerraba tanto sentido común que ni el mismo Marco Arrio se animó a contravenirla.

—La tercera centuria de Darío Luso se quedará en Iturissa para vigilar estas provisiones. El resto partiremos inmediatamente hacia ese campamento.

No se podía ver el sol por encima de las nubes grises cuando salimos de la choza, pero un viento extrañamente cálido ascendía de las honduras del valle.

La tropa se estaba ordenando ya para reanudar la marcha o instalarse cuando Arranes advirtió un leve ajetreo detrás de unas chozas. El legionario Veleyo, junto con Casio y otra pareja de soldados, mantenían a un grupo de cuatro mujeres apartadas de los demás. Los gritos furiosos de ellas solo conseguían desatar las risas de ellos.

—¿Qué sucede? —me adelanté a preguntar, pero Arranes ya se había vuelto hacia Marco Arrio, intuyendo su mano detrás de aquella escaramuza. El rubio, sin embargo, se encogió de hombros.

—¡No se lleven a nuestras hijas! —reclamó la esposa de Isarri cuando entendió lo que estaba pasando—. ¡Las necesitamos!

De no haberse encontrado Veleyo entre aquel grupo de legionarios, como discreto pero evidente cabecilla, yo hubiera creído realmente que se trataba de la reacción espontánea de unos hombres enrabietados de puro hambre, frío y cansancio, que ansiaban saciar al menos el apetito de su virilidad. No sería la primera vez que la Legión incorporaba a su marcha un mínimo contingente de prisioneras para este fin, sobre todo cuando las campañas se preveían largas. Aunque sí, hasta donde yo conocía, sería la primera vez que algo así sucedía bajo la comandancia de Arranes.

Pero la presencia de Veleyo, como digo, vinculaba inequívocamente aquella acción con las intenciones sibilinas del tribuno Marco Arrio. Y estas no eran otras que sembrar la discordia entre Arranes y sus tropas. Marco Arrio quería hacer estallar a su colega tribuno, descubrir el traidor vascón que se ocultaba en su interior y que —pensaba él— pugnaba por salir y rebelarse. Porque Marco Arrio calculaba que en cuanto los soldados vieran el peligro que representaba Arranes no dudarían en apartarlo del mando en beneficio suyo.

Pero era una trampa tan diáfanamente perpetrada que Arranes supo contenerse y actuar con prudencia.

—¡Llevémoslas! —vociferó el gordo Casio, sujetando a una prisionera de cada brazo—. ¡Los soldados necesitan desahogarse!

Bajo la húmeda y fuerte ventisca, y antes de decir una sola palabra, Arranes se aproximó a las cuatro mujeres capturadas para mirar sus rostros. Solo una de ellas podía llamarse verdaderamente joven. Las otras tres pasaban sin duda de la treintena y compartían un perturbador parecido en sus rasgos, extensible a todos los habitantes de la aldea, que invitaba a sospechar nefandos contubernios familiares; la huella atroz de un aislamiento milenario, castigo del destino a un pueblo supersticioso que había sacrificado demasiados niños a sus dioses y ahora se enfrentaba a su lenta pero inexorable extinción. ¿Tanto amaban a sus dioses, o tanto los temían?

Huelga decir que yo no podía entender los gritos y lamentos de aquellas mujeres, que entre rabiosas y suplicantes se agarraban a la capa de Arranes para pedir su liberación; pero el pavor que ardía en sus ojos negros se me antojó provocado por algo más que la posibilidad de ser violadas por los soldados. Lo que las aterrorizaba era abandonar la aldea para adentrarse en el bosque.

Había sin embargo una entre ellas, precisamente la única que conservaba en sus carnes la lozanía y la hermosura de la pubescencia, cuyo rostro no reflejaba otra cosa que una serenidad absoluta; su melena era roja y caía haciendo olas sobre sus mejillas como una cascada de fuego, dejando entrever dos piedras preciosas que eran sus ojos verdes y unos labios rosados tan tiernos que daría miedo tocarlos.

Era la suya una belleza tal que incluso yo noté mi sangre acelerarse al observarla desde detrás de Arranes. Lo que teníamos ante nosotros era una auténtica ninfa, un ser al tiempo terrenal como la hierba del bosque y elevado como un canto celestial, una diosa hecha carne que de ninguna manera podía compartir un origen con las otras mujeres, toscos animales a su lado. Y no penséis que este sentimiento es fruto de mi imaginación poética; pues aquella extrañeza se reflejaba en primer lugar y con toda nitidez en los propios rostros de las demás prisioneras, en la manera cómo apartaban su mirada de ella e incluso evitaban rozarla, como si temieran encararse con tanta perfección, que en un silencio inocente las humillaba.

Que había algo de glorioso y también algo de maligno en aquella muchacha era sentido por todos, e incluso Arranes —que bastantes preocupaciones tenía como para inquietarse por una niña— pareció quedarse sin habla ante su presencia.

—¿Cómo te llamas? —pudo decir al fin, pero la muchacha se limitó a sostener su mirada impasible—. ¿Quién es? —preguntó entonces Arranes a las otras, solo desencadenando una nueva catarata de súplicas.

—La tropa necesita desahogarse —repitió estúpidamente Casio, temiendo que el tribuno dispusiera la liberación de las rehenes.

Arranes buscó con su mirada a Marco Arrio, esperando sorprenderlo con una sonrisa delatora, pero en esta ocasión el rubio había sido lo suficientemente astuto para no encontrarse en los alrededores.

La mujer de Isarri, que se había acercado con su marido, se unió al coro de lamentos de las presas y tiraba con fuerza de la capa de Arranes, hasta hacerle estallar airadamente:

—¡Basta de gritos! —Para revestir sus palabras de un carácter definitivo e inapelable se dirigió hacia el viejo Isarri, devolviéndole así su arrebatado cetro de autoridad—. Vamos a llevarnos a estas cuatro mujeres como garantía de que no nos habéis mentido. Si el campamento no está donde decís ellas serán las primeras en pagarlo.

Volví mis ojos hacia el sádico Veleyo, y allí encontré la sonrisa conspiradora que Arranes andaba buscando. Un triunfo bastante exiguo para tamaños felones, pensé entonces, y en efecto lo era; porque nadie podía conocer todavía cuál iba a ser la trascendencia de tan caprichosa decisión, que yo en ese momento no habría dudado en calificar de indigna, ruin e impropia de un hombre a quien tanto admiraba, como era Arranes.

No obstante mentiría si negara que una parte de mí —una parte cuya naturaleza prefiero desconocer— se sentía feliz de no perder de vista a aquella criatura. Si tanta era la fascinación que irradiaba con su silencio y su gesto sereno, ¿qué encantos no podría llegar a desplegar con el hechizante movimiento de sus miembros, con el descubrimiento de su escondida sonrisa y el brote de su misteriosa voz? Porque repito, y en mi caso es una confesión sonrojante, que el contorno de cuerpo y la blancura de su piel no solo evocaban olímpicas perfecciones, sino que hacían remover lo más bajo y animal de cuantos la contemplábamos, dando fuego a nuestros más recónditos instintos y desmigajando cualquier voluntad de juicio sereno. ¡Y no arriesgaré más palabras en describir lo que a todas luces es inefable, pues el miedo que salta de mi recuerdo, anticipándose a mi narración, ya hace temblar mi muñeca!

Con uñas y dientes trataron las otras tres mujeres de zafarse de los soldados, pero fue en vano. La orden de Arranes no admitía súplicas y sus tobillos fueron engrilletados como se hace a los esclavos. Mientras Casio solicitaba ayuda para ocuparse de las gritonas, un jovencísimo legionario fue el encargado de aherrojar a la silenciosa muchacha. Tanta fue la docilidad con que ella lo dejó hacer que el chico no pudo ocultar una arrebolada incomodidad en la tarea. Y era fácil entender este pudor, pues aquellos piececitos desnudos sobre la nieve parecían tan frágiles que pudieran quebrarse al simple contacto con el metal. ¿Quién, que no se llame a sí mismo desalmado, podría considerar la sola idea de violentar a aquella niña, de forzar aquel cuerpo inmaculado con caminatas extenuantes, y menos aún con salvajes desahogos carnales?

A pesar de esto no faltaron vítores y procacidades cuando las cuatro prisioneras fueron empujadas con los legionarios de retaguardia, que ya estaban formados para reemprender la marcha. Pero el gesto severo de Arranes disuadió a los soldados de ir más allá en su desfogue varonil, al menos por el momento.

—Yo me encargaré de organizar este campamento —se ofreció Marco Arrio surgiendo de la nada—. Mientras tanto es mejor que tú te adelantes con la tropa para no perder tiempo.

Desconfiar del joven tribuno se había convertido en una máxima para Arranes desde el primer día en que se conocieron —una desconfianza que era sobradamente correspondida, como sabemos—, por lo que siempre intentaba adivinar las ocultas intenciones que se hallaban tras sus palabras; el vascón contaba con la ventaja de una inteligencia más curtida para hacerlo, pero todavía se encontraba algo subyugado por el hechizo de la muchacha y en esta ocasión no supo encontrar argumentos para contradecir a Marco Arrio.

Además, era cierto que para poder partir ordenadamente se hacía necesaria una mano fuerte en la retaguardia, para contener el tumulto que se había organizado entre los habitantes de Iturissa. Ya todas las mujeres de la aldea se agolpaban alrededor de las prisioneras en un desesperado intento de liberarlas, mientras los ancianos, más sensatos o más acobardados, las increpaban inútilmente para que dejaran marchar a los soldados.

—Quizá deberías quedarte aquí con Darío Luso —sugirió Arranes, mientras hacía buscar a su caballo—. No es necesario que continuemos los dos.

Marco Arrio sonrió ante la descarada maniobra de Arranes.

—Oh, pienso que sí es necesario. No sabemos lo que nos podemos encontrar en esas montañas. Me reuniré con vosotros en cuanto haya dejado el campamento en orden.

—Como quieras —tuvo que convenir Arranes, antes de montar en su cabalgadura para retomar su posición al frente de la mermada columna.

No quiero dejar de mencionar en este punto la particular peripecia de mi ingenuo y veleidoso amante Filipo; era él uno de los afortunados legionarios de Luso designados para quedarse en la aldea —al menos creíanse afortunados por poder conceder un descanso a sus entumecidas piernas—, pero era tan desaforado su apetito de aventura que buscó discretamente entre los legionarios de la segunda centuria alguno que estuviera dispuesto a cambiarle de lugar. Por supuesto tales trueques no estaban permitidos, pero en seguida encontró un hombre dispuesto a quedarse en la aldea —¡cualquiera se hubiera ofrecido gustosamente!— y gracias al alboroto de las mujeres pudieron realizar el cambio en la formación sin que ninguno de los oficiales lo advirtiera.

Y así fue cómo la tercera centuria de Darío Luso se acuarteló en Iturissa, momentáneamente coordinada por el tribuno Marco Arrio, mientras el resto de la expedición reemprendíamos la búsqueda por aquella inhóspita cordillera.

III
EL BOSQUE DE MARI

El terror. ¿Cómo enjaular el sentimiento más conmovedor del alma humana en unos trazos de fría tinta? Os puedo hablar de Teseo adentrándose en el laberinto con el frágil hilo de Ariadna, de Ulises pidiendo a gritos ser atado al mástil de su navío para resistirse al canto de las Sirenas, o de Perseo escondiéndose tras su escudo de la mirada petrificadora de Medusa, y tal vez conseguiría acelerar vuestro pulso o erizar unos cuantos pelos de vuestra piel, mas... ¡Qué poco tiene que ver ese sentimiento de liviana inquietud, ese escalofrío romántico y sublimado, con el vértigo pavoroso de saberse perdido al borde del mismísimo infierno!

Pero debo controlarme aún y ceñirme al orden de mi relato, pues si bien es cierto que el terror terminó volviéndonos locos a todos no es menos cierto que se instauró como una sutil sensación de desasosiego...

En un silencio que era a la vez resignado y sobrecogido desfilaron los legionarios de la Quinta Cohorte de nuevo hacia el fondo del valle; cualquier rastro de camino había quedado sepultado por las hojas y la nieve, y si hubiéramos dejado hablar a nuestra imaginación atormentada habríamos jurado que aquellos árboles fantasmales se habían movido también sobre sus raíces para escamotearnos la senda del bosque, ¡y ahora nos contemplaban pasar entre ellos con cruel regocijo!

Pero lo peor no eran los árboles, ni la maligna neblina que los envolvía, ni los traicioneros túmulos de nieve que nos hacían caer a cada paso en hondonadas invisibles... Era aquella brisa húmeda y templada lo que de verdad nos encogía el corazón. ¿De dónde provenía? ¿Qué misterioso fenómeno natural era el que se estaba riendo de nosotros, arrojándonos en nuestras caras un aire tan cálido apenas unas horas después de sepultarnos bajo una soberbia nevada? Nadie se atrevió a decir nada entre las primeras filas donde yo caminaba, no sé si por miedo a mostrar cobardía o por miedo a tomar una bocanada de aquella corriente insana. Más aún, me pareció reconocer un gesto contraído en todos los rostros a mi alrededor

—incluyendo al del propio Arranes—, tal y como se contrae la nariz ante un hedor repentino. Era como...¡como respirar el aliento de un gigantesco animal!

No habíamos recorrido más de cinco estadios cuando un suceso imprevisto obligó a detener la marcha de la columna. Los treinta jinetes vascones, que como de costumbre se habían adelantado para tantear el terreno, esperaban la llegada de Arranes descabalgados junto a un arroyo.

—No, ahora no —musitó el tribuno al verlos, adivinando lo que se avecinaba.

Demasiado bien conocía Arranes el espíritu infiel de aquellos jinetes: solo con mirar el rostro cerril de Gogor, su jefe, mientras esperaba con los brazos cruzados al pie de su caballo, se podía sentir el espesor de una decisión obstinada.

—¿Qué sucede, hermano Gogor? —Arranes pretendió desconcierto, pero ni siquiera aquel improvisado trato fraternal hizo vacilar al gigante bárbaro cuando respondió:

—Aquí termina nuestro viaje, tribuno. Regresamos a Olcairun.

Convertidas sus sospechas en hechos, Arranes levantó su brazo para detener la marcha de toda la columna. Un murmullo de inquietud se extendió entre los legionarios y el tribuno decidió apearse para hablar cara a cara con Gogor. Podían haber gritado a pleno pulmón y ni uno solo de los legionarios hubiera entendido sus palabras, pero el lenguaje de los gestos les habría dado una idea bastante exacta de los motivos de la parada y Arranes hacía lo posible por disfrazar aquella discusión de diálogo rutinario.

—¿Volver a Olcairun? —Arranes buscó la intermediación de Unai, siempre más dialogante y flexible que el bruto Gogor, pero precisamente por este motivo el larguirucho había sido relegado a un discreto silencio y lo miraba con impotencia desde detrás de su caballo—. Estimado Gogor, no entiendo por qué quieres volver a Olcairun ahora, sin haber encontrado las provisiones.

—Ya tenemos provisiones —replicó secamente el jefe, indicando con su mentón barbado el camino por el que venían—. En Iturissa.

—Ah, pero amigo mío... —Nunca en mi vida vi a Arranes más diplomático; cualquiera que no entendiese la gravedad de su dilema podría calificar de ridícula la imagen de un tribuno romano suplicando favores a un desgreñado bárbaro, pero no seré yo tan ingenuo—. Me gustaría ser tan optimista como tú, mas en Iturissa solo queda una pequeña parte de las provisiones. Hemos hecho algunos cálculos y me temo que con esos exiguos recursos no lograríamos pasar todo el invierno en Olcairun.

—Tendrá que ser suficiente —sentenció Gogor; sus piernas robustas parecían arraigadas en la tierra por debajo de la nieve y Arranes comprendió que sería tan difícil convencerlo de continuar como apartarlo de su camino. ¿Pero qué era lo que tanto temían aquellos bravos guerreros?

—No te entiendo, Gogor —expresó simplemente Arranes, y esperó a que el vascón le diera alguna explicación. Como esta no llegaba, decidió forzarlo a hablar desafiando su coraje—. ¿De qué tenéis miedo?

—¡No tenemos miedo! —estalló Gogor, como esperaba Arranes.

—Entonces, ¿qué os impide continuar?

Los ojos del bárbaro ardían como dos pedazos de carbón clavados en los de mi tribuno; no era su inteligencia tan limitada como para no comprender que Arranes estaba jugando con él.

—Sabes de sobra que no se puede vagar de noche por el bosque de Mari —dijo—. ¿O es que esa coraza romana te ha vuelto estúpido?

—Sí, recuerdo esa leyenda, hermano Gogor —admitió Arranes—. Pero dime, ¿qué ha de temer un noble soldado de Roma, auspiciado por todos los dioses, desde Júpiter hasta Neptuno, y por los genios del ejército, ante una vieja superstición bárbara? ¿Acaso no veis de qué poco les han servido a esos aldeanos sus ridículas creencias?

Yo pensé que la apelación a la nobleza del ejército romano era una buena argucia de Arranes para engatusar a Gogor, pues ¿qué podían buscar aquellos bandidos en la Legión si no engalanarse de su honor para sentirse superiores a los de su propia calaña? En esto Marco Arrio demostraría ser más perspicaz que nosotros...

—Júpiter y Marte pueden ser poderosos en Roma —replicó sobriamente Gogor—, pero en el bosque de Mari no hay lugar para ninguno de ellos. Y solo un estúpido osaría a entrar en él cuando se acerca la noche.

Fue entonces cuando sonó la voz de Marco Arrio, aproximándose en su caballo; había observado la conversación desde lejos y al parecer había sabido interpretarla suficientemente:

—Creo que estás perdiendo el tiempo intentando razonar con ellos, tribuno Arranes. Me basta con mirarlos a los ojos para comprender lo que quieren: dinero. Se aprovechan de que son imprescindibles para nuestra expedición y se niegan a avanzar sin la promesa de más dinero, ¿me equivoco?

—No es... —comenzó a rebatir Arranes, pero de pronto decidió que valía la pena intentarlo y se volvió hacia Gogor. Se parapetó en el idioma vascón para intentar una artimaña—: Mi colega Marco Arrio dice que seréis recompensados generosamente al regresar al campamento. Debéis perdonar su desfachatez, pues desconoce la leyenda de este bosque. ¡Pensar que una recompensa, por muy cuantiosa que sea, merece el riesgo de adentrarse en él!

Arranes se volvió hacia Marco Arrio como si tuviera intención de explicarle el asunto, pero fue rápidamente interceptado por el brazo poderoso de Gogor.

—Espera... —El gigante tartamudeó—. Tampoco queremos ofender a Roma... quiero decir... ¿Qué recompensa sería?

Imagino el esfuerzo de Arranes conteniendo la sonrisa cuando Marco Arrio volvió a vocear desde su montura, muy oportunamente:

—¡Basta ya de palabras! Arranes, dile a tu amigo que el ejército romano no tolera motines y que si no continúan la marcha serán ajusticiados en el mismo lugar donde están puestos sus pies.

Con gran expectación atendí a las palabras que Arranes transmitió entonces a Gogor; igual que el resto de la tropa romana, no las entendí, pero adiviné alguna trampa al fijarme en la expresión sorprendida de Unai. Cuando más adelante Arranes me explicó lo sucedido entendí hasta qué punto mi impresión era cierta. Pues las palabras que Arranes le dijo a Gogor no tenían nada que ver con las pronunciadas por Marco Arrio:

—Mi colega tribuno promete daros mil sestercios en cuanto estemos de vuelta en Olcairun, más un puerco y una saca de trigo para cada uno.

Como digo, Unai fue el único de los presentes que pudo comprender el engaño de Arranes y por eso este lo buscó con la mirada mientras Gogor se concentraba en vergonzantes cálculos. El larguirucho jinete le estaba mirando a su vez con la boca muy abierta; quizá en otro momento su lealtad hacia Gogor lo habría hecho hablar, por encima de cualquier miedo real a pisar el bosque maldito, pero el desprecio que le había otorgado su caudillo al marginarle de la conversación hizo decantar su complicidad del lado de Arranes. Así que cerró su boca y la mantuvo así durante un buen rato, para alivio de mi tribuno.

Ni que decir tiene que Gogor aceptó la oferta de Arranes, sin molestarse en fingir gran vacilación, y ordenó a sus hombres proseguir la marcha para regocijo de todos, principalmente de Marco Arrio, que en el fondo de su ser debía estar algo sorprendido de su propia capacidad de intimidación sobre los vascones.

Arranes y Unai, por su parte, sabían que el engaño sería desvelado al poner el pie de vuelta en el campamento, pero intuyo que aquello no les producía el menor desasosiego. Quizá porque no estaban convencidos de que alguna vez regresarían a él.

No hizo falta que pasaran dos horas para que todos comprendiéramos que la guía de los vascones iba a resultar insuficiente: hasta el más sutil trazo de tierra que pudiera considerarse como sendero había terminado de esfumarse bajo la nieve y el manto de hojas, y todas las direcciones parecían igual de inciertas una vez dentro del vientre del bosque. La turma de vascones se dividió en parejas y acometieron varias incursiones en busca de alguna referencia para la orientación, pero los jinetes regresaban siempre sacudiendo la cabeza en acongojado silencio.

—Nunca habíamos llegado tan arriba —se justificó Unai.

—No importa. —El gesto de Arranes reflejaba una profunda contrariedad, pues había depositado toda su confianza en la pericia de los auxiliares, pero se mantuvo tranquilo—. Acamparemos aquí. Con la luz de la mañana nos será más fácil encontrar el camino.

En efecto, la tarde había iniciado su declive sobre el bosque y parecía lo más sensato prepararse para una gélida noche entre las hayas, así que los legionarios se pusieron manos a la obra con brío. Menos entusiasmo latía en las venas de los vascones mientras acondicionaban sus tiendas como una diminuta fortaleza dentro del campamento; las falsas promesas de Arranes habían bastado para disuadirlos en su conato de deserción, pero ni todo el oro de Oriente bastaría para inhumar en sus almas supersticiosas el miedo a las ancestrales leyendas de su pueblo. Aquella noche no hubo cantos ni algarabía, no corrió el licor ni bailaron frente al fuego; pero la aparente —e insólita— serenidad de los jinetes vascones no hacía sino acentuar la gran tensión que se acumulaba en sus ojos, unos de azul intenso y otros negros tiznajos, todos clavados como aguijones en la muralla de árboles a su alrededor, en las infinitas sombras que los observaban y acusaban por su osadía de irrumpir en el Bosque de Mari.

—¿Qué leyenda es esa que temen los vascones? —me arriesgué a preguntar a Arranes, aprovechando un momento de descanso mientras era levantada nuestra tienda— ¿Tiene que ver con lo que dijo Aliksa acerca del Pueblo Antiguo y el... ?¿Cómo era?

—El durmiente —resolvió Arranes, de pie con la mirada perdida en las cumbres de las montañas que nos acorralaban, ya solo siluetas recortadas contra el cielo estrellado—. Una vez al año, en una noche sin luna, los sarrak bajan de sus grutas en las cumbres para llevarse a un niño de su casa y apaciguar con él el hambre de su dios, un dios antiguo y terrible al que ningún hombre ha visto y que llaman el durmiente, pues yace escondido en algún lugar bajo la tierra de estas montañas. Es una vieja creencia que ha ido pasando de abuelos a nietos en mi pueblo. Una historia para asustar a los niños.

Iba a objetar que aquellos treinta jinetes hacía tiempo que habían dejado atrás la candidez de su infancia, pero las palabras continuaron brotando de los labios de Arranes como el agua que nace lentamente de un pozo muy, muy profundo...

—Aliksa se equivocó en una cosa: no fue mi madre, ni mi abuela, la que me contaba aquellas historias, sino mi nodriza. Era una mujer muy anciana, una montañesa que había servido a mi familia desde... ¿cómo saberlo? Lo cierto es que una noche mi padre la sorprendió en mitad de uno de sus relatos, cuando yo todavía esperaba mi sexto cumpleaños, y ya nunca la volví a ver.

—Una costumbre siniestra —juzgué tal vez con precipitación—, perturbar el sueño de los niños con historias sangrientas.

—Lo extraño —continuó Arranes, sumido en las tinieblas de su memoria— es que recuerdo la historia que la nodriza me estaba contando como si hubiera sido anoche. Recuerdo la voz rasposa de la mujer y cómo se arrugaban sus labios al hacer cada ruido… Había una pequeña aldea en las montañas, donde tras la caída del sol se oía el sonido de las puertas de todas las casas cerrándose, blam, blam, blam… los hombres atrancándolas y las mujeres escondiéndose con sus hijos en un rincón oscuro, abrazados y temblando. Y el sonido del viento nocturno, shhh, mezclado de pronto con una respiración profunda, justo al otro lado de los postigos cerrados, como si un enorme animal intentara asomarse al interior de la casa… Y hay un niño, el más pequeño de una gran familia, que no puede resistir su curiosidad y aprovecha que su madre se ha dormido para abrir la puerta. Solo quiere mirar, echar un vistazo rápido y volver corriendo con sus hermanos… Oye la respiración, shhh. Ve una gran sombra moverse entre las casas y el niño sale de puntillas detrás de ella, ¡solo quiere fisgonear! Pero hace mucho frío, tanto que sus piececitos se quedan ateridos y no pueden correr cuando la gigantesca figura se vuelve hacia él…

Arranes se quedó un tiempo callado, la garganta congelada como los pies del niño, y luego recuperó la voz para gritar una orden a los que se afanaban en instalar la tienda. Pensé que era su manera de dar por concluida su terrorífica evocación, pero al cabo de un rato, y amparado por la intimidad de la penumbra que nos envolvía, se sinceró aún más conmigo:

—Sabes, Celio Rufo, que soy un hombre cultivado y sin más temores que el de servir mal al nombre de Roma; semejantes historias no deberían inquietarme. —Aquí dejó escapar un suspiro entrecortado, antes de añadir una pregunta que me hizo estremecer—. ¿Por qué, entonces, siento el pecho encogido de terror igual que cuando era un niño?

—Yo también tengo miedo —confesé en un susurro y nos miramos a través de las sombras invadidos por un frío desamparo, como si la misma nieve en que se hundían nuestros pies fuera un presagio de la muerte que soñaba con engullirnos.

No era ninguna leyenda ancestral la que dibujaba preocupación en el semblante del centurión Sexto Asellio, sin embargo; el veterano oficial se acercó hasta nosotros acompañado por un nervioso Marco Arrio para transmitir a Arranes sus inquietudes, de naturaleza estrictamente militar. El campamento, ¡cuánta razón tenía!, se estaba improvisando en un lugar muy poco estratégico, encajonado en mitad del valle y sobre un terreno nada propicio para la fortificación: demasiada nieve que limpiar y demasiados árboles que talar para una expedición tan poco equipada. La noche se cerraba deprisa y Asellio no había tenido más remedio que renunciar a la tala, dejando una docena de inmensas hayas entre las tiendas como espectros de gigantes estirando sus brazos desnudos hacia el negro infinito. Toda la labor de los hombres se concentraba ahora en el levantamiento de una pequeña empalizada. Para ello tan solo podían servirse de las estacas portadas por los legionarios a sus espaldas, por lo que la barrera resultaba más una demarcación de territorio que una auténtica defensa y el centurión recomendó duplicar la vigilancia para garantizar la seguridad del campamento. Arranes, después de interrogar con su mirada la oscuridad circundante, determinó que fuera triplicada. En esta ocasión Marco Arrio estuvo de acuerdo con mi tribuno, quizá porque detrás de aquella rígida coraza se revolvía el corazón de un cobarde y el sonido de los extraños tambores del bosque todavía trepidaba en sus tímpanos...

Aquella noche fueron pocos los que pudieron conciliar el sueño, y a juzgar por los gritos sofocados que se escuchaban en mitad de la noche, cada vez que lo conseguían unas terribles pesadillas los atormentaban hasta hacerles despertar. Yo mismo alcancé a vislumbrar el pavoroso perfil de alguna ignota criatura agazapada —quizás la misma que había respirado en mi nuca la última vez que soñé— un instante que olvidé mis párpados cerrados. ¡Insufrible era el miedo que teníamos a quedarnos dormidos!

Pero otros gemidos quebraban aquella paz de cementerio: eran las protestas amordazadas de las prisioneras vasconas, que en una tienda no lejana a la nuestra estaban siendo forzadas por un grupo de legionarios. Yo sentía los ojos abiertos de Arranes, tumbado en su esterilla junto a la mía, e imaginaba su padecimiento al escuchar tales voces. A fin de cuentas se trataba de mujeres de su misma sangre, pacíficas campesinas del pueblo que él soñaba con pastorear algún día, pero nada podía hacer para mitigar su sufrimiento en aquel momento sin contradecir sus propias palabras y enfrentarse a sus legionarios.

Supongo que no os sorprenderá saber que Marco Arrio se encontraba entre aquel grupo de violadores; nos lo figurábamos porque había salido de la tienda un buen rato antes y todavía no había regresado, pero nuestras sospechas se confirmaron con el horrible restallido de su látigo. *¡Chas! ¡Chas!*, se propagaba por todo el campamento, cada descarga seguida por un espantoso alarido de dolor.

El destino hurtó a mi curiosidad la satisfacción de averiguar hasta cuándo estaba dispuesto a soportar Arranes aquellos latigazos atroces sin removerse de su sitio, porque en aquel instante la voz cavernosa de Gogor bramó en la entrada de nuestra tienda:

—¡Arranes!

Casi de un brinco, como si sus músculos llevaran largo rato preparados para saltar del catre, se presentó mi tribuno ante el inesperado visitante con una lámpara de aceite en la mano. Lo invitó a pasar, pero el ánimo jefe de los jinetes no era precisamente de plática.

—Están matándolas —se limitó a decir.

Alargué mi cuello para mirar al rudo vascón que se negaba a cruzar el umbral. Su aspecto no podía resultar más amenazador bajo la escueta luz del candil, con su melena negra suelta sobre el rostro y sus inmensos hombros cubiertos por una piel de bisonte.

—No las matarán —repuso Arranes en un tono que sonaba más a deseo que convicción—; solo se están divirtiendo con ellas.

—No, tribuno... —Era un profundo cansancio lo que pesaba en las palabras de Gogor; cansancio de conceder y arrebatar su confianza a Arranes demasiadas veces—. Mis hombres y yo somos vascones. Pensábamos que tú también lo eras. No podemos dormir mientras unos romanos locos están maltratando a nuestras mujeres.

—Yo...

¿Qué podía responderle Arranes? Todas sus razones se hundían como barcas de paja en un remolino de dudas, de miedos y lealtades, hacia el pozo fangoso que era su extraña condición de vascón legionario, legionario vascón. ¿Dónde echar el ancla, a qué roca aferrarse para no naufragar en la locura?

Había que elegir una opción.

Y Arranes lo hizo:

—Deja que me vista.

Como una exhalación el tribuno se caló su uniforme, capa y espada incluidas, para acompañar al jinete hasta la tienda de las prisioneras.

—No es necesario que vengas tú —dijo al verme preparado para seguirles—; intenta dormir.

—No puedo dormir —repliqué inmediatamente, pues por nada del mundo estaba dispuesto a perderme la escena que se precipitaba. Arranes, que solo intentaba mantener el indigno episodio lejos de la inmortalidad de mi pluma, no hizo más que dar media vuelta y salir de la tienda; y yo, tal vez retando mi suerte, busqué mi capa para cruzar la lona tras sus pasos.

En el corto trayecto hacia el lugar de donde provenían los gritos Arranes y Gogor no intercambiaron ni una sola palabra. ¿Qué era lo que pretendía mi tribuno?, cavilaba yo mientras me deslizaba a sus espaldas. ¿Sería tan osado de enfrentarse con Marco Arrio por unas simples salvajes delante de la tropa? Y de no hacerlo, ¿cómo controlaría la ira de los jinetes vascones? La noche se extendía despejada sobre el campamento, pero se barruntaba tormenta a ras de tierra...

Las cuatro mujeres habían sido recluidas en la tienda enfermería y su cercanía con la comandancia hacía suponer un propósito de provocación en el escándalo montado por Marco Arrio: ¡al muy cobarde ya no le obsesionaba otra cosa que someter a prueba el mando de Arranes!

Pero esta vez había llegado demasiado lejos.

Dos legionarios hacían guardia a la entrada de la tienda con una antorcha y desde lejos pude ver cómo su rostro demudaba al reconocer a Arranes acercándose con su gigantesco acompañante. Detrás de la lona se vislumbraban unas siluetas moviéndose al son de los latigazos.

—¿Qué está pasando ahí dentro? —preguntó Arranes llegándose ante los guardianes.

Estos intercambiaron una mirada entre acongojada y desconcertada. ¡Era evidente lo que estaba sucediendo allí dentro!

—El tribuno Marco Arrio... —empezó tímidamente el más veterano, pero Arranes le cortó de inmediato:

—Vosotros pertenecéis al turno de vigilancia, ¿no es así? Pues marchad a la empalizada; aquí huele a muchos hombres perdiendo el tiempo.

Tras un instante de vacilación —¡sin duda Marco Arrio los había colocado allí para prevenirse de la visita de Arranes!— los legionarios se apartaron de la entrada y enfilaron la vía principal a paso ligero, temerosos de las iras que su abandono pudiera desatar.

Entonces Arranes, tras buscar el reconocimiento en los ojos de Gogor, abrió la lona para irrumpir en la tienda.

Y lo que nos encontramos fue la prueba de que el infierno es un lugar hecho a la medida del hombre.

—¡En el nombre de Roma, deteneos!

El alarido de Arranes tardó unos instantes en trepar de su pecho a su garganta; justo el tiempo que la mente de un hombre cuerdo necesita para asimilar la visión de toda la depravación que se daba cita en aquella estancia. Media docena de hombres se volvieron hacia él, sorprendidos y se diría que hasta enojados por la interrupción; entre ellos Marco Arrio, con los ojos inyectados de gozo perverso y la mano alzada para descargar de nuevo su látigo sobre una de las prisioneras, que arrodillada en el suelo ya no tenía fuerzas para moverse ni gritar. De la frente a los tobillos de aquella mujer no se distinguía un palmo de piel sin raja o magulladura y las negruzcas calvas en su cráneo explicaban horriblemente el nauseabundo olor a pelo quemado que flotaba en el aire.

¡Y qué contar de las otras dos mujeres que yacían inertes en el suelo! ¡Cómo impedir que mis tripas se contraigan al evocar su imagen! Básteme decir que si los gritos no habían sido más terribles durante su agonía se debía a que sus bocas se atragantaban con lo que parecían pedazos de sus propios cuerpos.

—Tranquilízate, Arranes —habló suavemente Marco Arrio, concediendo un respiro a los músculos de su brazo castigador. El sudor que bajaba por su frente daba cuenta del esfuerzo volcado en su ensañamiento—. La tropa necesita divertirse. A ti también te vendría bien.

—¡Eso, únete a nosotros! —voceó uno de los legionarios, que con una mano se sostenía los calzones y con la otra levantaba una jarra de vino.

—¡Pero date prisa, o te quedarás sin nada! —bromeó otro igualmente ebrio.

La falta de respeto a su autoridad resultaba tan flagrante que Arranes permaneció durante unos instantes en completo desconcierto, entre horrorizado por la carnicería que le presentaban sus ojos y humillado por la actitud de sus propios soldados. Nada que ver con la expresión decididamente iracunda que congestionaba el rostro del bárbaro Gogor, un paso por detrás del tribuno; diríase que solo la confianza en una inmediata reacción de Arranes lo contenía de desenfundar su propia espada y enzarzarse con aquellos asesinos.

Pero Arranes no supo reaccionar. Si algún cálculo había hecho en su cabeza antes de decidirse a salir de su tienda en requerimiento del jinete, desde luego no había considerado la posibilidad de que su autoridad pudiera ser tan vilmente desdeñada por sus propios hombres. ¡Qué patética visión, el bravo Arranes convertido en una estatua de sal! Era sin duda un momento de triunfo para Marco Arrio y casi se le veía relamerse los labios de puro deleite.

—A ella la he reservado para mí, lo siento —dijo el sádico señalando hacia un rincón de la tienda. Allí sentada esperaba, apacible y quieta como una sirena sobre las rocas, la muchacha pelirroja que había sido secuestrada junto a las tres mujeres de Iturissa. Le habían concedido el precario privilegio de acomodarse sobre la mesa destinada a los heridos mientras las otras eran torturadas, y aunque un legionario la custodiaba —sin poder despegar de ella unos ojos enfermos de lujuria— su serenidad era tal que producía estremecimiento. ¿Acaso estaba ciega? ¿No entendía que su destino sería el mismo de las otras? ¿O es que no le importaba en absoluto? Pienso que era esta aparente frialdad, esta indolencia sobrehumana, lo que mantenía a los legionarios apartados de ella a pesar de que ardiesen en deseo de tomarla; preferían saciarse volcando su fuerza bruta sobre las gritonas y revoltosas granjeras.

—Pero esta todavía sirve para un desahogo —añadió luego, cogiendo de la nuca a la desgraciada que se desangraba a sus pies—. ¿No te animas, Arranes? ¿O tal vez ya estás desahogado?

Marco Arrio me lanzó una mirada entornada que no pretendía ninguna discreción y algunas carcajadas se alzaron en el grupo. Otros, aún contenidos ante Arranes, se esforzaban por cerrar su boca. ¡Nunca me he sentido más mortificado, mas no por mi propia honra, sino por la de mi tribuno!

—Basta —la voz de Arranes luchaba por recuperar su vigor, pero sus palabras todavía estaban más cerca de la súplica que de la orden—. Dejadla ya.

—Sí, tienes razón —se avino Marco Arrio con cruel sarcasmo—. Ya no sirve. Encárgate de ella, fiel Veleyo.

Si el joven tribuno se mostraba exultante por su victoria sobre Arranes, no menor gozo se intuía tras la mejilla cruzada del legionario Veleyo, aunque en su caso la satisfacción proviniese del puro despliegue de sadismo. Cuando desenfundó su daga no me sorprendí de encontrarla roja, como rojas estaban sus manos e incluso su cara, maculada por la sangre de aquellas desdichadas mujeres.

Arranes siguió con mirada impotente los pasos del legionario de la cicatriz hasta la prisionera moribunda. Creo que incluso llegó a abrir la boca para decir algo, cualquier cosa, para detenerlo, pero su garganta quedó una vez más seca como el esparto.

Veleyo se colocó a horcajadas sobre la mujer, le alzó la cabeza agarrándola del pelo chamuscado y sesgó su yugular expuesta con la daga sin un parpadeo de vacilación. No hubo gritos ni pataletas, solo un breve torrente cárdeno salpicando espasmódicamente en el suelo ya encharcado y la ovación de los soldados embrutecidos por el alcohol.

Fue todo lo que necesitó ver Gogor para darse media vuelta y salir de la tienda a grandes zancadas.

—¡Gogor! —llamó Arranes, pero era en vano. Su fracaso había sido completo y semejante ignominia no podía quedar impune para los que habían querido considerarlo su hermano protector. Marco Arrio le había obligado a escoger entre dos negaciones y aquel silencio acongojado de Arranes valía por una sentencia de traición ante los ojos de los vascones.

—No tenías que haberlo dejado entrar, Arranes —se permitió amonestar el tribuno romano, crecido por su triunfo—. Ha sido un tremendo descuido por tu parte. Pero no importa; esos estúpidos bárbaros no sabrían encontrar un árbol en mitad del bosque. Solo son una carga para nuestra tropa. ¿No es verdad que no los necesitamos, soldados?

De nuevo un disonante clamor de respuesta: «¡No los necesitamos!» Y afónicas risotadas.

¿Tan embriagado estaba Marco Arrio de su propio ego que no veía el terrible error de sus palabras? Porque cualquier hombre medianamente cuerdo entendería la importancia de los jinetes vascones en el curso de la expedición. Sin ellos nos encontraríamos tan perdidos en aquella selva de hayas como en el más extenso de los desiertos de África y perderíamos una capacidad de comunicación fundamental con los indígenas.

En todo caso era tarde para tales reflexiones: el horror que nos había acechado desde las mismas puertas de Olcairun al fin había logrado infiltrarse en el campamento, como una sombra más de la gélida noche, para encontrar abrigo bajo el uniforme de los propios soldados, en el calor de sus más recónditos instintos.

Nuestro destino estaba sellado.

—¡Ahora le toca a ella!

—¡Sí, ahora la virgen!

—¡Adelante, Marco Arrio!

Los gritos de los legionarios pillaron por sorpresa al mismo Marco Arrio, obnubilado en el disfrute de su humillación sobre Arranes, y súbitamente se apreció un palidecer en sus mejillas, hasta ahora bien inflamadas. Me atrevería a jurar que un leve escalofrío le sacudió el cuerpo, como si aquellas voces lo llamaran a una tarea harto ingrata, o muy temible, un trago amargo que hubiera querido postergar cobardemente hasta el último momento.

La virgen, había dicho uno, y aunque realmente nadie podía atestiguar tal virtud en la muchacha, la nívea tersura de su piel —¡blanca y traicionera como la nieve de las montañas!— y el fulgor de sus ojos verdes no evocaban otra cosa que purezas semi celestiales. ¿Quién osaría a quebrantar tales esencias? La fanfarronería de aquellos hombres se agotaba en sus palabras y pronto saltó a la vista que ninguno estaba verdaderamente dispuesto a ser el primero con la muchacha. Ni siquiera Marco Arrio, pese a la jactancia con que se dirigió a ella:

—¿Pensabas que me olvidaba de ti, frágil criatura? —Le pasó un dedo por la barbilla fugazmente, tan deprisa como si temiera quemarse. La pretendida impiedad que exhibía la sonrisa del tribuno no consiguió proyectar una sola sombra de preocupación en la luminosa faz de la niña. Antes al contrario, el temblor se estaba formando en los labios de Marco Arrio y sus ojos tuvieron que apartarse de los de ella para evitar mayor estremecimiento.

—¡Duro con ella, tribuno! —gritó impaciente el soldado que había estado vigilándola.

Conviene citar aquí el nombre de este legionario, Cneo Antonio, un mozarrón de cráneo simiesco y brazos largos que no necesitaba del alcohol para exteriorizar su estulticia y bestialidad naturales. Un hombre demasiado simple, en fin, para dejarse dominar por los miedos sutiles que atenazaban a los demás soldados y cuyo único deseo desde hacía horas era satisfacer la voluptuosidad de sus sentidos secuestrados por la belleza de la muchacha.

Marco Arrio lo advirtió en seguida y supo sacar provecho para escamotearse:

—Mirad a Cneo Antonio —rió mientras palmeaba su hombro amistosamente—. Se le cae la baba con la pequeña salvaje.

Todos acogieron la broma con sonoras carcajadas. Sabréis dónde hay un hombre asustado cuando lo notéis desgañitarse en una risa forzada; y vaya si aquellas lo eran.

—Apuesto a que te gustaría ser el primero, ¿eh, puerco? Incluso antes que yo —siguió Arrio, animado por el coro servil. Ahora me pregunto si fue aquel un momento de fanática lucidez para el romano, al comprender cuán equivocada había sido su estrategia de sembrar el terror entre la tropa para hacerse respetar. ¡Con lo fácil que resultaba ganar su afecto saciando sus más bajos instintos!

El ansioso Cneo Antonio sacudió afirmativamente la cabeza y solo su obcecación le impidió pronunciar un eufórico «¡Sí, tribuno, sí quiero!».

—¡Pues adelante, hazla tuya! —festejó el oficial ampulosamente y reclamó la ayuda de su más fiel servidor—. Veleyo, será mejor que vengas para sujetarla. Presiento que bajo esa piel de cervatillo se esconde agazapada una pantera.

Sería exagerado llamar sonrisa a la mueca que adornaba los labios de Veleyo mientras se dirigía hacia la prisionera y de su garganta no surgía ninguna exclamación enfervorizada como la de sus compañeros, pero era fácil imaginar un oscuro deleite en su acatamiento de las órdenes de Marco Arrio. Inútil esperar un destello de compasión o benevolencia en aquel hombre que manejaba la daga con la destreza de un doctor griego, aunque con fines harto distintos.

¿Y Arranes? Aún me conmuevo al recordar su aspecto derrotado en aquel vestíbulo, solo, despojado de toda autoridad, bloqueado desde dentro por la propia estupefacción y desde fuera por la barrera de hombres que le daban la espalda desdeñosamente para volcar sus ánimos enardecidos en un acto salvaje.

Solo.

Tal vez pensé en hablarle, tocarle el brazo, hacerlo reaccionar de cualquier manera, pero mi propia congoja me mantuvo quieto. ¿Qué podía decirle? ¿Que no debía consentir aquel crimen? ¿Que el desacato de los legionarios a sus galones merecía un castigo ejemplar? Eran precisamente estas certezas las que anudaban su lengua, pues asumirlas significaba inevitablemente enfrentarse con sus propios hombres y aquel era un paso que se resistía a dar con toda su alma.

Veleyo guardó su puñal para coger de las muñecas a la cautiva y tumbarla boca arriba sobre la mesa. La desproporción entre el ímpetu empleado y la nula resistencia de la niña provocó que su nuca golpeara sobre la madera con dureza. Pienso que no fui el único en desear que aquel golpe llevase a la inconsciencia a la pobre, librándola de sentir despierta las vejaciones que se prometían sobre su carne, pero ni siquiera emitió un leve quejido y continuó con su inquietante expresión de indolencia, como si la cosa no fuera con ella. Cneo Antonio, por su parte, no podía creer su dicha mientras se frotaba las manos en la pechera como un niño limpiándose para tomar su manjar favorito. ¡Se veían las babas caer de sus labios!

Cuando aquellas manos bestiales se posaron sobre la niña oí un gemido brotar de la garganta de Arranes; hasta llegó a dar un paso adelante. Pero ya era tarde. En el poco probable caso de que los soldados lo dejasen llegar hasta ella, tendría que utilizar algo más que palabras para quitarle a Cneo Antonio de encima, enfermo de lujuria como estaba.

De un solo tirón fueron arrancados los harapos que cubrían a la muchacha dejando al descubierto la excelsa blancura de su cuerpo; ¡ni todas las sombras, ni todo el humo de las teas, ni todo el vapor hediondo que flotaba en la habitación pudieron eclipsar a mis ojos la deslumbrante hermosura de aquella criatura! Tanto brillaba que la ovación de los legionarios se quebró durante unos instantes, transformada en un suave murmullo de embeleso.

Unos pechos menudos, de nívea redondez coronada de púrpura, una cintura de cuello de ánfora que se abría esplendorosamente en el contorno de las caderas, y su virginidad agazapada en un delicioso vergel escarlata entre sus largos y finos muslos... ¡Pero qué lejos quedan mis palabras de evocar remotamente tanta perfección!

Mas el apetito desbordado de Cneo Antonio resultaba inasequible a ningún sublime deslumbramiento y no le temblaron los dedos al cerrarse sobre los tobillos de la niña para separarlos.

—¡Dale su merecido!

—¡Reviéntala!

—¡Queremos ver su sangre!

Incapaz de presenciar semejante horror volví mis ojos hacia Arranes, pero la amargura de su gesto resultó igualmente insoportable y terminé hundiendo mi mirada en el lodo bajo mis pies.

La muchacha no gritó. Fue solo por la exclamación triunfal de los soldados que intuí la acometida salvaje de Antonio. ¡Me dan escalofríos solo de recordarlo! Porque lo que sobrevino entonces fue tan inesperado como espeluznante...

—¡Me está haciendo daño!

El alarido me hizo levantar la vista hacia la mesa en el centro de la multitud, porque asombrosamente, ¡era Cneo Antonio quien lo había lanzado!

—¡Arg!

Si alguna expresión placentera había llegado a colorear el rostro del violador, ya no quedaba rastro de ella cuando lo escruté por encima de las espaldas que me cerraban el paso. En su lugar se había formado una mueca de dolor insufrible, los dientes apretados y los ojos convertidos en dos ranuras lacrimosas. ¿Qué estaba pasando?

—¡Suéltame! —chilló el legionario ante la mirada anonadada de todos. Veleyo se volvió hacia Marco Arrio, desconcertado, pero mantuvo la presa sobre la muchacha. El tribuno estaba boquiabierto y no supo qué ordenar—. ¡Por Júpiter, quitádmela de encima!

Al fin dos legionarios comprendieron la seriedad del asunto y se acercaron a Cneo Antonio para apartarlo de la muchacha. Los berridos de aquel se elevaron entonces hasta el límite de su garganta y dando manotazos se zafó de los compañeros que habían empezado a tirar de él. ¡La muchacha lo retenía atrapado dentro de su vientre!

—¡Matadla! —fue todo lo que pudo discurrir Marco Arrio, sin darse cuenta de que estaba retrocediendo un paso de puro terror. Pero no era el único al que le flaqueaban las piernas. Al cabo de otro chillido agónico tuvo que ser el mismo Veleyo quien se decidiera a desenfundar la daga, dejando libre un brazo de la chica.

¡Pero no penséis que tan dramático forcejeo había mutado en un ápice el gesto apacible de la prisionera! ¡He aquí el mayor pavor de la escena que estaba teniendo lugar! Los ojos verdes de la pequeña se mantenían fijos en la lona del techo como si durmiera con los párpados abiertos, a mil leguas de distancia del griterío y la locura que rodeaba su cuerpo vejado. Solo sus piernas se demostraban llenas de vitalidad al cerrarse como una tenaza sobre la cintura de Cneo Antonio, se diría que con una fuerza sobrehumana.

De pronto vi a Arranes abriéndose paso a empellones hacia la grotesca pareja de amantes, ya completamente despabilado de su aturdimiento y decidido a intervenir en la refriega. Mas nada pudo hacer.

La súbita liberación de Cneo Antonio hizo levantar espantadas exclamaciones entre los testigos que nos apelmazábamos a su alrededor. Caído de rodillas, el desgraciado trataba de cubrir con sus manos el chorro de sangre que brotaba de su entrepierna, ¡de la llaga de su carne cercenada! Creo que todos palidecimos y sentimos nuestro estómago encogerse ante la pavorosa mutilación, mientras el rostro de Cneo Antonio se desfiguraba de dolor como una máscara contrahecha. Pronto se desplomó sobre el barro y dejó de gemir, inconsciente.

¡Aquella criatura había engullido la virilidad del legionario como una planta carnívora, cerrándose con letal tesón y diríase que mordiendo con algunos dientes recónditos! Porque dentro de ella hubo de quedarse el apéndice amputado, y ¡válganme los dioses del Olimpo! que creí reconocer en el gesto de la muchacha una complacida laxitud y el inequívoco arrebol del placer sexual bien satisfecho. ¡Aquella a la que llamábamos virgen!

Cneo Antonio quedó tendido de costado, ajeno a la vida que se le escurría rápidamente por los muslos. Alguien se apresuró en aplicar zafios vendajes, pero su suerte lo había abandonado. Aún pienso que fue la falta de ánimo de volver en sí, de reconocerse en aquel cuerpo humillado y castrado delante de todos, la que rindió el alma del infeliz a la muerte sin ninguna lucha.

Así, el estupor inicial fue dejando paso a la indignación y pronto a la rabia cuando los legionarios vieron agonizar a su amigo. Hasta el mismo Veleyo había echado un pie hacia atrás en el momento de la mutilación, como si temiera ser salpicado por el torrente sanguinolento de Cneo Antonio, pero conservaba el puñal bien apretado en la mano cuando Marco Arrio balbuceó, rescatando el aliento del fondo de su pecho:

—Ma... mátala.

—¡Guarda ese puñal, Veleyo! —irrumpió entonces la voz recia de Arranes, que se había plantado frente a ellos casi sin ser advertido. Todos lo escrutaron como si hubieran olvidado quién era o bien estuvieran calibrando el peso de la autoridad que quedaba bajo su uniforme de tribuno; pues bien, maltrecho como estaba su orgullo, Arranes encontró el aplomo suficiente para enseñorearse de la situación, increpando duramente a Veleyo—. ¿No me has oído? ¡Enfunda esa daga!

Miradas contrariadas y murmullos desaprobatorios anegaron la estancia ante el frustrante desenlace. ¡La sangre de la salvaje debía correr para vengar a Cneo Antonio! Era a Marco Arrio a quien correspondía reclamar tal justicia, pero toda su altanería se había venido abajo igual que una torre de paja al primer soplo de pánico. La situación se le había escapado de las manos de una forma tan indigna que no encontraba manera de articular respuesta.

Y ante aquella pusilanimidad, Veleyo optó por no tomar responsabilidades personales; forzando una sonrisa burlona, enfundó su puñal y soltó por completo a la muchacha, que permaneció tendida sobre la mesa en lo que parecía un apacible sopor.

—Me resisto a creer lo que me dicen mis ojos —Arranes se dirigía a los legionarios que le rodeaban—. Hace tan solo unas horas que puse mi honor y mi fe en vuestras manos, delante del mismo procónsul Pompeyo, al elegiros entre todas las cohortes de Olcairun para encabezar una expedición que será grabada para la eternidad en los códices de la gloriosa historia de Roma. Y he aquí la respuesta a mi confianza. —Extendió sus palmas hacia los cadáveres de las prisioneras que yacían como bultos informes en el barro—. ¿Sabéis lo que veo, cuando miro a estas pobres mujeres? Veo a unos legionarios asustados como ratas, que no están a la altura de la misión que se les ha encomendado y lo saben. Veo a unos cobardes que se deleitan en la sangre fácil porque no tienen agallas para enfrentarse al verdadero enemigo, el que nos espera en las sombras del bosque. Tal vez ha llegado el momento de admitir que me equivoqué con vosotros. Pensé que la larga estancia en el campamento de Olcairun no habría causado menoscabo en la legendaria audacia de la Quinta Cohorte, pero ahora veo que la falta de ejercicio os ha igualado en haraganería con la chusma de la Legión. Lo mejor que podemos hacer es regresar y asumir nuestro fracaso ante Pompeyo.

El discurso de Arranes fue a todas luces excesivo, tramposo y afectado, pero había sabido tocar las cuerdas justas en el orgullo de aquellos hombres. ¡Antes se atravesarían el vientre con una espada que regresar en deshonor ante el gran Pompeyo!

—Pero si solo eran unas... —empezó una voz insumisa entre la multitud, para tener que callarse inmediatamente. ¿Qué iba a decir? ¿que solo eran unas vasconas?

Ante las miradas acuciantes de los legionarios, que no se sabía si buscaban en él amparo o le acusaban por su silencio abochornado, Marco Arrio se decidió al fin a replicar, aunque en un tono conciliador que no debió satisfacer a casi nadie:

—Vamos, querido Arranes, creo que estás exagerando. Lo único verdaderamente lamentable de todo esto ha sido la pérdida del soldado Cneo Antonio, asesinado por esa bruja.

—Así que ahora eres tú quien habla de brujerías —apostilló Arranes, buscando el ridículo del otro—. ¿Estás diciendo que esa niña es algo más que una niña?

La prisionera se incorporó parsimoniosamente sobre la mesa, haciendo detenerse otra vez la respiración de todos los hombres que la rodeaban. Sin eludir sus miradas, como si la única dignidad aún enarbolable bajo aquel toldo fuera la suya, fue rescatando los jirones de su vestido para cubrirse el cuerpo. Si alguien hubiera osado fijarse con atención habría distinguido alguna gota de la sangre de Cneo Antonio deslizándose por el interior de sus muslos, como baba cayendo de su vagina devoradora. Y sin embargo, ¡la figura de la muchacha en mitad de aquella masacre no podía evocar otra cosa que absoluta vulnerabilidad y desamparo!

—Todos hemos visto lo que...

—¿Qué es lo que hemos visto, Marco Arrio? Conviene que lo aclaremos, porque toda la tropa va a enterarse en cuanto salgamos de esta tienda. Y no querrás que cunda un estado de alarma innecesariamente...

Poco podía replicar Marco Arrio a tan sensato razonamiento. ¡Sería un suicidio comunicar a los legionarios lo sucedido allí dentro! Así que el tribuno romano hizo lo posible por aparentar que conservaba la iniciativa del mando y aleccionó a sus hombres:

—Será mejor que nadie hable de lo ocurrido con sus compañeros del campamento; el ánimo de la tropa no debe verse mermado por historias extrañas, ¿entendéis?

Le respondió un rumor de vago asentimiento, pero Arranes no estaba dispuesto a confiar en la discreción de aquellos patanes:

—Lo que vamos a hacer es levantar el campamento ahora mismo.

—Aún está oscuro —protestó débilmente algún soldado.

—¡Pues el alba nos encontrará en el camino! —sentenció Arranes con firmeza—. Y la marcha será tan rápida que os dolerá no haber guardado reposo esta noche.

La banda comenzó a disolverse y tuve que hacerme a un lado para que no me arrastrara su perezosa corriente fuera de la tienda. Ya con algo más de intimidad, Marco Arrio se aproximó a mi tribuno:

—¿Y qué piensas hacer con ella? ¿Soltarla?

Quizá hasta ese momento no se había planteado Arranes qué hacer con la indígena, porque vaciló antes de contestar:

—No, atadla, pero esta vez con lazo amplio para que soporte el paso ligero. Bruja o no bruja, es la única que puede guiarnos por este bosque.

—Antes se dejará matar —objetó Marco Arrio.

—En ese caso yo mismo me encargaré de cortarle el cuello —prometió el vascón.

Como si entre sus obligaciones no se encontrara más que el vil asesinato, el legionario Veleyo se apartó de la prisionera para dejar que otro la maniatara. El pobre soldado —que ahora tenía aspecto de no haber matado una mosca en su vida, pero cuya túnica estaba también moteada de delatoras manchas pardas— temblaba tanto al acuclillarse frente a ella que la soga se le escurrió dos veces de los dedos y tardó un siglo en hacerle los nudos en muñecas y tobillos. ¡Pero más me estremecí yo cuando Arranes tomó el cabo de la cuerda para tendérmelo!

—Celio Rufo, tú te encargarás de custodiarla y mantenerla siempre cerca de mi vista.

—¿Custodiarla? —repetí ahogadamente.

—Es solo una niña —pretendió tranquilizarme Arranes, como si yo no hubiera sido espantado testigo de la muerte de Cneo Antonio. Mas cualquier protesta por mi parte habría sido inútil; Arranes no tenía tiempo para vacilar ni demasiadas opciones que elegir y en aquel punto mi fidelidad se había convertido en su único asidero seguro. ¿Qué podía hacer, sino armarme de valor y tomar aquella soga? Ella me miró lánguidamente y se dejó conducir con entera docilidad —en los escuetos pasos que permitía el lazo de sus tobillos—, adivinando mi falta de malicia o quizá indiferente a su destino.

Ya seguíamos la estela de Arranes camino de la salida —¡por nada del mundo me quedaría a solas con la vascona!— cuando este se volvió hacia Marco Arrio, que permanecía parado entre los cadáveres como un ídolo abandonado entre ruinas:

—Tú eres el que ha montado este desorden. Ahora ocúpate de limpiarlo.

Y así abandonamos el hospital.

—Los vascones se han marchado.

La noticia, trasmitida por el centurión Cornelio Galba al punto del amanecer, no consiguió levantar siquiera una ceja sorprendida en el rostro de Arranes. Por supuesto que se habían marchado, después de lo sucedido durante la noche; lo que Arranes se preguntaba era hacia dónde habrían enfilado sus monturas. ¿De regreso a Olcairun? No, de ninguna manera; su condición de desertores los marcaría indefectiblemente ante las legiones de Pompeyo. ¿Se habrían encaminado hacia Osca para vender sus servicios al enemigo Sertorio? Tampoco parecía probable; los soldados suessetanos del general jamás aceptarían a vascones entre sus filas. Hacia el norte estaban las legiones de Metelo. Por lo tanto, o bien habían decidido cambiar su suerte de mercenarios por la de piratas y embarcarse hacia los mares del norte, cosa harto impensable, o bien aquellas montañas, al fin y al cabo la tierra de sus ancestros, los habían acogido en su seno como una madre que recibe a sus hijos extraviados, convirtiendo aquel en el último episodio de su largo periplo de guerras y rapiñas por los confines del mundo. Pero ¡ay!, los espíritus de la noche no serían tan benévolos con ellos como la madre tierra...

—Con el movimiento del campamento nadie se ha dado cuenta hasta que ya no... —El centurión tragó saliva, temiendo una reacción airada de Arranes—. ¿Quieres que vayamos en su busca?

—Sería una pérdida de tiempo —rechazó serenamente el tribuno—. Habrá que seleccionar a los mejores rastreadores que se encuentren entre los auxiliares.

—Iré a buscarlos —acató con premura el centurión y se marchó dando voces.

Yo había pasado las últimas horas de la noche sentado sobre mi esterilla, concentrándome en el canto de las aves madrugadoras y el sonido de las ramas al quebrarse bajo el peso de la nieve; cualquier distracción servía para no fijar mi mirada en la silueta de la prisionera, que parecía dormir en la esquina de la tienda, con el cabo de la soga bien atado a un poste. ¡El inmisericorde Arranes me había dejado a solas con ella! Cada cierto tiempo veía la figura del tribuno pasar frente a la entrada, yendo y viniendo, diríase que perdido en un paseo insomne, quizás intuyendo a sus hermanos vascones escabullirse en el otro extremo del campamento y sintiéndose incapaz de acudir a detenerlos. Afortunadamente para mi juicio el albor llegó sin mucha demora y hube de admitirme que de la joven criatura no había recibido otro acecho que el suave arrullo de su respiración sosegada y profunda mientras dormía. «Sabe que no soy como ellos», me consolaba yo, viéndola despertar como cualquier otra muchacha: «si no le hago daño ella no me lo hará». ¡Pero ay cómo temblaban mis manos al tomar de nuevo el cabo de su soga!

Mas era una evidencia que la prisionera no iba a darnos gran auxilio en nuestra búsqueda; aquel argumento había sido una burda improvisación de Arranes para arrebatarla de las sanguinarias manos de Veleyo. ¿Y por qué esa indulgencia con ella? ¿Acaso no habíamos vislumbrado todos el ser maligno que bullía bajo sus ojos verdes, capaz de transformar sus núbiles piernas en tentáculos estranguladores y su vientre candoroso en una boca desmembradora? No, no era una bruja, pues estas —como Aliksa— llevan su pérfida condición grabada en su fealdad, son mujeres débiles corrompidas desde el corazón hasta la punta de su grotesca nariz, mientras que la muchacha de cabellos rojizos reflejaba por el contrario una sublimación de todas las virtudes en su infinita belleza, era la imagen de un espíritu puro y soberbio que flotaba muy por encima de nuestras vilezas mundanas. ¿Terminaré diciendo que era una diosa? Quizá luego me comprendáis mejor...

Sonaba ya la segunda trompeta para formar cuando la luz de un nuevo amanecer rompía definitivamente entre las montañas, dando color a los rostros ojerosos de los legionarios que se afanaban en cargar las acémilas. ¿Qué nos deparará esta jornada?, parecían preguntarse todos con una inquietud agravada de cansancio. Algún canto animoso quiso elevarse entre los auxiliares númidas, pero fue inmediatamente acallado por el decurión a su cargo; ¡como si una simple canción bastase para hacerles olvidar que se encontraban en tierra extraña y debían estar vigilantes!

A cuatrocientos hombres había quedado reducida la expedición después de la marcha de los vascones y el acuartelamiento de la tercera centuria en Iturissa, contando a esclavos, cocineros y médicos. Normalmente Arranes me habría exigido una gran precisión en mis tablas para poder informar después a Pompeyo, mas ahora sus pensamientos se hallaban demasiado ocupados en buscar un rumbo para nuestros pasos.

El grupo de rastreadores escogido por Cornelio Galba entre macedonios y sirios resultó tan inválido para orientarse en el bosque como los propios legionarios, así que, al cabo de un rato de infructuoso vagabundeo, Arranes los mandó reincorporarse a sus filas para tomar —¡nadie lo iba a hacer por él!— la única decisión que parecía lógica:

—Subiremos por allí —dijo señalando un paso entre dos altos riscos—. Desde arriba nos será más fácil encontrar el camino.

Nada volvimos a saber de Marco Arrio hasta bien entrada la mañana, como si hubiera tenido bastante agotamiento con deshacerse de los cadáveres del hospital sin concitar la atención de los legionarios. Sin duda cabalgaba otra vez a la retaguardia, recabando el amparo de sus acólitos y fraguando nuevas estrategias contra el tribuno vascón.

Si el pesadillesco episodio del hospital había logrado pasar más o menos inadvertido para el grueso de la tropa, no lo fue así la marcha de la turma de jinetes vascones. La noticia voló de boca en boca y antes de que el sol esbozara completamente su aro por encima de las montañas el rumor había calado en la cohorte como el presagio de una desgracia terrible.

—Dicen que el bosque está habitado por demonios —capté el susurro de dos legionarios a mi espalda, mientras avanzaba con la prisionera hacia la cabeza de la columna.

—Mírala, tiene que ser una bruja.

—¿Por qué la protegerá Arranes?

—No sé, creo que el tribuno Marco Arrio hace bien en sospechar...

Debí hacer ostensible mi atención sobre sus palabras, porque al darse cuenta los dos soldados cortaron de cuajo su conversación. Sin hacer nada más que servir a mi tribuno, me había convertido de pronto en un espía entre mis propios hombres, o al menos así me notaba percibido. ¡Cómo explicarles mi repulsión hacia la tarea que me había encomendado Arranes, custodiando a aquella temible criatura, e incluso mi miedo a descubrir los pensamientos callados de mi tribuno, que intuía cargados de monstruosos secretos y ambiciones suicidas! Pero no voy a renegar aquí de aquella loca fidelidad que me ataba inexorablemente a Arranes, ni lo haré después de haberos relatado todos los horrores que ya se vienen acercando...

El recelo de la tropa me hizo sentir una honda desazón y, cuando pasé junto a Filipo, siempre seguido por la dócil prisionera, demoré un tanto mi andar en busca de alguna palabra que me pudiera levantar el ánimo. Como el legionario tenía la vista hundida en la nieve hube de llamarlo por su nombre, procurando la mayor discreción, pero ni aun así logré su interés. ¡No era despiste, sino que el muy canalla quería evitarme delante de sus compañeros!

—¡Filipo! —alcé mi voz con bastante indignación, consiguiendo al fin que el estúpido me mirase con ojos huidizos—. ¿Es que no me reconoces?

Antes de que pudiera contestar advertí los codazos y murmullos que se desencadenaban alrededor. ¿Desde cuándo se castigaba a los amantes con tan afilado menosprecio en la Legión?

—Es mejor que no me hables —musitó Filipo, intentando mostrar una hostilidad que no existía en su corazón—. Todos saben que te acuestas con Arranes y se burlan de mí.

—¿Qué estás diciendo? —me alarmé, totalmente descolocado, hasta que se hizo la luz en mi cabeza: ¡Marco Arrio! ¡Él había sido el intruso que nos sorprendió en mi alcoba antes de salir de Olcairun, y ahora había utilizado mi pequeña debilidad para volverla contra Arranes!—. Eso no es verdad. Tú lo sabes.

—Yo no sé nada. —La protesta de Filipo sonó como la de un niño que hubiera sido regañado injustamente. ¡Bien cierto era que el pobre no se estaba enterando de casi nada, como todos sus demás compañeros! Sin atreverse a mirar directamente a la prisionera, Filipo quiso añadir—: Y también se dice que ella es una...

—¡No les hagas caso! —interrumpí enojado—. Esos idiotas no hacen sino repetir las mentiras salidas de la boca de otro idiota. Pero si quieres escucharlos, ¡allá tú!

Y reanudé mi paso apresurado —tan apresurado como lo permitían los tobillos atados de la muchacha— hacia el frente de la columna, dejando al confuso Filipo con expresión de querer disculparse. No me cabía la menor duda de que, a pesar de la rabieta provocada por las murmuraciones, volvería a tener al legionario a mis pies con un chasquido de mis dedos.

Al cabo de dos horas de costosa caminata por la nieve un clamor alborozado se alzó entre los jinetes sirios que abrían la marcha: ¡habíamos regresado al camino principal! Tropezamos con la ancha pista perpendicularmente, lo que confirmaba nuestro extravío por las entrañas del bosque y explicaba la desorientación de los jinetes vascones, cuyos conocimientos del terreno no aventajaban demasiado al itinerario reflejado por los mapas romanos.

Antes de invadir el camino Arranes mandó a los rastreadores que lo inspeccionaran en busca de huellas; si la cohorte de Metelo había pasado por allí debería quedar algún indicio bajo la nieve. Nada hallaron.

—No es probable que hayan marchado por otro lugar —apunté mientras comprobaba nuestra localización en el itinerario—. No podrían cruzar la selva con toda la impedimenta.

—Algo los ha detenido más arriba —concluyó Arranes, y un escalofrío me sacudió al sentir otra de aquellas malsanas ráfagas de aire tibio. ¿De dónde provenían?

Como la anchura de la pista lo permitía y el peligro de ataque —qué clase de ataque preferíamos no pensar— se antojaba cada vez más inminente, Arranes ordenó la formación en triple columna con escudo embrazado para continuar la marcha. A pesar de que la maniobra no podía ser más lógica y aconsejable, se notó el ronroneo de algunas protestas entre los legionarios de la zaga, casualmente los que caminaban cerca del insidioso Marco Arrio. A estas alturas ya era evidente —al menos para mí, aunque quizá no tanto para el propio Arranes— que el tribuno romano había logrado extender la semilla de la rebelión entre un buen número de soldados.

No obstante la ascensión de aquel cerro discurrió tranquila; el camino no presentaba más obstáculos que la nieve acumulada y su trazado en zig zag permitía superar las duras pendientes con relativa comodidad. Tan vivo era el ritmo cogido por los legionarios que cuando alcanzamos la cima pocos se plantearon la necesidad de detenerse para otear el horizonte.

—¿Qué sucede? ¿Por qué paramos? —se oía, como si la practicabilidad de la pista principal excluyera cualquier otra consideración.

La mañana se había mantenido despejada y desde aquel promontorio se podían vislumbrar los picachos blancos de la cordillera pirenaica, perdiéndose como un desfile de titanes hacia el este, así como se intuía la infinita llanura marina tras las escarpadas colinas por el noroeste.

Para obtener mejor ángulo sobre los valles circundantes Arranes encaramó su montura sobre una enorme roca apartada del camino, y por no quedarme escuchando murmuraciones me acerqué a él, con la inevitable compañía de la joven cautiva. Tal vez por la fatiga de la marcha, o por la entregada mansedumbre con que seguía mis pasos, liviana y discreta como mi propia sombra, el caso es que ya había dejado de sentir desasosiego en mi papel de guardián, y aunque todavía evitaba cruzarme con su mirada verdosa he de admitir que el calor de su cuerpo cercano confortaba en alguna medida mi sentimiento de gélida soledad entre todos aquellos hombres que ya no me miraban como a uno de los suyos.

—¿Ves algo? —preguntó Arranes al aproximarme. Después de escudriñar la inmensidad nevada tuve que decir que no; el camino se volvía a hundir en la arboleda para asomar más al norte como una borrosa franja intermitente, pero no había rastro de ninguna cohorte, ni de mansiones de paso, ni siquiera se distinguían las manchas de un rebaño de ganado en cualquier ladera. Solo nieve y árboles—. Es como si se los hubiera tragado la tierra.

Un débil tirón me hizo volverme en aquel momento hacia la prisionera. De no infundir tanta parsimonia en cada uno de sus movimientos hubiera temido que intentaba huir, pues su ademán era de avanzar en dirección contraria a la columna, pero apenas tuve que mantener mi pie rígido en el suelo para hacerla detenerse. Quiso entonces levantar sus manos en un gesto que no supe interpretar, y me resistí tensando la cuerda que aferraba sus muñecas. Fue al mirar sus ojos clavados en la distancia cuando entendí que solo pretendía señalarme algo.

—¿Qué has visto? —inquirí inútilmente, mientras trataba de encontrar el destino de su mirada en los árboles cercanos—. ¿Hay alguien ahí?

Mi voz alertó a Arranes, que raudo trotó a nuestro lado y se puso a otear las montañas en la misma dirección. Pronto sus ojos se demostraron más sagaces que los míos:

—¡Ahí! —exclamó, apuntando con un dedo.

—¿Dónde? —pregunté yo, incapaz de dar con el motivo de su euforia.

—¿No ves un destello sobre aquella cumbre?

¡Sí, sí, lo veía al fin! Un fulgor metálico nos devolvía los rayos del sol desde un cerro despejado de árboles, a unos cuarenta estadios al sureste de nuestra posición.

—¿Qué es? —Por más que entornaba mis ojos, la intensa blancura de la nieve no me dejaba distinguir el contorno de aquel objeto resplandeciente—. No puedo verlo bien.

—Es un campamento romano —aseveró Arranes con el semblante agravado por un súbito presentimiento: muy temible debía ser el enemigo que emboscaba a esa cohorte para impelerla a fortificarse en semejante lugar, tan inaccesible y apartado del camino principal.

—¿Crees que serán ellos? —dudé, por simple precaución.

Arranes alargó su mano hacia mí.

—El dibujo de Irisarri, dámelo.

Mientras hurgaba en mi hatillo el tribuno se apeó del caballo, impaciente, y de nuevo sentí el rumoreo sedicioso despertarse entre los soldados a nuestras espaldas. «¿Qué trama el vascón?», imaginaba decirse unos a otros; «¿Es que quiere que nos perdamos otra vez en el bosque?».

—Eso es —celebró Arranes al mirar mis tablillas, reconociendo en los trazos del dibujo el paisaje a nuestro alrededor—. ¿No lo entiendes? Aquí está Iturissa, de donde partimos. Esta línea es el camino que acabamos de tomar, y ¿ves? nos encontramos justo aquí. Por lo tanto... ¡el viejo no nos mintió, el campamento se encuentra justo donde él lo marcó!

Pero la euforia del hallazgo duró poco, apenas el tiempo que tardamos en comprender el sentido fatídico que encerraba. Dejé hablar a mi lengua temeraria:

—Lo que no entiendo es, ¿qué les impidió llegar hasta aquí, y retomar el camino? Porque sin duda debe avizorarse este camino desde allí arriba.

En efecto, si aquel resplandor correspondía al campamento abandonado que saquearon los ancianos de Iturissa, ¿qué había sido de sus ocupantes? ¿por dónde habrían continuado su marcha?

Una racha de aire fétido nos sacudió el rostro, ascendiendo de las profundidades del valle.

—En todo caso, Celio Rufo, no podemos hacer otra cosa que desfilar hacia ese collado. Allí debe encontrarse la respuesta.

Asentí en silencio, y por alguna razón nuestros ojos se fueron a buscar los de la prisionera; entonces, aquellas gemas preciosas que habían permanecido gélidas durante todo el viaje nos devolvieron una mirada en la que parecía latir el calor de una emoción contenida, todavía indescifrable pero por primera vez *humana*. Un poderoso secreto se revolvía incómodo bajo la delgada piel de la muchacha.

El trecho hasta el campamento se adivinaba fatigoso y comprometido por un estrecho desfiladero, por lo que Arranes pidió consejo al veterano centurión Sexto Asellio antes de dirigirse a sus hombres:

—¿Crees que deberíamos enviar antes una avanzadilla para explorar el terreno? —sugirió el tribuno, llevándose a parte al oficial para escapar de los oídos de la tropa.

—No —respondió tajante—. Tardarían demasiado en regresar, y temo que no con buenas noticias...

—Yo temo lo mismo.

—Pero deberías hablar con Marco Arrio antes de tomar ninguna decisión —aconsejó con cautela el centurión—; sabes que muchos legionarios le son fieles.

—Y él me debe fidelidad a mí, querido Sexto Asellio, no lo olvides.

El canoso oficial no lo había olvidado, antes al contrario, era su ferviente lealtad a Arranes la que lo movía a recomendarle prudencia, pues también sabía de la redomada insidia del otro tribuno y sus ambiciones sobre el mando de la expedición.

Mas la obstinación de Arranes no entendía de prudencias:

—Si tiene algo que opinar es fácil encontrarme; no soy yo quien se esconde en la retaguardia como un acemilero. —Y diciendo esto volvió a montar su cabalgadura—. Forma una doble columna para marchar hacia el campamento, escudo en mano.

Sexto Asellio cumplió la orden y no sin algún rezongo los legionarios comenzaron a reordenarse para abandonar el camino. Me fijé entonces en Marco Arrio, que se había acercado a la cabeza para avistar con sus propios ojos el nuevo destino de la expedición; o bien encontró justificada la decisión de Arranes, o bien prefirió guardar sus réplicas para una mejor ocasión, lo cierto es que el tribuno romano regresó trotando a los últimos puestos de la columna sin abrir la boca y allí continuó la marcha hasta que los acontecimientos dieron un giro inesperado.

El autor del mapa que debería habernos guiado por las montañas —ahora sabemos que el extravío se debió a nuestra incompetencia para interpretarlo, no a su malévolo diseño— había escrito unas letras casi incomprensibles sobre el punto exacto donde se encontraba el campamento abandonado; con gran esfuerzo se podía leer «URKULLU», una palabra que parecía referirse al pastor que lo encontró casualmente, llamado Urko. ¡Cómo podré olvidar ese nombre mientras viva!

Pues bien, la cañada que habíamos de seguir para alcanzar Urkullu perdía su blanca desnudez al invadirla una pequeña arboleda que ascendía del profundo valle como una lengua del bosque lamiendo las cumbres. Mas allá ascendía la última rampa hacia el campamento, cuya empalizada ya podían vislumbrar los mejor dotados, y la urgencia por llegar hizo aligerar el paso de la expedición al adentrarse en la arboleda, despreocupando en cierto grado la formación.

Entonces sonaron los tambores.

Tak-tak-tak. Tak-tak.

El fragor de la marcha apresurada hizo que gran parte de la tropa ni siquiera atendiese a aquel sonido, o tal vez lo sintieron tan cerca que lo confundieron con su propio estrépito, repitiéndose en los ecos del bosque.

Pero mi oído, como el de Arranes y otros muchos, no se llevó a engaño ni por un instante: eran los mismos tambores que interrumpieran el discurso de Arranes la otra noche y nos asaltaran después en las montañas, solo que ahora sonaban más próximos, tanto que volvimos nuestra cabeza en todas direcciones con la certeza de encontrarnos cara a cara con su ejecutor. Mas la niebla volvía a servir de amparo a las sombras acechantes del bosque, y el desconcierto cundió como la otra vez neutralizando la marcha de la cohorte.

—Son ellos —musitó Arranes crípticamente.

—¿Dónde? —exclamó el primer centurión Sexto Asellio, más preocupado por la localización que por la identidad de tales *ellos*—. ¿Alguien puede verlos?

No hubo tiempo para responder.

Como nacidas del vientre del bosque surgieron unas figuras descomunales a ambos lados de la columna; ¿hombres? ¿cíclopes? Sus cráneos desnudos se asentaban sobre sus hombros como rocas grises, sin cuello, pesados y lisos; ¿y sus caras? De lejos no podía distinguir otra cosa que tres ranuras correspondientes a ojos y boca, vacíos de toda expresión; cubiertos de cueros extraños, como una horripilante segunda piel, movían torpemente sus cuerpos de gigantes hacia nosotros. En espantoso silencio, pero todos a un tiempo como si una sola mente ordenara sus músculos. Eran el Pueblo Antiguo, los que habitan las montañas, los *sarrak*. Al fin ante nuestros ojos.

—¡Formación defensiva! —gritó Arranes tras un instante de aturdimiento, pero las miradas de la tropa se encontraban dispersas en todas direcciones.

—¡Por Júpiter, formación de defensa! —repitió Sexto Asellio volviéndose a sus hombres.

Tarde.

Una imparable tromba de hachazos se abatió sobre la columna por los dos flancos, haciendo salpicar la sangre y crujir los huesos bajo las corazas hundidas. ¡Tal era la fuerza bruta de aquellos brazos, tal la solidez de sus torsos y piernas encuerados, que las espadas de los legionarios apenas servían para detener su avance arrollador, y sus más certeras estocadas no emulaban sino arañazos en la corteza de un árbol!

Antes de poder revolverme para coger un arma o un escudo me vi embestido por la espalda y di con el suelo, arrastrando en mi caída a la prisionera. En ese instante me supe muerto, y confieso que hundí mi rostro en la nieve para esperar cobardemente el golpe fatal de un hacha de piedra en mi nuca. Pero no llegó. Era el retroceso de los legionarios lo que me había atropellado, y cuando alcé mi cabeza no vi a ninguna de aquellas criaturas sobre mí.

Pero estaban cerca.

El caballo de Arranes se levantaba sobre sus cuartos traseros, encabritado, mientras él desde arriba blandía su espada romana a diestra y siniestra, lanzando blasfemias al rostro amorfo de aquellos seres. ¡Desde mi posición en el suelo podía oler la pestilencia que desprendían sus cuerpos en el bregar de la batalla, como un hálito a pescado podrido!

El estruendo de piedra contra metal se mezclaba con el griterío de los legionarios formando un clamor de pesadilla, como si la montaña se hubiera abierto bajo nuestros pies y nos estuviera masticando con sus fauces megalíticas. Era el baile del caos. Vi unas acémilas trotar ladera abajo, desbocadas, hasta desaparecer en lo que parecía la caída de un gran precipicio. ¡Y detrás fueron varios jinetes, no sabría decir si númidas o macedonios! Otros legionarios corrían sin rumbo hacia los árboles, arrastrando heridas sangrantes o solo pavor. Algunas jabalinas alzaron el vuelo entre la multitud fragorosa para caer impunemente sobre la nieve, o con suerte se clavaban en la dura piel de algún atacante quedando como inútiles colgajos quebrados. ¡Solo los escudos se probaban valiosos como precario parapeto ante aquellos demoledores hachazos!

—Es el fin —pensé o murmuré, y al volver la mirada hacia la prisionera, que yacía a mi lado, creí ver en sus labios un espejismo de sonrisa. ¡Más, mucho más horror me causó aquella mueca casi imperceptible que toda la sangrienta lucha que se desataba sobre mi cabeza, amenazando con aniquilarme en cualquier momento!

—¡Por el flanco derecho! —se oía la voz de Sexto Asellio, intentando poner algún orden en la defensa—. ¡*Triarii* hacia el flanco derecho! ¡*Hastati* resistid por la izquierda!

Paralizado sobre la nieve, sin ánimo siquiera para encomendarme a los dioses o pedir su clemencia, solo me restaba ser testigo de la masacre hasta que llegara mi turno. Mas sucedió de otra manera.

Arranes acabó con uno de ellos.

—¡Muere en el nombre de Roma! —Vi al tribuno saltar de su caballo sobre un gigante y atravesarle la cabeza de nuca a garganta, asomando el filo de la espada por su boca como gran un anzuelo.

El monstruo —al verlo de cerca comprobé cuán acertada había sido mi evocación de un pez— se doblegó y cayó pesadamente; sin duda habría quedado fulminado en el suelo, alimentando una gran charca de sangre parda sobre la nieve, aunque una nube de legionarios no se le hubiera echado encima de inmediato para rematarlo.

Han pasado demasiados años y mi percepción se hallaba en aquel trance terriblemente alterada; ¿cómo asegurar que mis recuerdos son precisos? Tal vez la batalla se estuvo ganando desde el principio y solo mi flaqueza me empujó a creer lo contrario, pero en el cuadro que conserva mi memoria fue la muerte de aquel ser a manos de Arranes la que hizo cambiar radicalmente el signo de la contienda. Como si aquella súbita vulnerabilidad, materializada en una sangre que brotaba tan roja como cualquier otra, conjurase el miedo de los soldados a enfrentarse con entes sobrenaturales —pues igual que espíritus se habían aparecido y como titanes nos aplastaban—, la tropa se rearmó de coraje y rompió a batirse con reforzado ímpetu.

Pronto los enemigos parecieron pocos, en proporción con nuestros soldados, y ya nadie huía de la formación que, si bien continuaba partida en varios puntos, Sexto Asellio había logrado reordenar para la defensa. Mi imaginación procaz creyó ver también una falta de coordinación entre los gigantes desde su primera baja, como si verdaderamente existiera una comunión anímica de todos ellos y acvusarán la pérdida de uno con el desequilibrio de quien es amputado un brazo. Sus hachas trazaban círculos en el aire sin tocar carne, mientras los intrépidos legionarios se revolvían alrededor de sus corpachos asaetándolos a espadazos y puñaladas. Exangües, los colosos terminaban doblando sus rodillas y abatiéndose sobre la nieve a merced de sus verdugos.

—¡Victoria! —se apresuraron a vocear algunos, viendo que los últimos monstruos agotaban sus fuerzas, y pronto el clamor fue unánime. Los abrazos eufóricos se mezclaban con el ensañamiento sobre los cuerpos inertes de los vencidos, mientras los cadáveres de los propios legionarios quedaban momentáneamente olvidados en el fango de sangre y nieve. Luego llegaría la hora de los recuentos.

Una mano recia y manchada apareció ante mi rostro.

—Levanta, Celio Rufo.

Tomé el brazo de Arranes para incorporarme de mi vergonzante postura, ayudando a mi vez a la prisionera.

—He... hemos vencido —balbucí aún tembloroso.

—Así parece —convino el tribuno, pero ni su tono ni su gesto reflejaban el menor atisbo de satisfacción. Aún resoplando por el esfuerzo, Arranes apartaba el sudor de sus ojos para seguir escudriñando el bosque como si temiera una segunda embestida del enemigo.

No hubo tal. Conforme el vocerío de los legionarios fue apagándose, al sumirse en las tareas de recuento y atención de heridos, la montaña fue recuperando su sobrecogedor silencio, marcado tan solo por los compases de un viento que iba y venía trayendo nefandos aromas y asechanzas aún peores desde algún rincón del valle.

¿Habíamos vencido?

Y en todo caso, ¿a quién?

El número de muertos, entre legionarios y auxiliares, era de setenta y dos, más otra decena que agonizaba e irremediablemente se reuniría con ellos antes de reanudar la marcha. Toda una centuria perdida. Los demás heridos sumaban cincuenta y nueve, un lastre demasiado pesado para una expedición con tanta prisa. Por mi parte, he de confesar que sentí gran alivio al comprobar que entre las víctimas —pues yo mismo fui el encargado de anotar sus nombres— no se encontraba mi apreciado Filipo; no cabía esperar otra cosa de sus grandes dotes de guerrero.

Sin embargo la sorpresa llegó al contabilizar los cuerpos de los atacantes: solo treinta. Claro que bastaba arrimarse a aquellas moles yacentes —conteniendo el vómito con no poco esfuerzo— para comprender por qué había cundido el pánico entre los legionarios y la batalla se hizo tan encarnizada. Su altura no estaba lejos de doblar a la de muchos de nosotros, siendo sus brazos tan robustos como las piernas del mismo Arranes; pero era en manos y faz donde se hacía más ostensible la monstruosidad de aquellos seres: cuatro dedos palmeados en cada extremidad que hacían recordar los de un anfibio, una piel grasienta y escamosa, muy dura, unos ojillos acuosos, rasgados y separados que les conferían un vago aspecto oriental, y una boca desdentada, muy ancha. ¡Sé que os va a costar creerme ahora, pero aquellos seres carecían de nariz! Esperad, esperad y entenderéis...

—¡Eh, aquí hay uno vivo! —se escuchó el grito de un legionario desde la parte trasera de la columna, y por morbosa curiosidad seguí a Arranes en aquella dirección.

En efecto, una de las criaturas lanzaba sus últimos estertores recostada sobre una piedra, ante la mirada fascinada de varias docenas de soldados. El filo ennegrecido de una espada traicionera asomaba por su vientre y uno de sus brazos pendía de un último tendón bajo el hombro sesgado. El hedor de su aliento moribundo producía arcadas, pero ninguno de los testigos era capaz de apartar sus ojos.

—¿Qué es? —Alguien dio voz a la pregunta que flotaba en todas nuestras mentes—. ¿Es un... indígena?

No existía, claro, nadie capacitado para responder a aquello; ¿qué hombre con sentido iba a poner en riesgo su cordura buscando un nombre para lo que era inefable? Y sin embargo las miradas se volvían hacia Arranes, a la espera de alguna palabra clarificadora, quizá porque su rostro reflejaba inquietudes más profundas que la simple repulsión física.

De pronto el monstruo agonizante levantó su brazo entero hacia mí y solté un grito espantado.

—Tranquilo —me retuvo Arranes, y luego sosegó a los legionarios que ya se aprestaban a retomar sus armas—. Está muriendo, no hay peligro.

La criatura había vuelto su cabeza y extendía su mano de anfibio hacia mí como si quisiera pedirme ayuda para levantarse. ¡Imaginad qué terror el mío, qué angustia indescriptible! ¡Y todos ahora me miraban a mí, expectantes! Pero el horror aún no había alcanzado su grado mayor, ¡oh, no! Fue entonces, cuando el moribundo tomó una última bocanada de aire...

—¡Por Neptuno, mirad su cuello! —advirtió una voz estremecida.

Y lo vimos: unas espantosas agallas se habían abierto en el cuello de la criatura para respirar, ¡igual que un pez! Solo que la sangre había invadido ya sus pulmones —o como quiera que deba llamarse a las vísceras de tal aberración natural— y la inspiración se interrumpió con una tos ahogada, haciendo manar un líquido pastoso por las agallas. Para mayor náusea, el ser abrió su enorme bocaza como con intención de hablarme y todos vimos una lengua negruzca convulsionarse en su interior.

—Quiere decirnos algo —atiné a decir, alucinado.

—A nosotros no —me corrigió Marco Arrio, que se había hecho un hueco entre los soldados; su coraza estaba totalmente embadurnada de sangre y aún sujetaba el látigo en una mano, dando buena fe de su entrega en la batalla. Al recibir la atención de todos, señaló a la prisionera que se encontraba detrás de mí—. A ella.

¡Era cierto, la criatura le estaba pidiendo ayuda a la muchacha pelirroja! Un gemido gutural y viscoso brotó con una nube de vapor pestilente de aquella boca sin dientes, como un lamento cargado de oscuros significados, y la prisionera salió de mis espaldas para acercarse a él. Siguiendo un impulso inconsciente yo la retuve.

—¿Ella lo entiende? —se asombró un legionario.

—Si es un animal, ¿cómo va a entenderlo? —rechazó otro.

Pero todos callábamos en nuestro interior la absurda certeza de que aquello no era un animal, ni siquiera un hombre primitivo como los africanos, sino algo *completamente diferente*.

Mi vista voló de nuevo sobre Arranes. Las arrugas de su cara estaban quietas como vetas de roca, casi ni respiraba, y su barba escarchada terminaba de darle el aspecto de una estatua erguida sobre la nieve. A sus ojos asomaba también un alma helada, no tanto por la repugnante imagen de la criatura que veían agonizar como por los ecos de las criaturas contadas y temidas en su infancia, que resucitaban ahora de las tumbas de la memoria como un ejército de fantasmas sedientos de venganza. ¿Qué mayor desespero puede asaltar la mente humana que la confirmación implacable de sus más profundos y ancestrales miedos? El espíritu de hombre civilizado y guerrero que Arranes había luchado por forjarse desde el mismo día que abandonara Segia se veía de súbito traspasado, tambaleado por el asedio de los terrores de un simple niño, sutiles pero afilados como una daga secreta. Ahí, a sus pies, yacían los cuentos sobrecogedores de su nodriza hechos carne…

Un murmullo sobrecogido se desató entre todos cuando la muchacha levantó lentamente sus manos hacia la bestia agonizante. Esta vez no se lo impedí, aunque me cuidé bien de que no diera un paso más.

¡Llamadme loco!, pero en el rostro de la chica se percibía una honda compasión; era como si comprendiera hasta casi sentir el suplicio del monstruo y le quisiera ofrecer un último consuelo.

Sus dedos quedaron a menos de un palmo de tocarse.

Y la criatura expiró.

IV
URKULLU

—Va a ser momento de que expliques a la tropa eso del Pueblo Antiguo. —Marco Arrio interceptó a Arranes cuando este se dirigía a supervisar los heridos.

—No hay nada que explicar.

—¿Piensas que los soldados van a continuar como si nada de esto hubiera sucedido? ¿Crees que son ciegos o idiotas? ¡Como tribuno e igual a ti exijo saber a qué nos estamos enfrentando!

Demasiado se había calentado ya la sangre de Arranes con la batalla y los espantos desempolvados de su memoria como para aguantar las impertinencias del romano; se volvió hacia él y habló escupiéndole al rostro:

—¿Es que piensas que alguna vez había luchado con enemigos semejantes? ¡No sé más que cualquiera! Solo leyendas...

—¿Leyendas? No veo precisamente leyendas cuando miro a esos... trozos de carne —se defendió Marco Arrio indicando otro de los monstruos abatidos sobre la nieve—. Sé que callas algo.

—Pues eso es todo lo que sabrás por el momento.

Arranes dejó al tribuno romano plantado y llamó al médico griego para atender a un soldado que se desangraba.

El campamento de Urkullu se avizoraba ya muy cerca y no hicieron falta mayores explicaciones para solicitar un último esfuerzo de la tropa. Antes de partir se armaron dos enormes pilas de leña para incinerar los cuerpos de los legionarios y los de nuestros insólitos atacantes. Allí, mirando las columnas de humo negro que se elevaban hasta fundirse con las nubes bajas, el sentimiento de victoria parecía pesar más sobre el ánimo de los legionarios que el recuerdo del horror vivido o el temor a nuevas sorpresas. Roma, una vez más, había triunfado sobre la barbarie. Incluso los ojos del mismo Arranes, cuyos infaustos pensamientos había estado cerca de adivinar Marco Arrio, refulgieron con un brillo de emoción al imbuirse del espíritu luchador de la Legión.

Yo sin embargo, quizá porque sentía en mi nuca el aliento de la muchacha de cabellos rojos, no podía dejar de pensar en aquellas horribles agallas...

Acometimos la última pendiente de la montaña por su lado más escarpado, demasiado impacientes para bordearla. Nos faltaba menos de un estadio para alcanzar la cumbre a los que íbamos delante, y ya se veía con claridad la empalizada del campamento, cuando Arranes ordenó detener la marcha.

—¿Has oído algo? —preguntó el primer centurión Sexto Asellio, quien había saldado su participación en la emboscada bestial con un feo corte en su brazo izquierdo.

—Es lo que no he oído —respondió Arranes enigmáticamente, y todos prestamos atención a los silbidos del viento—. Todo es silencio.

—Ya sabemos que el fuerte está abandonado —intervine yo—. ¿Qué ruidos esperabas oír?

Como en respuesta a mis palabras, desde el cielo nos llegó el estridente graznido de un buitre. Alzamos la mirada y lo vimos; primero uno, volando en círculos, después otro, y otro más...

—Han debido oler la sangre de la batalla —supuse, con el consuelo de ver que la naturaleza no se había desviado por completo de su orden en aquellas montañas.

—No —replicó Arranes—. Se dirigen al campamento.

Una vez más la sagacidad del tribuno fue superior, y de nuevo comprobarlo me hizo estremecer: los buitres abatían su vuelo detrás de la fortificación a la que nos estábamos acercando.

Un soplo de aire pútrido vino a aventar el fuego de nuestras más aciagas sospechas.

—Me adelantaré con cuatro jinetes —anunció entonces Arranes.

—¿No habrá peligro? —se inquietó Sexto Asellio; tanto vértigo le producía la idea de perder al tribuno vascón.

—No hay animal más cobarde que un buitre —fue toda la respuesta de Arranes antes de espolear su caballo para reunirse con los pocos jinetes que marchaban delante.

Mi excitada curiosidad —no lejana al apetito mórbido de los carroñeros— estuvo a punto de imponerse sobre cualquier recelo y adelanté un paso para solicitar mi inclusión en la avanzadilla, pero me refrené de inmediato: ¿qué ayuda podía prestarles un escribano como yo, con tanta impericia con la espada como con el caballo? Así que debí morder mi lengua y aguardar al lado de Asellio la señal de Arranes.

Y esta tardó en llegar.

Casi una hora.

Las nubes dejaban paso a los claros, empujadas por un caprichoso viento del este, y estos eran nuevamente rellenados por inacabables cúmulos de vientre gris.

Y ni una voz proveniente de la cumbre.

Miradas de inquietud empezaban a cruzarse entre los soldados a mi alrededor. ¡Otra vez parecía que la tierra se había tragado al tribuno vascón!

De pronto, una estrepitosa espantada de los buitres allá arriba sirvió para restaurar nuestros ánimos: la avanzadilla ya debía haber entrado en el campamento.

Pero el silencio aún se perpetuaba.

—¿Crees que estarán... ? —comenzó un legionario a mis espaldas, y Sexto Asellio lo hizo callar con la mano. ¿Era por atender a los susurros de la montaña, o por no escuchar pronunciadas las palabras que todos teníamos en la cabeza?

Justo a tiempo para salvarnos de nuestro creciente enervamiento, la cabalgadura de Arranes asomó por un risco y nos hizo una escueta señal para que avanzáramos hacia él.

—¡Todo en orden, adelante! —se apresuró a vocear Sexto Asellio, más movido por la ansiedad de hacer cumbre que por un verdadero convencimiento de tal orden.

Para acceder a la posición de Arranes hubimos primero de bordear la pendiente hacia el norte, pisando un resbaladizo y zigzagueante desfiladero que obligó a marchar en una sola fila, con el consiguiente riesgo para acémilas y heridos. Fue solo la Providencia —¡por una vez de nuestro lado!— la que impidió que nadie tropezara y se precipitara en el abismo blanco que se abría por debajo. La neblina que difuminaba su hondura no hacía sino estimular el vértigo de nuestra imaginación, siempre presta a los cálculos más terribles.

Cuando al fin llegué junto a mi tribuno encontré en sus ojos esquivos la anticipación de una noticia funesta; mas otro descubrimiento acaparó entonces el asombro de los que arribábamos a la cima: el serpenteante camino que nos había traído hasta allí no desembocaba en la entrada principal del campamento, como nos pareció en un principio, sino en una enorme brecha hendida en el flanco norte de la empalizada, no lejos de la puerta decumana, como si un gigantesco ariete se hubiera hecho paso a través de ella, un ariete colgado... ¿de las nubes?

En lo alto de la empalizada tremolaba el estandarte de la Undécima Legión de Metelo, cuyo sello mandaba los reflejos metálicos que avistamos desde la otra cumbre.

—Por todos los dioses... —masculló ahogadamente Sexto Asellio.

—Guarda tus oraciones para después, amigo Asellio —recomendó Arranes, poniendo una mano sobre su hombro—. Pero por Roma, necesito ahora tu serenidad más que nunca.

Conforme los legionarios iban ascendiendo el último trecho y veían el agujero en la muralla, comenzó a extenderse un murmullo de desasosiego que no tardó en llegar hasta los oídos de Marco Arrio y le hizo espolear su caballo para adelantarse a la renqueante columna. En seguida lo vimos aparecer a nuestro lado.

—¿Y las provisiones? —se precipitó a preguntar después de un rápido vistazo, confiando en que allí podría encontrarse el final de nuestra expedición.

—Oh, están dentro, hemos tenido suerte. —La respuesta de Arranes estaba preñada de sarcasmo, pero el tribuno romano no se apercibió:

—¡Fantástico!

Y sin esperar ningún permiso, azuzó su montura para cruzar la empalizada por el inmenso boquete, desapareciendo de nuestros ojos tras la cortina de niebla.

No oímos ninguna exclamación, pero soy capaz de imaginar el gesto contrahecho del incauto tribuno al descubrir cuán lejos de la realidad se encontraban sus suposiciones de lo acontecido en aquel campamento.

Al cabo de unos instantes de vacilación, y tras cambiar una sombría mirada con Arranes, Sexto Asellio dio la orden de avanzar a los primeros soldados. Muy despacio. En silencio. Como si intuyeran el carácter sagrado de aquella fortificación vencida.

Como si adivinaran que estaban marchando sobre un cementerio.

Los buitres nos lo habían advertido.

Escogí la compañía de Sexto Asellio para caminar por encima de las estacas quebradas pretendiendo apropiarme de su sangre fría, ya que la mía parecía agotarse a cada paso. Arranes se rezagó esta vez, quizá para asegurarse de que nadie volvía a salir espantado del campamento después de ver...

Todos muertos.

Pero no fue el hecho de hallar a los legionarios de Metelo muertos lo que alteró nuestro espíritu —¿no habíamos sido suficientemente prevenidos ya?—, sino su *aspecto*. Imaginad la sensación de caminar entre una espesa y gélida bruma, pisando cúmulos de nieve que de pronto esconden brazos arrancados, cuerpos partidos apenas reconocibles, yelmos que resultan estar ocupados aún por cabezas sin cuello, escudos con manos congeladas todavía aferradas a su empuñadura... Más allá unos bultos que son las tiendas semienterradas, la confusa forma de una atalaya de madera derrumbada sobre los restos de algún animal de carga. ¡Y esqueletos humanos, docenas de ellos, incompletos, devorados por los buitres y esparcidos por doquier como basura olvidada, con sus ojos huecos aún asombrados por su destino fatal!

¿Qué había sucedido allí?

—Malditos sean esos bichos apestosos —mugió Marco Arrio reapareciendo en su cabalgadura. De sus labios aún colgaba un hilillo de baba que delataba algún vómito irrefrenado. ¡Y gracias a la nieve que el olor a putrefacción no era demasiado intenso!

El tribuno romano se refería por supuesto a los sarrak; en la simpleza de su lógica había asignado a los gigantes la responsabilidad de aquella masacre, a pesar de que algo no encajaba de ninguna manera con tal suposición. De ninguna manera.

—Al menos las alimañas han dejado la mayor parte del trigo —continuó Marco Arrio, sin que nadie le prestara la menor atención.

Todos estábamos demasiado absortos en el paisaje sangriento que nos rodeaba.

—Será mejor ir buscando los troncos más secos para hacer una buena pira y quemar todo esto antes de marcharnos —propuso gravemente Sexto Asellio, sin dejar de avanzar por el campamento desolado. Los legionarios parecían haberse quedado mudos por detrás, de pura impresión, pero al mismo tiempo su temor se notaba ahogado por una honda tranquilidad; era la paz de los muertos, que paradójicamente convertía aquel lugar en un santuario inexpugnable a miedos y demonios.

Aún así, todos compartimos un mismo escalofrío cuando Arranes tomó la palabra para corregir al centurión Asellio:

—Haremos una hoguera, sí. Pero después no nos marcharemos. —El vascón tragó saliva, consciente de la aprensión con que los soldados le escuchaban—. Falta poco para oscurecer, así que esperaremos al alba en esta posición.

¿Acampar allí? La sola idea de pasar la noche en aquel baldío de sangre resultaba insoportable, casi una profanación. Mas la razón volvía a estar del lado del tribuno inequívocamente: el sol declinaba ya por el oeste y no parecía posible llegar con las provisiones hasta una explanada cercana. Porque sin duda nos habíamos encaramado al risco más aislado y perdido del bosque. El bosque de los sarrak. El bosque de Mari.

En todo caso, ¿cómo no aprovechar aquel asentamiento? ¿No era más sencillo restaurar una empalizada agrietada que levantar otra nueva? ¿Y no habíamos derrotado ya en el camino a los poderosos sarrak? ¿Qué habíamos de temer, pues?

—¡Ya habéis oído al tribuno, así que en movimiento! —nos sorprendió el grito de Marco Arrio a la tropa. Detrás de aquella aparente sumisión a la voluntad de Arranes lo único que se escondía era un entumecido cansancio y quizá el ansia de llevarse un enorme pan de trigo a la boca.

Arranes dejó de buena gana que su colega se erigiera como prefecto del campo y esperó a que se hubiera alejado dando voces para venirse a mi lado con ademán caviloso.

—Eh, soldado, acércate —llamó a un legionario de los más robustos—. Ocúpate de la prisionera durante un rato.

—Oh, no me importa cuidarla... —empecé a protestar, malinterpretando las razones de mi tribuno.

—Calla —me silenció este de inmediato—. Será solo un rato.

Aun sin comprenderle no tuve otra opción que soltar mis muñecas de las ataduras que me unían a la prisionera y pasárselas al legionario, quien tampoco parecía muy entusiasmado a juzgar por su mirada aprensiva hacia la muchacha. ¡Sin duda había llegado a sus oídos lo sucedido dentro de la tienda del hospital durante la noche!

Sexto Asellio, que ya encabezaba un grupo de soldados en las tareas de limpieza, se fijó en nuestro manejo y dirigió una mirada extrañada a Arranes, aunque su discreción le hizo guardar la boca cerrada.

—Necesito que Celio Rufo tome algunas notas —explicó vagamente el vascón, para que lo oyeran los legionarios de alrededor y el propio Asellio. ¡Nunca vi peor mentiroso! Pero a falta del impertinente Marco Arrio nadie parecía dispuesto a cuestionar sus órdenes, y sin más dilación me tomó del brazo para conducirme hacia unas rocas próximas, fuera de la visión de la tropa.

—Esto es lo que quería enseñarte.

Allí detrás, en una pequeña hondonada se amontonaban los cuerpos destrozados de varios sarrak, casi irreconocibles bajo la nieve acumulada; pero el detalle que me cortó la respiración y me hizo comprender el sigilo de Arranes fueron las argollas que aprisionaban muñecas y tobillos de aquellos miembros. ¿Sarrak capturados por la Legión? Así parecía, sin ninguna duda. Pero entonces... ¿quién había arrasado el campamento, llevándoselos por delante también a ellos?

—Apenas puedo confiar en nadie más que en ti y Sexto Asellio. —Arranes hablaba casi en susurros, haciéndome estremecer—. Necesito que hagas desaparecer esas cadenas antes de que los descubran.

—Lo haré —acepté prestamente, sin detenerme a pensar en cómo llevaría a cabo tan repugnante encargo. Otro pensamiento más grave se disparó por mi boca, valiéndose de la confidencialidad ofrecida por mi tribuno—. ¿Me explicarás luego todo lo que sabes sobre el Pueblo Antiguo?

Sí, reconozco que aquello fue un truco indigno de mi respeto hacia Arranes y saqué provecho de su situación angustiada, pero ¿no estaba yo también desesperado por conocer la verdad? ¿No merecía saciar mi sed de respuestas con alguna de sus secretas cavilaciones que tanto tiempo llevaba escamoteándome?

Arranes asintió en silencio, quizá entendiendo que ya no tenía sentido guardarse en su interior el peso de tantos terrores, y se volvió para reunirse con los demás.

¡Odiosa labor me había encomendado! Al verme solo comprendí que no disponía de más herramienta que mi pequeña daga, muy escaso tiempo y demasiada torpeza en mis manos para liberar aquellas argollas de una manera limpia y eficaz. ¿No suponéis de qué manera repulsiva y extenuante hube de llevar a cabo mi misión? Pues os baste saber que una daga mal afilada no es el mejor instrumento para cortar el hueso...

Justo cuando el primer grupo de soldados asomaba por encima de las rocas terminé de enterrar las cadenas delatoras bajo el barro y estoy casi seguro de que nadie advirtió la sucia lividez de mis dedos mientras disimulaba haciendo anotaciones en mis tablillas. Se afanaron en la limpieza de los sarrak sin ninguna sorpresa; al contrario, los oí intercambiar alguna bravuconada celebrando la muerte de aquellos monstruos, como si fuera prueba de la valiente defensa de los romanos del fuerte.

¡Qué fácil se engaña a los ojos que no quieren ver!

No todas las tiendas del campamento estaban inservibles, pero Marco Arrio decidió que no traería buena suerte habitarlas y mandó armar una tercera pira al otro lado de la empalizada para quemarlas junto a los cadáveres. Tres impresionantes columnas de humo negro alzaron el vuelo —si algún enemigo quedaba en el bosque no le iban a faltar referencias para localizarnos, pero nadie parecía temer un nuevo ataque, al menos por el momento— mientras en el interior terminaban de instalarse las nuevas tiendas, comenzando por el hospital para atender a los numerosos heridos.

Anochecía cuando el último clavo de la comandancia era amartillado en la tierra y Arranes me dejó pasar con la prisionera, sus muñecas otra vez lazadas a las mías. Al notar mi incomodidad —¿cómo podía lavarme o cambiarme la ropa así?—, el tribuno señaló uno de los postes de la tienda.

—Átala ahí.

—Tengo la sensación de que podría liberarla del todo y seguiría mis pasos con la misma docilidad —comenté mientras anudaba la soga al madero. Seguramente por evitar los ojos de la prisionera, mi mirada recayó en sus pies desnudos y no pude evitar volver a asombrarme: ni rastro de rubicundez después de horas caminando por el bosque, ni marcas de heridas; la piel de sus pies permanecía inmaculada como si la nieve se hubiera transformado en una confortable alfombra al pisarla.

—No temo su libertad —dijo Arranes—, sino que Marco Arrio pueda aprovecharse de ella para matarla.

—Dudo que esté dispuesto a compartir el mismo techo que ella.

—Entonces tendrá que pedir alojo a sus sicarios.

¡Cómo contrastaba la rotundidad de Arranes ahora con la cobardía que lo había atenazado la noche anterior al descubrir a los legionarios de Marco Arrio —bien llamados sicarios— con las prisioneras! Sin duda había tomado una resolución después de aquello y estaba dispuesto a llevarla hasta el final con todas sus consecuencias, no importaba que la tropa no le comprendiera e hiciera murmuraciones extrañas.

¿Y yo? ¿Qué pensaba yo del comportamiento de mi tribuno? Todavía doce años después me asombro de haberme mordido la lengua con la pregunta que corroía mi seso igual que el de todos los soldados: ¿Por qué protegía Arranes a la muchacha? Tal vez nunca se lo pregunté porque *sentía* sus razones, aunque no fuera capaz de articularlas en palabras coherentes. Todo el argumento que la joven cautiva había empleado para ganarse mi piedad había sido el candor de su piel, latiendo tan estrechamente a la mía, el olor a niño de su aliento, la desarmante serenidad de su rostro incluso en los trances más vejatorios... ¿De qué oscuras artes y conjuros se valía la maldita para hacerme olvidar su bestial mordisco en la tienda hospital, que de tan horrenda manera había acabado con la vida del necio Cneo Antonio? ¿Cómo me habían logrado subyugar aquellos ojos verdes en los que hacía poco creía ver bucear espíritus demoníacos? No lo sabía. Y como intuía igual de oblicuos los sentimientos de Arranes hacia ella me debí creer sin derecho a hacerle aquella pregunta.

Pero el tribuno había prometido saciar otras de mis inquietudes.

—Voy a organizar la vigilancia —dijo despúes de haberse cambiado las sandalias rotas y limpiado el uniforme de barro y sangre—. A mi regreso, si no nos lo impide Marco Arrio, hablaremos.

Y sí, pudimos hablar, ya que el tribuno romano hizo ciertas las palabras de Arranes yéndose a dormir con Veleyo y sus otros soldados fieles, en una tienda de ocho catres. Debieron advertirle de la presencia de la prisionera en la comandancia y ni siquiera puso un pie dentro para comprobarlo; directamente fue a instalarse con los suyos. ¡Nunca me felicité tanto de su cobardía!

Claro que la intimidad entre Arranes y yo quedaba interrumpida justo por la causante de aquella aplaudida deserción: la muchacha de pelo rojo no dejaba de mirarnos, con la espalda apoyada en el poste, como si escuchara y juzgara secretamente cada una de nuestras palabras susurradas en la penumbra de la tienda.

—¿Crees que entiende lo que decimos? —pregunté algo cohibido, mientras Arranes calentaba su gaznate para hablar levantando un odre de vino. Ya no se oía ningún sonido en el campamento más que el tenue ulular del viento. La noche se había cerrado.

—Apuesto a que sí —respondió tras limpiarse la boca con el dorso de la mano—. Puede que no comprenda nuestras palabras, pero mírala... ¡Por Juno que sabe lo que estamos pensando en cada momento!

—¿Cómo puede? —me estremecí, asumiendo aquello al pie de la letra— ¿Es una diosa?

Otro largo trago de vino fue la única respuesta de Arranes. Al verlo reclinado en su catre, sin su uniforme, con la barba larga y desarreglada por tres días de marcha, las piernas cubiertas de arañazos, su mano todavía vendada por la herida de Aliksa... imaginé que el tribuno tendría bastantes ganas de zambullirse en una buena borrachera para acallar los dolores de su cuerpo y de su espíritu. ¡Habría cogido yo también aquel odre si no hubiese necesitado la ventaja de la sobriedad sobre mi interlocutor!

—Los soldados ya murmuran... —arranqué inseguro, en voz tan baja como me era posible.

—¡Imbéciles! —interrumpió Arranes—. Se dejan embaucar por Marco Arrio como niños.

—Tienen miedo.

—¡Yo también lo tengo! —protestó el vascón, para luego confesar en un tono casi susurrante—: Algunos de los legionarios de Metelo... mientras los amontonábamos... parecían haberse quitado la vida con sus espadas, como si el terror a enfrentarse con su enemigo hubiera sido demasiado insoportable...

Me callé. La parpadeante lámpara de aceite arrojaba suficiente luz en el rostro del tribuno para hacerme notar el progresivo enrojecimiento de sus ojos, y por un instante pensé que iba a romper a llorar.

Pero su voz volvió a sonar sosegada:

—Por eso, fiel Celio Rufo, cualquier cosa que puedan imaginar nuestros hombres será mejor que conocer la verdad.

—¿Piensas que todavía estamos siendo acechados?

—Tú eres más inteligente que todos ellos —comentó él inopinadamente—. No me extrañaría que pudieras leer mi mente igual que ella.

—Ya lo quisiera yo, tribuno.

Arranes rió.

—Eso me tranquiliza.

Como vi que volvía a levantar el odre para seguir inundando sus venas de alcohol, decidí evitarme los rodeos:

—Habías prometido contarme...

—Te contaré lo que sé —me atajó con severidad—. ¿O piensas que no cumplo mi palabra?

—Claro que no.

—Pero no te enojes si luego eres tú quien necesita beber —dijo, y soltó otra risotada.

Esperé a que se llenara la boca por tercera vez y se sosegara; ni embriagado lograría hacerle soltar una palabra más de las imprescindibles, y acuciándolo solo conseguiría irritarlo. Pero mi paciencia se agotó pronto.

—¿Quiénes son los sarrak? —pregunté abiertamente— ¿De qué extrañas regiones vienen?

—Dicen... —Arranes dejó su nuca posarse en la cabecera del catre con gesto cansado—. Unos dicen que habitan estas tierras desde el principio de los tiempos, muchos siglos antes de que llegaran los vascones. Por eso los llaman el Pueblo Antiguo. Otros dicen que fueron los supervivientes de un mundo que quedó sumergido en el océano. ¿Pero qué importancia tiene de dónde vinieron? Ahora las montañas son su reino. Viven entre las piedras, en las cumbres más altas. Es casi imposible verlos, aunque en realidad nadie ha osado a ir en su captura.

—No parecen hombres.

—No son hombres —sentenció el tribuno con seguridad—. Pero tampoco dioses. Mueren como nosotros.

—Eso es cierto.

—Son lo bastante fuertes y feos para aterrorizar a unos aldeanos, pero no suponen una amenaza para la Legión. Ellos no.

Tomé aire para hacer la siguiente pregunta:

—¿Quién ha arrasado este campamento? ¿Ha sido el durmiente?

—Bueno... —comenzó Arranes, pensativo—. Si ha sido él habrá que llamarlo de otra forma, ¿no es verdad?

El sarcasmo no lograba ocultar completamente la aflicción que anidaba en el espíritu del tribuno, y desde luego no bastó para atemperar la mía propia.

—¿Es él un dios? —pregunté, incapaz de secundar la ligereza de sus palabras.

—Es poderoso como un dios, pero creo que su sustancia es mortal. Por otra parte... un dios sería misericordioso con sus fieles, y los sarrak... ya los has visto.

—¿Piensas que ha sido un castigo?

—Quizá. —Arranes me miró con ojos entornados—. ¿Quieres saber lo que pienso? Pienso que la cohorte de Metelo se tropezó con los sarrak justo cuando estos preparaban el sacrificio para su Señor. Por eso este año no faltó ningún niño de las montañas. La Legión los salvó.

—Y ahora el durmiente se ha despertado hambriento —concluí con voz ahogada.

—*Su Gaar*, ese es su nombre —dijo Arranes—. El nombre que nadie se atreve a pronunciar. Ni siquiera yo mismo, si no fuera por este odre de vino. —Alzó la vista a la lona, y a las estrellas por encima de ella como si las desafiara—. ¡*Su Gaar*!

Un débil gemido nos hizo volvernos al instante. La prisionera nos escrutaba con ojos de depredador, envilecidos de una súbita ansiedad.

—¿Y ella? —inquirí a Arranes, sintiendo el corazón palpitar en mi garganta—. ¿Quién es?

—Que me lleven los demonios si lo sé —replicó el vascón—. Pero siento que es mejor tenerla con nosotros.

Asentí, apartando mi mirada de la mujer. Mis dedos temblaban y cerré un puño.

Arranes tiró el odre al suelo. Su apetito de borrachera se había extinguido. La fatiga empezaba a pesar en sus párpados y la recibía con plácido agradecimiento, tal vez confiando en que sus pesadillas no podían ser peores que sus temores vigiles.

—¿Tenemos alguna oportunidad de volver? —le pregunté al cabo de un tiempo.

Los ojos de Arranes se encontraban ya cerrados, pero estoy convencido de que me oyó y prefirió no contestarme.

Dos legionarios a caballo efectuaban la ronda nocturna, recorriendo en silencio y total oscuridad el perímetro exterior del fuerte. Al acercarse a cada puesto de vigilancia, voceaban la consigna escogida por Arranes para la noche:

—¡Pompeyo el Grande triunfará!

Y los centinelas replicaban al punto:

—¡Y Sertorio el Traidor le pedirá clemencia!

Así comprobaban que nadie se había quedado dormido o faltaba de su posición. Quizá por capricho del viento, desde la comandancia donde yo luchaba contra el sueño solo se escuchaba la respuesta del muro septentrional, pero para mí era suficiente. Me entretuve en medir sus intervalos, contando despacio: uno, dos, tres, cuatro, cinco, seis... Y antes de alcanzar ochenta llegaba a mis oídos infaliblemente: «¡Pompeyo el Grande triunfará!», «¡Y Sertorio el Traidor le pedirá clemencia!». El perímetro había sido completado sin novedad.

Dentro de la tienda Arranes se había quedado profundamente dormido, aunque oyendo su convulsionada respiración se vaticinaba un inminente despertar. Yo escapaba de mis pesadillas obligándome a mantener los ojos abiertos, atentos al ocasional paso de una tea al otro lado de la lona.

¿Y la prisionera? Un roce acompasado, casi imperceptible como la más suave caricia, se escuchaba al pie del poste donde ella se arrebujaba. Si afinaba más el oído podía distinguirlo de su respiración, serena y aterciopelada. ¿Qué estaba haciendo? ¿Qué producía aquel ruido sutil? Mi curiosidad se impuso sobre mi miedo y bajé los ojos para escudriñar la oscuridad. No tardé en discernir su silueta, sentada, con la cabeza inclinada, balanceándose muy levemente. Esperé a que mis pupilas horadasen la penumbra, y cuando al fin discerní lo que tenía ante mí sentí una desconcertante oleada de placidez, un sosiego insólito y profundo aposentándose en cada músculo de mi cuerpo. La muchacha se estaba peinando. Casi podía ver las blancas puntas de sus dedos deslizarse de arriba abajo entre los rojizos mechones de su melena, muy despacio, como meciendo el tiempo, haciendo que su postura encogida por culpa de las ataduras pareciese un caprichoso mohín de ninfa. Por un momento de locura deseé encender la lámpara, solo para verla a la luz, pero logré contener mi mano. Hechizado, creo que me hubiera quedado contemplando su silueta durante horas, hasta el mismo alba, pero toda aquella sensación de paz se desvaneció bruscamente cuando fui consciente de que ella también me estaba mirando.

De sus ojos no se veía más que un titilar cristalino, imposible capturar la expresión de su rostro, pero de inmediato el pavor reclamó el trono de mi cuerpo y me giré en el camastro para perderla de vista, igual que un niño que cree haber visto sombras. Luchando contra los temblores que querían poseerme permanecí quieto durante un tiempo eterno, sin dejar de escuchar el suave roce de la mano por el pelo: sssss... sssss... sssss... sssss...

Decidí concentrarme de nuevo en la ronda y el escape funcionó de momento, pero el destino estaba dispuesto a seguir jugando conmigo:

—¡*Pompeyo el Grande triunfará!*

...

—¡*Pompeyo el Grande triunfará!*

¿Dos veces? ¿Había escuchado la consigna dos veces, sin respuesta?

—¡*Pompeyo el Grande triunfará!*

¡Y una tercera! ¡No me engañaban mis oídos! Me incorporé en el catre por puro acto reflejo, dando rienda suelta a temblores y tiritonas. ¿Qué estaba sucediendo? ¿Por qué no llegaban las palabras de los centinelas? El corazón me latía frenético y odié a Arranes por continuar inmerso en su agitado sueño. ¿Debía despertarle?

La prisionera había dejado de peinarse y la sentí mirarme con su expresión neutra, indiferente al mundo.

—¡*Alerta vigilancia!* —se oyó la voz de la ronda, ahora inequívoca—. ¡*Centinelas desaparecidos!*

Era todo lo que necesitaba oír. Aturulladamente me arrastré al lado del catre de Arranes y lo sacudí por el hombro.

—¡Tribuno, despierta!

Esperaba un sobresalto considerable por irrumpir así en sus pesadillas y no me equivoqué; el vascón apartó mi mano de un golpe y se echó hacia el otro lado como si me hubiera tomado por un hatajo de serpientes.

—¡Soy tu escribano, no temas! —me apresuré a decir, adivinando la mano de Arranes en busca de su daga. Tanteé el suelo hasta dar con la lámpara, y de alguna manera logré prenderla a pesar del imparable estremecimiento de mis dedos.

—¿Qué...? —farfulló el tribuno al reconocer mi rostro. No me había equivocado al imaginar el puñal entre sus dedos.

—La ronda —quise explicarme, dejando silencios para los gritos que seguían llegando de la empalizada—. ¿No escuchas? ¡Algo pasa!

Arranes contuvo la respiración un instante, atento a las voces, hasta que comprobó la veracidad de mis palabras, soltó un gemido y se revolvió para calarse su uniforme a toda prisa. Antes de que yo hubiera encontrado mi túnica él ya se anudaba las sandalias entre resoplidos.

—Quédate con ella —me ordenó mientras salía ciñéndose el cinturón de la espada. A la luz del candil comprobé que eran ciertas mis suposiciones: la muchacha nos miraba pero parecía ver a nuestro través, mucho más lejos, ajena completamente a nuestra excitación.

—¿Qué sucederá? —pregunté con desesperación, como si el tribuno dispusiera todavía de claves secretas para entender los misterios de aquel bosque.

—Coge tu daga y no te separes ni un momento de la muchacha —fue todo lo que conseguí de él antes de verlo desaparecer tras la lona de la entrada.

Me armé con el puñal siguiendo su mandato, a pesar de que me hacía sentir más un actor que un soldado; ¿de qué podía servirme aquel corto metal, aun suponiendo que nuestros asaltantes no fueran más que unos mortales bandidos?

Mientras tanto la alarma se extendía por todo el campamento; voces somnolientas se incorporaban al griterío multiplicando el desconcierto, como si todavía se creyeran flotando en sus pesadillas y esperaran ser despertados en cualquier momento. Entre aquellas voces despuntó en seguida la de Marco Arrio, y creí escucharlo intercambiando unas palabras con Arranes. Solo el miedo se percibía inequívoco en todas las gargantas.

Pronto el centurión Sexto Asellio se hizo un hueco en la algarabía y empezó a repartir órdenes a la tropa; era el único que parecía conservar su serenidad, aunque esta vez no le sería fácil contagiarla a los legionarios.

El roce de espadas, cascos y escudos fue creciendo hasta convertirse en un fragor de metal y cuero mientras los soldados se armaban apresuradamente en sus contubernios y corrían a formar sus centurias.

—¡Nos atacan! —se oía una y otra vez, pero desde mi guarida en la comandancia no fui capaz de distinguir ninguna voz que explicara el verdadero motivo de la alarma. Al parecer habían faltado unos vigilantes de su puesto, pero... ¿alguien había divisado a nuestro enemigo?

Esperando que el viento me trajera alguna respuesta me acurruqué junto a la lámpara de aceite, con el puñal pegado a mi pecho, lo suficientemente cerca de la prisionera para notar su figura inmóvil con el rabillo del ojo, pero bien seguro de que no podría sorprenderme alargando una mano, la misma mano preciosa que acababa de peinar sus cabellos, hacia mi cuello.

A no ser que pudiera estirar sus brazos como las culebras de una Medusa...

Me volví hacia ella estremecido. ¡Maldita fuera mi imaginación, demasiado alimentada de fábulas! Levanté la lámpara hacia la muchacha y comprobé que continuaba quieta, con sus muñecas bien atadas al poste... y sus ojos diamantinos fijos en mí.

—¡No me gusta que me mires! —protesté, maldiciéndome al instante por mi propia infantilidad. De sobra conocía ella cuánto pavor me infligía su mirada, ¿no la sostenía por eso precisamente?

De pronto una llamarada azul inundó la tienda, paralizándome, y antes de que pudiera volver a parpadear, un poderoso trueno hizo estremecerse a todo el campamento. ¡Una tormenta! Los dioses debían haberse conjurado para hacer de aquella la noche más pavorosa de mi vida. ¡Y por Júpiter que lo estaban consiguiendo!

Los relámpagos comenzaron a desencadenarse uno tras otro, sin descanso, como si el vientre de las nubes se hubiera rasgado después de contener durante demasiado tiempo su apetito de tormenta. Sus continuos resplandores recortaban sobre la lona de mi tienda las siluetas de los legionarios corriendo de un lado para otro, como espectros sorprendidos en la noche. Y los truenos... ¡nunca oí estruendo más profundo y ensordecedor! Pareciera que la cúpula celeste se hubiera quebrado en mil pedazos y fuera a desplomarse sobre nuestras cabezas.

Quise encomendarme a Júpiter, a Juno, a Marte y a los mismísimos dioses vascones para que tuvieran clemencia de nosotros, pero la llama de mi fe temblaba con más fragilidad aún que la de la lámpara de aceite a mi lado, incapaz de darme ningún calor y arrojando más sombras siniestras que luz en los contornos de la tienda.

Otro relámpago. Otro trueno.

Voces alarmadas. Pasos precipitados.

Y entonces, entre el ajetreo de los soldados y el estruendo de las nubes, creí escuchar un nuevo rumor proveniente del bosque. Una especie de lamento profundo. ¿Me engañaba de nuevo la imaginación? Atendí con más cuidado, sin respirar. Truenos. Voces.

Haummm.

¡Estaba allí, como un quejido espectral, como la dolorosa llamada de una gigantesca criatura alejada de su madre!

Haummm.

¿Es que nadie más lo oía? ¡Cada vez sonaba más cerca! Recuerdo que pensé en elefantes; ¡sí, parece absurdo!, pero ¿no había cruzado Aníbal el cartaginés los Pirineos con un ejército de elefantes, en su camino hacia Roma siglos atrás? Y aquello explicaría la muralla derribada. ¿Tendrían los vascones o sus vecinos sarrak algunas bestias emparentadas con el elefante, capaces de asaltar un fuerte romano encaramado en una escarpada montaña? ¡Todo cabía esperarse después de lo que ya habíamos presenciado!

Qué más puedo deciros, sino que terminé rezando por que tales bramidos proviniesen de un simple elefante, ¡o siquiera un ejército de ellos!

Pues bien, estaba absorto en su escucha cuando de súbito un susurro asaltó mis oídos por detrás, tan cerca que casi sentí el aliento en mi nuca:

—*Su Gaar*.

Tanta fue mi impresión al oír hablar a la prisionera que solté un grito enloquecido y el cuchillo se me escurrió de los dedos. Al volverme, con el corazón sacudiéndome el pecho como un mazo, encontré el rostro de la muchacha encendido por una insólita emoción. ¿No eran lágrimas aquel fulgor cristalino que titilaba en sus ojos?

—*Su Gaar* —repitió con una voz liviana, de niña, impregnada de una hondísima melancolía.

—No te entiendo —dije entrecortadamente, mientras tanteaba el suelo en busca de mi daga—. ¿Qué quieres?

Y allí, bajo el tenue resplandor de una lámpara de aceite a punto de extinguirse, y envueltos en un silencio que se me antojaba demencial en mitad del alboroto nocturno, tuvo lugar un suceso que no puedo definir de otra manera que mágico.

La muchacha de pelo rojizo y piel albina se puso en pie dificultosamente, pegada al poste que la inmovilizaba, sin apartar sus ojos vidriosos de los míos; a pesar de sus ataduras hizo amago de tenderme la mano derecha, como quien pide limosna, extendiendo hacia mí sus dedos de marfil.

—¿Qué...? —quise hablar, pero mi voz había sido tomada, igual que el resto de mi cuerpo, y se negaba a someterse a mi trémula voluntad.

Presencié cada movimiento de mis músculos con el mismo asombro que me producía ver los suyos, si cabe con el terror añadido de sentirme invadido, desposeído de mí mismo. Imaginad que un sable invisible cortase súbitamente los ligamentos entre vuestra alma y vuestros miembros, dejando su control a una conciencia intrusa e impostora, y podréis haceros una idea de cuál era mi terror entonces.

Así vi mi brazo extenderse hacia ella con la daga, no en actitud amenazante, sino con la empuñadura por delante; ¡le estaba entregando mi única arma a la prisionera!

Nada pude hacer para evitarlo.

Mis piernas, cuyo temblor debía haberse evaporado junto a mi alma desterrada, dieron dos pasos hacia ella para que pudiera alcanzar la daga con sus manos atadas. La ansiedad que había compungido su rostro —¿no fue al oír los bramidos del bosque?— se apaciguó levemente al cogerla, y me dirigió una mirada complacida antes de utilizarla para cortar la soga de sus muñecas. ¡Se liberaba! Con aquellos ojos que parecían ser el último reducto gobernable de mi cuerpo observé cómo la prisionera dejaba de serlo, inclinándose para segar la cuerda de sus tobillos.

Se me ocurrió que había llegado la hora de mi muerte; en cuanto estuviera libre la muchacha se acercaría a mi paralizado cuerpo para hundirle la daga —¡mi daga, la misma con la que había cortado las hinchadas muñecas de los sarrak!— en el estómago. ¿Cómo culparla por ello, después del trato que le habíamos dado en su cautiverio? ¡Yo también habría apuñalado a mi guardián de haber estado en su lugar! Mas un aura de intenso sosiego flotaba sobre mi espíritu, igual que una bruma liviana, desarticulando cualquier razonamiento que pudiera alimentar mi miedo; veía a la chica liberarse con la serena certeza de que no se volvería contra mí, como si los dioses me hubieran desvelado ya un futuro halagüeño, al abrigo de su protección, aun en mitad de aquel infierno de nieve y monstruos.

Ahora entiendo, tantos años después, que aquel poderoso influjo que me mantenía pacíficamente entregado a la prisionera no provenía de ningún dios piadoso y vigilante, sino de la misma muchacha. ¿Pues no sería una semidiosa, finalmente, progenie de hembra y algún dios antiguo? Solo la fuerza de su embrujo puedo atestiguar con rotundidad. Un embrujo que hacía estremecer mi piel como una caricia de amante y al mismo tiempo helaba mi alma como las voces de los muertos.

Y sin embargo no dudo de que algo pesó la piedad en la decisión de la muchacha cuando se marchó de la tienda sin arrebatarme la vida. Nada había hecho para merecer su clemencia salvo cumplir las órdenes sin ensañamiento, sin tocarla siquiera en mi custodia; ¿habría encontrado motivo de compasión en las inseguridades de mi espíritu, que sin duda había penetrado a lo largo de tantas horas compartiendo un mismo aliento? ¿O fue —y quizás me tachéis de vanidoso patético— al descubrir en mí un mayor sentido que en los brutos legionarios, una sensibilidad más preparada para afrontar ciertos misterios ancestrales?

Lo único cierto es que después de cortar las ataduras dejó caer el cuchillo al suelo y me dirigió una última mirada espesada de emoción. ¡No me preguntéis qué clase de emoción! Después me dio la espalda y echó a andar hacia la entrada de la tienda con paso lánguido, como si en mis ojos hubiera encontrado la garantía de que no le haría daño. Nunca.

Y no se equivocaba.

Justo cuando el corazón de la tormenta se detenía sobre nuestras cabezas, arremetiendo con su furia de agua y rayos, noté regresar el dominio de mi cuerpo con un frío hormigueo. Inmediatamente pensé en salir detrás de la prisionera, pero no con ánimo de enmendar mi fallida vigilancia capturándola de nuevo, sino movido por una poderosísima curiosidad. ¿Qué pensaba hacer la muchacha? ¿Pretendía utilizar su influjo mágico con toda la cohorte para abrirse paso y huir? ¿Se trataba de eso, una simple fuga? Y de resultarle tan fácil, ¿por qué había esperado hasta este momento para hacerlo?

Fue al salir de la tienda y escuchar de nuevo el grave mugido que se aproximaba al amparo de la tormenta, cuando otra idea más escalofriante asaltó mi mente: ¡la muchacha acudía al reclamo monstruoso!

No era fácil mantener la mente fría y los pensamientos claros bajo el estruendoso torrente de la lluvia; se veía a muchos legionarios correr de un lado para otro como si hubieran perdido su centuria o no supieran dónde apostarse para la defensa de un enemigo invisible. Voceaban, prendían antorchas, se pertrechaban de lanzas en espera de una lucha que se prometía inminente. La confusión era tan desbordante que aquel bramido animal estaba pasando desapercibido a sus alterados sentidos, mezclado con los ruidos de la tempestad. Y no era lo único.

Distinguí la figura menuda de la prisionera caminando sobre el barro aún no lejos de mí, por la vía decumana, ¡hacia la grieta de la empalizada! Se movía suavemente, sin mostrar prisa ni temor alguno, a pesar de que pasábanle casi rozando cuadrillas de legionarios que iban y venían, como si no la vieran.

¿Era un hechizo lo que la hacía invisible a sus ojos, o la simple excitación de los soldados, que quizás advertían su presencia pero andaban más preocupados por encontrar su puesto para luchar? Nadie la detuvo. Nadie alzó una voz para delatar su fuga.

Dejándome empapar por la gruesa lluvia, seguí a la muchacha a cierta distancia, con el único cuidado de que pudiera volverse y sorprenderme acechándola, aunque bien poco debíamos temer ya el uno del otro. Avanzamos por la vía hacia la empalizada norte; allí, no lejos de la reforzada puerta decumana, reconocí la figura de Sexto Asellio poniendo orden entre una centuria de inquietos soldados. Al parecer el puesto de guardia que había faltado en la ronda se hallaba justo frente al lugar donde encontráramos la defensa quebrada en nuestra llegada. Me sorprendí al descubrir que la grieta había sido recompuesta por nuestros ingenieros con los mismos troncos caídos, pero dejando una abertura para permitir un flujo atropellado de hombres que entraban y salían.

Estaba atrapada. No existía manera de que la muchacha pudiera cruzar entre aquellos hombres y pasar desapercibida. Se detuvo. Yo paré detrás, sintiendo mi corazón trepidar de expectación.

Entonces un alarido espectral retumbó en la noche ensordeciendo nuestros oídos, haciendo flaquear las piernas de los más robustos legionarios. ¡Sonaba muy cerca, casi al otro lado de la empalizada!

Un caballo relinchó a mi espalda y me volví a tiempo para esquivar su frenética galopada. No era solo uno. Aquellos animales presentían la monstruosidad que se agazapaba tras semejantes bramidos y, alocados, buscaban un escape imposible, desembarazándose de sus jinetes como fardos incómodos.

Entre los jinetes descabalgados se contaba Marco Arrio, quien llegó hasta mí con la respiración entrecortada.

—¿Dónde se ha metido Arranes? —me interpeló, aferrando el cuello de mi mojada túnica. Iba a responderle cuando sus ojos se fijaron en la prisionera, por encima de mi hombro. Sentí un violento estremecimiento en sus manos—. ¿Qué hace ella aquí?

—No... yo no... —Mis labios se demostraron incapaces de encontrar palabras y me limité a mover la cabeza de izquierda a derecha.

Marco Arrio me sacudió un fuerte empellón, haciéndome caer de espaldas sobre el barro, y se volvió para azuzar a sus secuaces, Veleyo y Casio, que llegaban a la carrera.

—¡Vamos, nos necesitan ahí fuera! —proclamó con un chasquido de látigo, como quien hostiga a una fiera, y apresuró el paso hacia los hombres de Sexto Asellio. Pese a su bravura, advertí que sus pies describían una considerable parábola para no encontrarse con la muchacha pelirroja en el camino.

Ella, a todo esto, permanecía inmóvil bajo el aguacero como una estatua. Su piel blanquecina resplandecía en el caos de sombras igual que un faro en mitad de la tempestad.

El alarido infernal había dejado momentáneamente pasmados a los bravos legionarios, e incluso el sereno Asellio parecía haberse quedado sin aliento. La sangre caliente de Marco Arrio sirvió —por una vez, y a pesar de su agresividad conmigo, me alegré de tenerlo cerca— para despabilarlos cuando llegó hasta ellos dando gritos.

—¡Qué formación es esta! ¡Cobardes! ¿Tenéis miedo de salir a luchar? ¡Me avergüenzo de teneros en mi cohorte! —Se volvió a Sexto Asellio—. ¿Y Arranes?

—Está fuera —respondió el centurión, señalando la empalizada.

Aquello vino a inflar todavía más el orgullo guerrero de Marco Arrio, a quien podía acusarse de cualquier cosa excepto de timorato en la batalla, y sin pensarlo un instante empuñó su látigo para hacerlo restallar sobre las cabezas de los legionarios.

—¡En columna de a tres, todos fuera, o por Marte que os haré pagar la cobardía con vuestra sangre!

El veterano Asellio quiso terciar:

—El tribuno Arranes nos ha ordenado defender esta posición.

—¡Pues la defenderemos fuera! —gritó el ofuscado Arrio, y los soldados comenzaron a marchar obedientemente hacia la estrecha salida que se abría a una inmensidad oscura.

Mientras tanto yo permanecí detrás de la prisionera, que no se había movido y contemplaba a los legionarios con la misma atención que yo, bajo el fragor de la tormenta. Tan perturbador era el misterio que desprendía aquella muchacha que Marco Arrio había preferido salir a enfrentarse con un desconocido —y por tanto temible— enemigo en la turbulenta noche que ocuparse de ella. Quizá cuando la angustia que agarrota el alma es demasiado insoportable encontramos menos pavoroso el abrazo liberador de la muerte.

Pero yo, a pesar de todo indicio y en contra de cualquier sentido común, me sentía a salvo. ¡A salvo en mitad del infierno! Mas la curiosidad crecía voraz en mi interior al ver desaparecer a Marco Arrio y sus legionarios tras los maderos de la empalizada, mientras los bramidos de ultratumba resonaban cada vez con mayor furia allá fuera. ¡El enfrentamiento era inminente!

No pude esperar. Guardando cuidado de no llamar la atención de la estática prisionera, di un rodeo por detrás de unas tiendas y me pegué a la sombra de la empalizada para acercarme hasta la puerta. Tal vez me viera, o más ciertamente me *sintiera* escabullirme entre la penumbra, pero antes de salir por la abertura me giré hacia ella y comprobé que seguía detenida en el mismo lugar, bañada por la incesante lluvia y alumbrada por los continuos relámpagos.

Afuera reinaba un caos de antorchas sobre la nieve. El suelo se inclinaba en una vertiginosa pendiente casi a veinte pasos de la misma empalizada —por supuesto ningún foso había podido cavarse en tan estrecho margen, en ninguno de los flancos de la fortaleza—, y la negrura de la noche se extendía bajo nuestros pies prometiendo amenazas abominables.

En medio del desorden vociferante, la figura de Arranes se alzaba con un halo heroico sobre su caballo blanco.

—¡*Pilum* en mano, los tenemos encima!

Una centuria completa se apostaba al borde del terraplén siguiendo las instrucciones del tribuno. ¡Dónde se encontrará más lealtad y entrega que en un legionario romano! Ni el frío ni la lluvia ni el terror lograban borrar de aquellos rostros la determinación del guerrero dispuesto a la muerte. Ochenta lanzas enarboladas por ochenta brazos y cientos de ojos clavados en los contornos oscuros del bosque por debajo, a la espera de una sombra, un movimiento, un perfil sobre el que disparar y abalanzarse...

Pero la noche se resistía a levantar su manto negro para descubrirnos a las criaturas gimientes.

—¡Arranes! —Marco Arrio se arrimó al caballo del vascón para anunciarse.

—¿Qué haces aquí? —gruñó este al verle seguido por la centuria de Asellio—. ¿Por qué has hecho salir a esos hombres? ¡Deben esperar dentro!

—¡No! —replicó Marco Arrio, decidido a reclamar su lugar en el mando—. ¡Yo dirigiré el ataque!

—¿El ataque? —Arranes no podía contener la agitación de su montura y la hacía girar alrededor de Marco Arrio, como si quisiera marearle—. ¿Qué ataque? ¡Somos nosotros quienes estamos siendo atacados!

—¿Ah, sí? Pues yo solo escucho mugidos de vacas. Muy poco temibles deben ser las armas de este atacante que así pretende arredrarnos.

—¿Y qué propones, insensato? ¿Lanzar a nuestros hombres a ciegas? —El tribuno vascón escupía sus palabras sobre Marco Arrio—. ¿Asumirás tú la responsabilidad de sus muertes ante Pompeyo y sus familias?

El tribuno del látigo aguantó la reprimenda de Arranes con aplomo, y tras un instante masculló:

—Lo haré si no he muerto con ellos, tribuno.

Inmediatamente se volvió hacia sus hombres y comenzó a dar voces para organizar una carga, ante el estupor de Arranes y el centurión Asellio. Los legionarios se aprestaron al ataque con alguna reticencia, no por cobardía sino por la obscena usurpación que se había hecho de su mando, pero unas sacudidas de látigo bastaron para disipar cualquier vacilación.

Arranes tardó en reaccionar, pese a la mirada insistente del escandalizado Asellio, y cuando lo hizo muchos se sorprendieron. Yo no.

—Abre paso —indicó al centurión Galba, que ordenaba la línea defensiva—. El tribuno Marco Arrio va a lanzar un ataque.

Digo que yo me sorprendí menos, no porque esperase aquel extraño devenir de los acontecimientos, sino porque había llegado a entender mejor que nadie la enquistada animadversión de Arranes hacia su colega tribuno. En rigor, no me atrevo a decir que deseaba su muerte, pero cualquiera podía ver que la compañía del romano había sido una desmedida fuente de problemas y una tortura constante para Arranes desde que salieran de Olcairun. ¿No estaba Marco Arrio promoviendo una sedición entre los soldados, levantando extraños rumores y alentando la desobediencia?

Sería justo admitir que no eran precisamente buenos deseos lo que enrojecía los ojos de Arranes al verlo marchar hacia el precipicio...

—Es una locura —desaprobó Sexto Asellio, por una vez quebrantando su silencio respetuoso con Arranes—. No debes dejarlo partir.

—Nada puedo hacer para evitarlo —respondió Arranes, no siendo del todo fiel a la verdad—. Ante la Legión, su palabra de tribuno vale igual que la mía.

Sexto Asellio podría haber objetado que el mando de la expedición había sido entregado por Pompeyo al vascón inequívocamente, pero o bien su osadía no llegaba tan lejos, o bien reconoció las deshonestas razones del tribuno para consentir aquel disparate. Lo cierto es que el veterano centurión dio por válida la respuesta y se dispuso a presenciar con impotencia lo que sin duda iba a convertirse en una escalofriante escena.

La centuria de Galba se abrió hacia los lados para dejar pasar a la de Marco Arrio, que había formado una triple línea encabezada por los fogosos *hastati*, seguidos por los fornidos *principes*, y cerrada por los veteranos *triarii*. No os sorprenderá saber que en la primera línea, codo con codo del tribuno Arrio, se aprestaba al combate el sanguinario Veleyo, mientras que el infeliz Casio, pelele cobarde, andaba detrás como buscando protección en sus espaldas. ¡Pobre gordo, no podría esconderse de su destino cruel aquella noche!

—¿Debo ir con ellos? —preguntó Sexto Asellio a Arranes, incómodo por abandonar a sus hombres a una suerte terrible.

—No. Estás herido. —Señaló el brazo vendado del centurión—. A partir de ahora serás el prefecto de este fuerte; tu deber es quedarte dentro.

Asellio asintió a la orden pero no se movió; ¡tanto se resistía a desligarse de su centuria!

—¡Ve ahora! —le exhortó duramente Arranes—. ¿No escuchas el alboroto que se está produciendo ahí dentro?

El vascón tenía razón: entre los truenos y el rumor de la lluvia se oían las voces de alarma y desconcierto dentro del campamento; la ausencia de los altos oficiales había convertido aquella masa de legionarios en una espasmódica bestia sin cabeza. Sexto Asellio corrió a poner orden.

—¡Escuchad! —bramó Marco Arrio, deteniendo a sus hombres al borde de la pendiente—. ¡Correremos cien pasos y arrojaremos nuestras lanzas! ¡Después continuaremos con las espadas en formación de cuña! ¡Hasta el final! ¡Quienquiera que haya osado retar a Roma va a arrepentirse! ¡Somos legionarios! ¡Somos invencibles!

La centuria respondió a la arenga del tribuno con un grito eufórico; ¿no se alimentaban de palabras gloriosas aquellos corazones infatigables? Marco Arrio lo había comprendido bien, y por eso prefirió esta vez el aliento de su voz al chasquido de su látigo para encorajinar a sus hombres. También era su vida la que iba a ponerse en liza allí abajo, y necesitaba el apoyo leal del último de los legionarios.

No hubo flaqueza en las piernas. Marco Arrio volvió la cabeza una última vez hacia Arranes, procurándole una mirada que tenía un tanto de desafío, otro tanto de despedida y casi todo de soberbia heroica, y sin más espera levantó el brazo en señal de ataque. Un torrente de hombres con lanzas y escudos alzados se abalanzó pendiente abajo dando gritos, feroces e imparables, hacia las entrañas de la noche insondable.

La lluvia no cesaba. Los relámpagos se acompañaban de rugientes truenos ya sin demora, tan encima del campamento que los pelos se nos erizaban anticipando cada descarga... De pronto un rayo estalló sobre una torre de vigilancia justo detrás de mí, partiéndola con gran estruendo; apenas me reponía del susto cuando vi otra flecha azulada caer al otro lado de la empalizada, quién sabe si atraída por el estandarte de algún pobre legionario...

—Júpiter no está de nuestro lado esta noche —escuché rezongar a uno de los soldados de Galba, cerca de mí.

El temor a que uno de aquellos sablazos divinos se viniera sobre nuestras cabezas no bastó para apartarnos del borde del talud, ansiosos por distinguir el transcurso de la escaramuza entre los relámpagos.

Pero poco fue lo que pudimos ver.

La centuria encabezada por Marco Arrio hizo un alto en su descenso para arrojar las jabalinas tal y como había ordenado el tribuno, si bien no se apreciaba otro enemigo desde nuestra posición que la oscuridad del bosque. Casi un centenar de venablos vimos perderse en ella sin réplica de ningún tipo.

—¿Dónde están los salvajes? ¿Alguien puede verlos? —se intercambiaban voces desconcertadas a mi alrededor.

A una voz de Marco Arrio la centuria se formó como una cuña y continuaron el avance ladera abajo, corriendo, tropezando y levantándose a cada zancada, únicamente guiados por los efímeros atisbos del bosque que otorgaban los relámpagos. ¿Hacia dónde? Ahora recuerdo aquel momento y mi asombro por la locura que representaba el ataque no ha remitido. ¿Contra quién cargaba Marco Arrio? ¿Contra la noche? ¿Contra las montañas? ¿Acaso contra su destino aciago?

Todos contemplábamos a aquellos legionarios con un sentimiento de fatídica condena, como si no correspondiese más que a los dioses comprender el sentido de su sacrificio. Y de alguna manera sí, era cuestión de dioses.

Porque unos pasos más abajo, ya completamente oculta de nuestra visión tras los primeros árboles del bosque, la Primera Centuria bajo las órdenes del tribuno militar Marco Arrio encontró el enemigo que había salido a buscar con tanto fervor...

¡HAUAAAAAM!... ¡KRIIEEEEEEK!...

Los primeros alaridos que rasgaron el aire desde el fondo de aquel abismo no eran humanos, ¡ninguna garganta humana es capaz de emitir tales lamentos! Pero pronto fueron seguidos de gritos de soldados, unos gritos que nada tenían que ver con el clamor intimidador del ataque, sino que se hacían producto de un horror enloquecedor, un pánico desconocido en la memoria eterna de la tropa romana.

Arriba nos quedamos mudos, paralizados ante la siniestra algarabía que ascendía por la montaña. ¡Qué batalla tan terrible se estaría desatando allí abajo! ¿Tendrían alguna posibilidad de victoria los nuestros? ¿Podría siquiera alguno de ellos regresar con vida al campamento?

Miradas de espanto se cruzaban en silencio, para luego confluir en el rostro tenso de Arranes, como si esperasen de él una noticia, una orden, una arenga... cualquier palabra que sirviera para despertarlos de tan insólita pesadilla. Mas igual de seca se había quedado la boca del vascón, que permanecía asomado a la pendiente atento al devenir de aquellas voces infernales. A la luz de un relámpago vi su aliento acelerado y las gotas de sudor que inundaban su frente pese al frío de la noche.

—¿Qué está sucediendo? —gané el suficiente brío para preguntarle, consiguiendo solo que se estremeciera con una mirada enajenada. Entonces me di cuenta de que Arranes estaba al borde del colapso. Al fin y al cabo era un hombre igual que nosotros, y su fortaleza de espíritu tenía un límite, como un sólido dique que termina siendo rebasado por las aguas si no encuentra alivio por otras vías. ¡Y el aguacero de locura que nos bañaba aquella noche desbordaría los muros del espíritu más contenido!

—¿Estás bien, tribuno? —me preocupé tomando la brida de su caballo, que cabeceaba y pataleaba sobre la nieve como si quisiera huir al galope.

El tribuno se pasó el dorso de la mano por los ojos, quizá tomando consciencia de su súbita debilidad, y después volvió a mirarme.

—¡Celio Rufo! —exclamó, como si me reconociera por primera vez—. ¿Y la prisionera?

Puede parecer increíble, pero a esas alturas yo había olvidado por completo a mi vigilada. ¡Debía de continuar dentro de la empalizada, libre e inadvertida para los excitados legionarios!

—De... dentro... —quise responder, pero me interrumpió una voz alarmada entre los soldados que se asomaban al precipicio:

—¡Mirad, vuelven! ¡Se están replegando!

Nos giramos para mirar embargados de emoción; efectivamente, al final de la pendiente nevada se distinguían las figuras de varios soldados que intentaban remontarla, saliendo de la espesura de los árboles. Al resplandor de un rayo pude contar siete u ocho legionarios, algunos de ellos arrastrándose por el suelo como si llevaran grandes heridas.

—¡Nos vencen! —se escandalizó otro soldado cerca de mí—. ¡Nos están derrotando!

—¡Debemos ayudarlos! —proclamó alguien, pero nadie secundó su grito.

De nuevo la tierra trepidó con el bramido bestial procedente del bosque.

HAUAMMM... KRIEEEEEK...

Y otra vez los gritos de los legionarios, como lamentos agonizantes sin fuerza siquiera para trepar a nuestros oídos.

El caballo de Arranes se encabritó, lanzando un relincho de extremo pavor y haciendo caer a su jinete de espaldas sobre el fango, para salir inmediatamente al galope por el flanco de la empalizada. Corrí a prestar ayuda al tribuno, pero su estupefacción se había transformado en cólera con el golpe y se puso en pie de un brinco, mascullando maldiciones.

—¡Juno, Minerva y Júpiter nos asistan! —vociferó buscando la empuñadura de su espada—. ¡Preparaos para la carga!

—¡No! —Mi cobardía ya no entendía de pudores, y sujeté el brazo de Arranes para hacerlo recapacitar—. ¡Es una locura!

Noté el aliento del tribuno en mi rostro, a través de sus dientes apretados, y en ese momento pensé que mi vida terminaría paradójicamente a manos del hombre por quien yo hubiera dado la mía. Y quizá mi temor fuera fundado, quizá la mano que se aferraba a la espada de Arranes ya fluía de sangre asesina, dispuesta a acabar de un golpe con mi patética fragilidad. Pero los ojos del tribuno se posaron inesperadamente en algo por detrás de mi cabeza.

La muchacha salía por la empalizada.

Caminaba despacio, como si le costara desenterrar sus piececitos del fango a cada paso, con la mirada al frente preñada de obstinación y también insólito padecimiento. Como todos los soldados estaban atentos a lo que sucedía montaña abajo, solo advertían la presencia de la prisionera cuando pasaba por su lado, casi rozándolos, y más de uno saltaba acongojado hacia un lado. Un murmullo de estupor se extendió rápidamente.

—No pude evitarlo... —balbucí, temiendo la sanción de Arranes, pero el tribuno había quedado hechizado por la visión de la muchacha y se limitaba a seguirla con sus ojos, incapaz o remiso a mover un solo músculo.

La bella joven avanzó entre los hombres sin distraerse, serena, pertinaz, con el tenue pero escalofriante aspecto de un espíritu levantado de su tumba, quizá para vengar su muerte...

HAUAAAAAAK...

No. No era un espíritu vengativo. Lo supe cuando vi el gesto doliente de su blanquecina faz al escuchar el gemido monstruoso del bosque. Aquella era un alma desamparada, no lejana en fragilidad al cuerpo de niña que la envolvía; una diosa huérfana en busca de su padre protector.

—¿La detenemos? —preguntó inseguro uno de los legionarios, al ver que la muchacha se dirigía hacia la pendiente.

—No —replicó Arranes con rotundidad, sin apartar la mirada de la pelirroja—. Dejad que se marche.

Si hubiera ordenado lo contrario estoy convencido de que Arranes no habría encontrado ningún hombre dispuesto a interceptar el paso de la prisionera; ni todos los horrores que poblaban aquella noche tormentosa bastaban para hacer olvidar a los soldados la espantosa muerte del legionario Cneo Antonio en el hospital, pocas horas antes.

Así, suavemente, como queriendo demostrar que todo este tiempo había permanecido con nosotros por propia voluntad y de igual capricho nos abandonaba, la muchacha de pelo rojizo cruzó entre los soldados y comenzó a descender la escarpada pendiente. Sin ninguna prisa, pero con la seguridad de quien sella una página del libro del Destino con cada pisada, su silueta poco a poco fue desdibujándose en las sombras de la noche conforme se deslizaba por la ladera nevada.

Entonces me di cuenta de que había dejado de llover. La tormenta remitía, con la misma rapidez con que había roto se apagaba sobre nuestras cabezas, dando mayor cuerpo al silencio sobrecogido que reinaba entre los que allí nos encontrábamos.

Algunos levantaron la vista hacia las nubes que se disipaban, como esperando alguna aparición joviana —¡no habría sido tan grande la sorpresa a esas alturas!—, mas yo permanecí atento a los contornos del bosque por debajo de nuestros pies, donde ya no había rastro de la fugitiva y solo se distinguía la escalada renqueante de un puñado de soldados.

El ignoto ser que se ocultaba entre las hayas lanzó entonces un nuevo bramido, largo y profundo, muy distinto de todos los anteriores. Era un grito de euforia.

RAAAIIIAAAAK...

Al escucharlo por primera vez sin el rumor distorsionador de la lluvia me di cuenta de que sonaba como más de una voz, como si fueran muchas las bocas que se unían en un solo clamor... Pero no tuve oportunidad de escrutar mejor el sonido, porque igual que la tormenta, la criatura del bosque se desvaneció en la noche rápidamente. No habíamos llegado a verla, ni siquiera a intuir su aspecto borroso desde nuestra atalaya, y sin embargo notábamos su alejamiento como si nuestro espíritu se sintiera liberado de un grave peso invisible, de una presencia ominosa.

Una calma estremecedora se abatió entonces sobre la montaña.

—¡Hemos vencido! —proclamó con poco criterio alguno de los soldados. Nadie se atrevió a celebrarlo con él.

Arranes se volvió hacia mí, como todos despertando de una especie de delirio extenuante, y me dirigió unas palabras que —aunque pausadas y sofocadas— hicieron recobrar mi fe en la fortaleza de su alma:

—Espero que hayas mantenido los ojos abiertos y tu memoria sea buena, querido escribano; lo que estamos viviendo será digno de inmortalizarse en los libros de la historia gloriosa de Roma.

Asentí sintiendo que una nerviosa sonrisa se formaba en mi cara. ¡Demasiado seguro estaba yo también de que nuestra gesta sería así recordada por las generaciones futuras, y de que mi nombre correría unido al del heroico tribuno Arranes por los siglos venideros!

Una luna circular y luminosa como una moneda de plata se había hecho hueco entre las nubes desmigajadas, dando un respiro a nuestros fatigados ojos; la nieve se había mezclado con fango y apenas resplandecía sobre la tierra, pero podíamos percibir los contornos de las piedras que salpicaban la pendiente y hasta las formas de los primeros árboles del bosque. No obstante nuestra curiosidad se encontraba demasiado necesitada de respuestas para conformarse con tan poca luz, y Arranes solicitó de inmediato que se prendieran antorchas. Luego dijo lo que todos esperábamos, ya con más inquietud que temor:

—Preparaos todos. Vamos a bajar.

Que la batalla había terminado parecía indudable; era justamente el encontrarnos con los despojos del enfrentamiento lo que nos producía ahora resquemor. Desde abajo, solo algún lamento débil venía a atestiguar la supervivencia de más soldados que los cuatro o cinco que se arrastraban pendiente arriba.

Así iniciamos el descenso —con la centuria de Galba al completo— temblando más nuestros espíritus que nuestros músculos, en un silencio de mal presagio. Arranes llevaba un hachón encendido en una mano, mientras yo, que en mi torpeza necesitaba las dos manos para descender por la resbaladiza cuesta, me intentaba mantener cerca de él, tan intrigado por lo que pudiéramos descubrir como por las expresiones de su rostro.

Aunque para rostros expresivos, ninguno tanto como el del primer legionario que nos topamos en el descenso; sus ojos amenazaban con saltar de sus cuencas, tan abiertos, y sus labios se contraían en una fea mueca que dejaba ver sus dientes entrechocando.

—La ma… la mal… —intentó hablar cuando Arranes lo ayudó a levantarse del fango; no parecía herido— es… llega…

—¿Qué mascullas, soldado? —Arranes zarandeó al muchacho—. ¿Qué ha sucedido?

Pero el pobre infeliz había perdido la cordura:

—La maldad es vieja… Llega... Llega al fin...

Arranes mandó a un par de soldados que cargaran con el joven, ya que sus balbuceos no servían sino para acrecentar nuestra ansiedad, y continuó descendiendo con paso más vivo. Todos hacíamos esfuerzos por permanecer siempre cerca del tribuno, como si la idea de perderlo de vista en mitad de la noche fuera nuestro peor temor. ¡Hasta los que más habían sospechado del vascón en las horas precedentes, dejándose influenciar por las habladurías del insensato Marco Arrio, parecían ver en él al único hombre con autoridad y grandeza suficiente para afrontar aquella situación!

Pronto llegamos al final de la pendiente, donde el terreno se allanaba unos pasos antes de adentrarse en el hayedo que cubría el valle. Allí, desperdigados por el fango como si hubieran caído con la lluvia, yacían los hombres de la primera centuria. Aún con la precaria luz de nuestras antorchas podía verse que el hálito de vida solo fluía por media docena de ellos, en forma de tenues nubes de vapor. Los otros que habíamos visto moverse desde arriba ya no se sujetaban sobre sus pies, y apenas tenían fuerza para alzar una mano hacia nosotros.

Tuve que llevar mi mano a la boca para contener el vómito cuando reconocí el cuerpo sin vida del soldado Casio, su panza abierta como una sandía y su mirada congelada en una expresión de genuino asombro que hacía pensar en un niño.

—¡Buscad supervivientes! —alzó la voz Arranes, mientras se acuclillaba junto a uno de ellos—. Dime soldado, ¿qué ha pasado?

Mas el infortunado legionario se limitó a sacudir la cabeza de un lado para otro, como si tuviera la lengua congelada o no encontrara palabras para explicar lo que sus ojos habían presenciado. Pronto el torrente de sangre que le chorreaba por una pierna extinguió el último rubor de su mejilla y aquellos ojos se helaron para siempre conservando su secreto.

Luego Arranes avanzó con la antorcha hacia los primeros árboles, descubriendo uno a uno los rostros de sus hombres muertos, derrengados en el suelo como muñecos rotos... ¡Con qué vileza se impregna la nieve de esa sombra parda que es la sangre, dando noticia del horror de la batalla hasta en la más discreta penumbra!

Pero la mirada de Arranes se prolongaba más allá de los cuerpos abatidos de los soldados, hacia las entrañas del bosque, esperando quizás entrever la espalda monstruosa del enemigo escabulléndose entre troncos musgosos, una figura, un rastro, cualquier indicio que pudiera demostrar la carnalidad —y por tanto vulnerabilidad— de tan poderoso ser, que todos comenzaban ya a temer con el respeto sumiso que se profesa a los dioses.

También buscaba a la muchacha pelirroja, aunque igual que yo debía intuir que esta había desaparecido en la profunda espesura junto a su... ¡Por Juno, me estremecía solo intentando dilucidar qué tipo de impronunciable relación uniría a aquella hermosa joven con el engendro asesino! Pero sin remedio me atosigaba la certeza de que ella había acudido a la llamada del monstruo con la emoción de una amante solícita...

En todo caso el bosque se los había tragado, y no volverían.

—¡Tribuno! ¡Tribuno, aquí! —llamó de pronto un soldado que se había adentrado más en los árboles..

Cuando llegamos hasta él descubrimos el motivo de su alboroto: Marco Arrio yacía inmóvil y embadurnado de sangre sobre un montón de cuerpos destrozados. La primera impresión que tuvimos, con el engañoso parpadeo del hachón y el nerviosismo que nos apremiaba, era que el propio tribuno estaba descuartizado. Pero el joven tribuno comenzó a moverse.

—¡Tribuno, estás vivo! —El soldado se afanó en levantar al aturdido oficial de entre los muertos. Marco Arrio temblaba de pies a cabeza, y la lividez de su rostro era notable incluso debajo de la sangre que lo cubría.

—¿Qué ha pasado? —le preguntó Arranes, sin darle tiempo ni para tomar conciencia de su propia supervivencia—. ¿Eran más de cien? ¿Eran bárbaros? ¿Soldados? ¿Hombres?

Las palabras del vascón se quedaron colgadas como carámbanos en el aire de la noche, sin respuesta. Ni siquiera la mirada de Marco Arrio se detuvo sobre quien le estaba hablando, desorbitada en los ángulos del bosque como a la espera de nuevos acechos.

Ninguna llaga, más allá de algunos rasguños superficiales, se percibía en todo el cuerpo del tribuno romano; al intentar ponerse en pie, sin embargo, soltó un grito de dolor que nos hizo fijarnos en su pantorrilla izquierda, feamente quebrada como si hubiera sido lanzado por los aires para estrellarse contra una roca.

—Que lo suban al hospital —ordenó Arranes.

Entre cuatro hombres se las arreglaron para retrepar la pendiente con el tribuno a cuestas, maniobra que resultó más complicada por la resistencia enajenada del herido que por lo abrupto del terreno. Yo me preguntaba entonces si el equilibrio mental del romano —y puede que sea un exceso llamar equilibrio a lo que antes gobernaba su seso— se hallaría perdido para siempre tras la traumática experiencia de la batalla. De hecho todo apuntaba a que ninguno de los soldados supervivientes iba a ser capaz nunca más de retomar el hilo de su cordura para poder contarnos verazmente lo que allí había sucedido.

Hasta que encontramos a Veleyo.

El legionario de la cicatriz surgió del interior del bosque como una silueta legendaria, con un hachón en una mano y la punta metálica de una lanza en la otra. Su aspecto sucio y devastado no se diferenciaba mucho del de Marco Arrio a primera vista, pero cuando se acercó lo suficiente distinguimos un brillo bien distinto en su mirada. Era el resplandor acerado del que encuentra en el odio y la sevicia el aliento que necesita para sobreponerse a todo obstáculo, el escalofriante destello de unos ojos que nada temen porque conocen la maldad primordial de su propio espíritu.

Veleyo vino a hablar con nosotros directamente, y al verlo caminar con paso tan sosegado pareciese que regresaba de buscar leña más que otra cosa. Pero se acercó para darnos un mensaje muy concreto.

—Es poderoso —dijo solemne, y sin aviso arrojó a nuestros pies la punta de *pilum* que traía, con un extraño jirón de carne atravesado en él—. Pero se puede matar.

Tan grande fue el asombro de Arranes que se quedó mirando la lanza boquiabierto mientras Veleyo continuaba su camino hacia la rampa para regresar al campamento, incapaz de articular una pregunta o una orden para detenerlo.

Se puede matar.

Nunca un amanecer tras la batalla fue recibido con tanto júbilo como aquel que se abrió en el cielo del Summo Pirineo pocas horas después, cuando todos los cadáveres habían sido ya calcinados, y los cinco únicos supervivientes —Marco Arrio entre ellos— se dolían en la enfermería de sus heridas, menos profundas las de su cuerpo que las de su alma. Pero, ¿cómo hablar de victoria, con una cohorte reducida a ciento cincuenta legionarios al borde de la locura y un enemigo invencible todavía agazapado en los caminos del bosque? Y sin embargo el amanecer tenía algo de triunfal para los que quedábamos vivos, por el solo hecho de estarlo, y porque teníamos la necesaria convicción de que la masacre de aquella noche había significado el punto crucial de todos los horrores de nuestro viaje, el extremo más infame de nuestro periplo. A partir de ahora la fatiga de nuestras piernas iba a resultar indeciblemente más soportable, pues la meta de cada paso consistía ya en regresar a Olcairun, quizá a tiempo y con el trigo suficiente para ser merecedores todavía de un recibimiento heroico.

O quizás era solo el azulado esplendor de la mañana el que imbuía de optimismo nuestros ánimos, tan necesitados de luz...

Los legionarios se afanaron en la preparación del transporte con rejuvenecido brío, casi canturreando; cargaban cada acémila hasta el límite de sus fuerzas con sacos de trigo, y los que sobraban eran amarrados sobre la propia espalda sin protesta ni lamento. ¡Ya tendrían tiempo de llorar a sus amigos muertos cuando estuvieran en Olcairun, delante de una marmita humeante y con la túnica bien seca!

Casi dos centurias completas habían perdido la vida en aquella expedición, sin contar con la cohorte masacrada en el campamento de Urkullu: un sacrificio demasiado valioso para una misión que debió ser un simple transporte, y que sin embargo podía darse por bien empleado si al fin conseguíamos hacer llegar las provisiones a su destino, rescatado del hambre a la Legión acuartelada en Olcairun. Lo único importante, después de todo y por encima de monstruos legendarios o tribus atávicas, era el trigo. El trigo que significaba fuerza; fuerza que quería decir victoria; la victoria de Pompeyo sobre Sertorio. Todo se encaminaba hacia ese único objetivo.

Pero no para Arranes.

—Quiero hablar contigo, Sexto Asellio.

El tribuno solicitó al veterano centurión que abandonara su mando en la preparación de la marcha para acompañarlo a la comandancia. Allí los vi entrar yo, que me dedicaba aún a consignar los nombres de los legionarios muertos en mis rollos de escribano.

—Podremos partir antes de mediodía —informó Asellio sin ocultar su propio entusiasmo—. Pienso que podríamos llegar a Iturissa para el anochecer, y forzando el paso alcanzaremos Olcairun antes de oscurecer la segunda jornada.

—Eso está muy bien, muy bien. —Arranes se desplazaba inquieto por la tienda; se notaba que tenía una grave noticia atravesada en la garganta—. No me cabe duda de que sabrás guiar a la tropa de regreso a Olcairun sin ningún problema.

—¿Yo, mi tribuno?

Alcé la vista al escuchar la exclamación sorprendida de Sexto Asellio, y con un estremecimiento me apresté a escuchar la terrible explicación de boca de Arranes. El tribuno arrastraba las palabras como si una incómoda vergüenza le pesara en la lengua:

—Sí, fiel Asellio, tú serás el comandante de la expedición a partir de hoy, y tu deber conducir el trigo hasta el fuerte de Pompeyo tan rápido como lo permitan vuestras piernas. Creo que tus cálculos son acertados.

—No entiendo, mi tribuno. —El viejo centurión tragó saliva, justamente empezando a comprender—. ¿No vas a regresar con nosotros?

—Regresaré más tarde, cuando haya cumplido mi misión.

Al decir esto Arranes bajó la mirada, abrumado por la insolencia y la pretenciosidad que chirriaban sus propias palabras; Asellio, que creía conocer lo bastante al tribuno para evitarse semejantes sorpresas, no pudo camuflar una profunda irritación:

—¿Y qué misión es esa que debes cumplir, sino la misma de toda la cohorte, esto es, encontrar el trigo extraviado y transportarlo hasta Olcairun?

—He de liberar a mi pueblo —respondió con recuperado aplomo el tribuno.

—¿Los vascones? —Asellio parpadeaba deprisa, y una vena en su cuello se hinchaba al hablar—. ¿Qué... qué quieres decir? ¿Liberarlos de Sertorio?

—No.

Arranes se volvió hacia la entrada de la tienda, cuya lona plegada dejaba atisbar el trasiego de los soldados en el campamento, y se quedó muy rígido con las manos en la espalda. ¿Era necesario que hablara más para hacerse entender? No conmigo, desde luego.

—¿Quieres acabar con los... gigantes? —El centurión Asellio alargaba sus palabras como si se resistiera a aceptar su significado.

—Gigantes, monstruos o elefantes... ¡Júpiter sabrá lo que se esconde en ese bosque! Pero ya habéis oído al legionario Veleyo: ¡no son dioses, si nuestras lanzas pueden herirlos! Y si podemos vencerlos... —Respiró profundamente, buscando sosiego—. Entonces *debemos* vencerlos. Porque si lo hacemos el pueblo vascón nos estará eternamente agradecido.

Sexto Asellio se tomó un instante para asimilar aquello, mientras Arranes se inclinaba sobre un baúl de la comandancia y comenzaba a hurgar entre rollos de mapas, con súbita determinación; al cabo el centurión comenzó a balancear la cabeza.

—Te debo obediencia como tribuno que eres —dijo, deteniendo el trasteo de Arranes—; y hasta hoy la he ejercido con sumo placer pues siento que dentro de ti late el espíritu de un hombre grande... Pero todos estamos muy cansados y faltos de sueño… Tribuno, los soldados han pasado las últimas horas abofeteándose para no caer dormidos y tener esas terribles pesadillas…

—Hasta hoy —repitió el vascón, conmovido por el sentimiento de las palabras del centurión.

—Creo que tu decisión es fruto del agotamiento, Arranes, impropia de un hombre prudente y sensato como tú. Si pudieras tomarte un tiempo para descansar, tal vez... —El centurión comprendió que sus palabras estaban adquiriendo un inapropiado tono paternal y rápidamente capituló—. En fin, solo puedo decir que estoy desolado, pero más que mi decepción debe preocuparte la de Pompeyo, que sin duda sentirá cuando nos vea regresar sin ti.

Arranes asintió; esperaba la reprimenda y supo encajarla monolíticamente. Su decisión estaba tomada.

—Sí, quizá el procónsul maldecirá mi nombre por mi osadía y eso me duele, pero sé que más me odiaré si abandono estas montañas sin haberlo intentado. No espero que bendigas mi comportamiento, ni siquiera que lo entiendas, pero concédeme la confianza de acatarlo.

Asellio dejó escapar su tirantez con un breve suspiro.

—Sabes que no puedo hacer otra cosa. ¿Qué necesitas?

—No te preocupes, estimado Asellio. —Arranes sonrió al fin, palmeando con agradecimiento el hombro del centurión—. Es poco el equipo que voy a necesitar, apenas treinta hombres y armas ligeras; yo me encargaré. Tú vuelve con la tropa y apresúralos para partir con el trigo cuanto antes.

Tras apretar la mano de Arranes en su hombro, en señal de reconocimiento, Sexto Asellio abandonó la estancia.

Entonces el tribuno se volvió hacia mí, y juraría que tosió una pequeña carcajada al ver mi rostro boquiabierto de estupefacción.

—¿De verdad no te lo esperabas? —preguntó sin sorna; muy al tanto estaba el tribuno de mis escuchas silenciosas y mis secretas cavilaciones.

Contesté con otra pregunta:

—¿Y si no vencemos?

La sonrisa del tribuno se borró como por ensalmo, y se arrimó a la mesa para revisar los mapas con gesto obstinado. Pensaba que no iba a responderme, cuando musitó, sin levantar la vista:

—Tú deberías marchar con ellos para dar ajustado relato de lo sucedido a Pompeyo.

Me fijé en que dijo «deberías», y no «debes», por lo que asumí aquella recomendación en sentido contrario al que expresaban las palabras: Arranes deseaba mi compañía en este último trance más que nunca, tentado por la gloria que mi pluma le daría en caso de regresar con la inimaginable cabeza del enemigo, pero la empresa sería harto peligrosa y su piedad hacia mí lo obligaba a darme la oportunidad de elegir.

¿Sentía yo miedo de acompañarlo en aquella aventura delirante? Sí, un miedo enloquecedor. Pero ya había pasado tiempo desde que decidí sellar mi destino al de mi tribuno, y no podía —ni deseaba— echarme a atrás ahora que los dioses iban a poner a prueba el espíritu de aquel hombre con sus más terribles maldiciones.

—Pero ese relato no será completo si no habla de la hazaña que ahora acometes, querido tribuno. Déjame acompañarte y el relato de tu gesta en las montañas del Summo Pirineo correrá como una leyenda olímpica hasta el último confín de los dominios de Roma.

Engalané mi discurso hasta donde pude, sabedor de que el tribuno era débil a la adulación y amante de la gloria guerrera. Mi súplica causó hondo efecto.

—Está bien, fiel Celio, si así lo deseas puedes unirte a la expedición. No tengo que advertirte de los peligros que afrontaremos...

—Los acepto encantado de servirte, mi tribuno —terminé, irguiéndome con teatralidad.

—Me emociona tu lealtad, Celio. Ojalá todos los hombres de la Legión tomaran tu ejemplo. Sin embargo, creo que no me será fácil encontrar treinta hombres dispuestos a quedarse a mi lado.

Arranes se pasó la mano izquierda por la frente y descubrió que su dorso sangraba. La herida que le hiciera aquel gato en la choza de la bruja Aliksa había vuelto a abrirse, ya desprotegida de la venda que debió caerse en el fragor de la batalla. El vascón me miró algo palidecido.

—¿Crees que será un mal auspicio?

—Solo era una loca —respondí escuetamente, para no hacer notar la sequedad de mi garganta.

Tras forzarse a asentir, Arranes se envolvió en su capa de tribuno y se dirigió hacia la entrada. Antes de marcharse hacia las tiendas de los legionarios para reclutar voluntarios me habló con voz neutra:

—Esta vez necesitarás algo más que un puñal. Y espero que cuando llegue el momento lo utilices.

Aquella fue la única alusión que hizo Arranes a la fuga de la muchacha pelirroja horas antes. Ignoro hasta qué punto me culpaba de ella, pero él conocía bien el irresistible poder que se escondía tras esa delicada piel y esos purísimos ojos, que la emparentaban más con sublimes criaturas del Olimpo que con los recios montañeses. No se sentía capaz Arranes, me parece, de condenar mi descuido con palabras más gruesas que aquel velado reproche.

Me quedé a solas en la tienda de la comandancia, meditando las razones que animaban el espíritu temerario de Arranes. Pero entre todas las explicaciones más o menos razonables que mi mente era capaz de fabricar, sirviéndose de mi secreto acervo de sospechas e intuiciones, me bastaba una sola palabra para entender la causa profunda y verdadera de tan extraordinaria osadía: Belartze.

Ya os he dicho que los sentimientos de Arranes hacia la mujer vascona nacían de una víscera mucho más recóndita y misteriosa que el corazón, la víscera de la ambición. Mas pienso que no era egoísmo, al menos un egoísmo inmediato, sino un anhelo desesperado por rescatar a su pueblo de aquel yugo sobrenatural y enjoyarlo con las magnificencias de Roma. Porque el tribuno, quizá paradójicamente, era de los pocos que todavía creían en la inmortalidad de la República y sus glorias, en sus órdenes legales, urbanísticos, militares, económicos... Así el vascón no encontraba mejor manera de servir al pueblo de sus ancestros —tal vez para saldar una deuda que reconcomía su conciencia desde el día que abandonó Segia—, que llevándolos de la mano fuera de su barbarismo hacia el cálido seno de la civilización romana. Pero viendo a aquellas gentes yo ya sospechaba lo que he visto corroborarse con el paso de los años: los vascones jamás se dejarían fascinar por el fausto de Roma, y si se veían abocados a aceptar su tutela no lo harían sin recelo o enconada hostilidad.

Claro que yo entonces carecía del valor para insinuar semejantes elucubraciones a Arranes, tan encendido como estaba en su afán libertador. ¡Pero hubiera bastado con que el tribuno recordara las palabras del viejo Osaba en Olcairun, aquella tarde sobre las rocas del río, que tan crudamente le prevenían de sus insensatas pretensiones sobre su pueblo! En lugar de atender a aquellos prudentes consejos, Arranes había preferido amarrarse a otras palabras del anciano vistiéndolas de sus propios deseos: la prueba de amor que le exigía Belartze había de ser la lucha por emancipar a su pueblo de la tiranía de los dioses antiguos —¿quién podía llamarlo ya superstición?—, y él sería el hombre elegido para acaudillar tan sagrada empresa.

La misión que se había otorgado así Arranes, en su delirio megalómano, no se abortaría por mandatos castrenses ni cortesías políticas; ya podía el procónsul Pompeyo montar en cólera cuando supiera de su decisión, y castigarlo degradándolo a centurión o simple jinete, que por ello Arranes no renunciaría a emprender su aventura.

Aunque fuera en solitario.

—Oh, mi tribuno... —Mi voz vibró en la tienda vacía. Me di cuenta entonces de la dificultad que iba a tener Arranes para hallar voluntarios entre la tropa; ¿cómo justificar semejante riesgo a unos soldados para los que las nieves del Pirineo no eran más que otro campo de batalla donde defender el estandarte de Roma, y justo en el momento en que emprendían el anhelado regreso a Olcairun? Solo a mofa sabrían tomar los sueños caudillistas de Arranes, en caso de que cometiera la imprudencia de revelárselos.

Temiendo una nueva humillación de mi tribuno, calcé mis siempre húmedas sandalias y salí a toda prisa de la tienda para buscarlo, no sé si con más afán de hacerle callar que de ayudarlo en su reclutamiento.

No tardé en verlo, formando un corrillo entre los hombres de la centuria de Galba. De lejos notaba cómo algunos asomaban por encima de los hombros de otros, y en cuanto entendían las palabras de Arranes se escabullían del grupo para seguir con sus preparativos de marcha. Como me temía, el valor de aquellos legionarios se encontraba ya demasiado mellado por los horrores de la expedición.

—Sé que no puedo exigiros nada —oí al tribuno cuando me acerqué más, con una voz que no parecía la suya de tan encogida—. Haciendo llegar estos fardos a Olcairun habréis cumplido sobradamente la tarea encomendada por Pompeyo, y mereceréis recompensa por ello. No me escuchéis ahora como tribuno, no interpretéis mis palabras como órdenes, porque no quiero a nadie que a cada paso esté pensando en volver a la comodidad del fuerte; necesito a hombres que no conozcan el miedo ni se rindan a la fatiga, legionarios sólidos como rocas y calientes como brasas.

La arenga de Arranes se disipaba en el viento gélido como el canto de un pájaro lejano, tan vacía de energía que llegaba a resultar patética. ¿Qué rocas y qué brasas? Más se parecía el espíritu de aquellos hombres al fango sucio y blandengue que pisaban, después de las últimas jornadas de sudores y locuras. No me extrañó ver a los soldados dispersarse a su alrededor con las cabezas gachas, en culpable silencio. Arranes se acercó entonces a otro grupo que se dedicaba a amarrar las sacas de trigo a los caballos, haciendo a veces doblar las patas a las bestias, mal repuestas del tumulto nocturno. No bien había empezado a hablar mi tribuno cuando los rostros de los soldados se tornaron esquivos y sus manos se afanaron más briosas con los correajes. Todos hacían lo posible para darle la espalda.

Pero si mi conocimiento del orgullo legionario era tan certero como yo pensaba, bastaría con que uno de aquellos hombres se decidiera a atender el requerimiento de Arranes para que un buen número de los otros se sintieran en la viril obligación de unirse a la misión. ¡Y yo sabía de uno entre todos que estaría más que dispuesto, gozoso a dar ese primer paso por el puro apetito de acción!

Como además no soportaba la visión de Arranes mendigando unos oídos para sus palabras, me aparté del grupo y torcí hacia las tiendas de la cuarta centuria. Allí se aprestaban también con buen ánimo para la inmediata marcha; no me sorprendió escuchar chanzas y alguna carcajada suelta, impensables hasta hace solo unas horas. Mi intrusión, aunque quise hacerla discreta, captó la atención de alguien y por un instante temí por mi integridad, pues ¿no me odiaban los muy necios por mi lealtad a Arranes? Así lo sentí rotundamente durante la marcha, mas ahora las pasiones parecían haberse relajado y no logré excitar otra cosa que un chismorreo ramplón entre los soldados; era como si nada de lo ocurrido desde que salimos de Olcairun hubiera modificado un ápice su simplicidad y volvieran a encontrar infantil regocijo en la mofa de mis relaciones con Filipo. Esta vez yo, que sí había pulido de niñerías y pudores mi carácter en las últimas horas, me abrí paso entre ellos con enérgica resolución.

—¿Y Filipo? —lo hice sonar como una orden— ¿Dónde está el legionario Filipo?

—Ahí dentro.

No me esperaba lo que encontré cuando levanté la lona de la tienda que me indicaron y entré decidido. Filipo sollozaba como un niño asustado sobre un catre, con las rodillas abrazadas y cubierto por una manta casi hasta la coronilla.

—¡Filipo!

El legionario asomó la cara de su rebujo sobresaltado; unos ojos rojos y hundidos en oscuras coronas de insomnio me miraban con un terror indescriptible.

—¿Eres tú, Celio? —titubeó aunque la luz daba de pleno en mi rostro, como si recelara de sus propios sentidos.

—Soy yo.

—Sal si no quieres avergonzarte de un cobarde —dijo, pero mi entrada había cortado de súbito sus lágrimas y ya solo quedaba la rabia—. ¡Debí morir honrosamente en la batalla, mejor que sobrevivir para llorar!

—Tu honra y tu valor están incólumes, amigo Filipo. ¿Piensas que hay un solo hombre en la cohorte que no tenga el corazón encogido de terror?

Resopló y derrumbó la cabeza como si el cuello ya no soportara su peso: mis blandos consuelos quizás cesaran su llanto, mas no lograrían reavivar el fuego de aquellas ascuas.

—Escucha... —Fui a sentarme a su lado en el catre, pero lo pensé mejor—. ¡Escúchame! —El tono marcial tensó sus músculos y su mirada—. He venido a buscarte en nombre del tribuno Arranes. Está formando un grupo con los mejores legionarios para una última misión y quiere tenerte a su lado. Ahora bien, puedes negarte y regresar con los demás...

—¿Ha mencionado mi nombre? —La ilusión que estalló en sus ojos me obligó a cincelar matices en mi basta mentira:

—Oh, sí, ha dicho «ve a buscar al legionario Filipo, él no me fallará.»

Filipo no necesitó oír más. Arrojó a un lado la manta en la que había ahogado sus lágrimas y se puso en pie.

—Vamos —resolvió, colocándose el cinturón con su espada—. No le hagamos esperar más.

Tan deprisa mudó su ánimo que me quedé sin palabras para la explicación que inmediatamente habría de dar al soldado, en cuanto viera que nadie más que él se había ofrecido voluntario para la misión. ¡Ni siquiera me había preguntado de qué se trataba! Y sin embargo, la abnegación de Filipo era por la Legión y no por la personalidad de Arranes. Por eso, mientras acompasaba sus grandes zancadas con las mías en dirección a la comandancia llegué a temer que Filipo encontrara lunáticas las ideas del tribuno —buen caldo para la sospecha había cocinado ya Marco Arrio entre la tropa antes de la batalla con los extraños seres—, y por lealtad a Pompeyo volviera su voz contra la absurda misión. Mi apuesta era arriesgada...

Pero una sorpresa nos aguardaba en la entrada de la comandancia. El tribuno había logrado capturar la atención de tres auxiliares mauritanos, altos como árboles y negros como el carbón, que lo escuchaban asintiendo y comentando entre ellos. Al llegar descubrí que únicamente uno de ellos comprendía las palabras de Arranes, aunque solo a grandes rasgos a juzgar por la parquedad con la que se lo traducía a sus ceñudos compañeros. Sus nombres eran Aljar, Medof y Tuarem.

—Tribuno —habló el primero, al cabo de sus deliberaciones—, puedes contar con nosotros... por el doble.

Arranes cruzó una avergonzada mirada antes de contestar a los mercenarios:

—Lo tendréis. Ahora id a preparaos.

De buena gana se habría marchado el tribuno en dirección contraria para no afrontar mis preguntas, pero vio a mi acompañante y esperó. Me correspondía a mí la explicación, pero mi mente estaba lisa como una tablilla recién abierta; tuvo que ser el propio Filipo quien se presentara:

—Mi tribuno, soy el legionario Cayo Filipo. El escribano Celio Rufo me ha informado de la nueva misión y he corrido tan rápido como he podido. Yo... —El muchacho interpretó equivocadamente la intensa mirada de Arranes, que era de simple estupor—. Disculpa que me presente así, frente a tu tienda, pero...

—¿De qué te excusas, soldado? Si la mitad de los hombres de esta cohorte tuvieran una cuarta parte de tu determinación hace meses que habríamos ganado la guerra a Sertorio.

Filipo sonrió entre tímido y orgulloso por el inesperado halago, mientras Arranes me agradecía la colaboración con un silencioso asentimiento. Un legionario casi imberbe y tres mercenarios negros no eran mucho, quizá más objeto de risa que otra cosa, pero el tribuno y yo compartimos una cálida sensación de éxito. La misión, si es que aquel era el nombre adecuado para nuestra demencial empresa, estaba en marcha y ya no había vuelta atrás.

El viento del norte había recuperado todo su vigor cuando, ya pasado el mediodía, Sexto Asellio apresuraba a los últimos acemileros que abandonaban el fuerte, esta vez cruzando la puerta principal. Con toda lógica, el ingeniero que alzó aquel fuerte había orientado esta puerta por el lado más accesible de la cumbre; nuestro error, la tarde anterior, había consistido en ascender por el zigzagueante surco de innombrable origen hasta la grieta de la empalizada, por el escarpado lado norte.

La Quinta Cohorte emprendía así el regreso a Olcairun con las sacas llenas de trigo y el pecho pletórico de ánimo, todos ansiosos por recibir los encomios del procónsul Pompeyo a su llegada. Gloria y recompensas que a buen seguro se merecían por su hazaña, tan breve en el tiempo y sin embargo tan plagada de eventos extraordinarios que su relato solo sería creído por el número de voces que lo narrarían, a cual más arrebatada. De Urkullu partían dos centurias mermadas y la mitad de auxiliares, más la centuria de Darío Luso que los esperaba en Iturissa; aquellos eran los restos de la Quinta Cohorte que Pompeyo vería regresar de las montañas. Una gran pérdida de vidas para la guerra contra Sertorio, sin duda, pero que daría por bien sacrificadas si el trigo salvaba a la Legión de Olcairun de las fauces letales del invierno.

Observé a aquellos supervivientes marcharse sin el menor resentimiento, pero también libre de envidia. Ellos emprendían el camino de su destino y yo tomaba el mío, siempre al lado de Arranes. Si los dioses estaban detrás de aquella fortuna yo los saludaba agradecido; ahora puedo decir que nunca en mi vida me he sentido tan libre como aquella tarde en el fuerte de Urkullu, viendo a los legionarios alejarse montaña abajo.

Vi a Arranes despedirse de Sexto Asellio con un apretón de manos; un gesto frío y al mismo tiempo tan hondo como las ráfagas de aire que atravesaban los paños de nuestras vestimentas y se nos quedaban adheridas a los huesos. Luego el centurión volvió a montar en su caballo y se marchó. Solo una vez más volvería a ver a aquel hombre de pelo cano, y sería entre sudores febriles…

Cuando ya perdíamos de vista a las primeras unidades de la cohorte, que no vacilaron en su paso al adentrarse otra vez bajo las bóvedas huesudas de las hayas, Arranes regresó junto a mí y los demás voluntarios para hacer el recuento definitivo.

La presencia de un legionario con espada y casco resplandecientes como Filipo había llamado el interés de otros regulares romanos, la mayoría de los cuales habían vuelto la espalda al atisbar el rostro azabachado de los mauritanos asomando sobre todas las demás cabezas. Y esas cabezas no eran muchas, ciertamente. Dos auxiliares itálicos, de una rubicundez difícilmente reconocible bajo tanta mugre, y cuatro legionarios del aspecto más variopinto sin duda movidos por el mismo interés pecuniario; a eso se reducía la escuadra de voluntarios. Diez hombres que probablemente tendrían graves problemas para entenderse entre ellos y que tampoco hacían demasiado esfuerzo por entender las razones de Arranes, pero que al menos coincidían en la virtud del coraje, ¡porque ningún saco de dinero bastaría para convertir a un cobarde en valiente después de lo sucedido la tarde del día anterior!

Pero diez hombres a pie, aun valientes y diestros como ellos, se me antojaban como un batallón suicida, carente de toda posibilidad de éxito en un enfrentamiento contra más de un sarrak dentro de aquellos siniestros bosques. ¿Acaso no lo veía Arranes con la misma claridad?

—Esta misión es arriesgada —habló el tribuno a los hombres, como respondiendo a mis pensamientos—. Os puedo asegurar que no regresaremos a Olcairun todos los que estamos aquí de pie. La muerte acecha en la bruma de estas montañas, vosotros la habéis visto con vuestros propios ojos. Por eso, este es el momento en el que podéis cambiar de opinión y correr con el resto de la cohorte. —Nadie se movió; los alientos vaporosos se aceleraron pero no hubo miradas huidizas ni gestos vacilantes. El vascón buscó palabras sólidas y hermosas para mostrar su agradecimiento, sin demasiado éxito—. Vosotros, legionarios... sois el orgullo de Roma.

No se oyeron vítores ni rumores de excitación como en otras arengas. Arranes no se confundía al llamarlos legionarios, aunque solo cinco lo eran, sino que ascendía simbólicamente a todos a un mismo nivel en reconocimiento a su valía. Yo miraba sus rostros y no encontraba estremecimiento por la mención a Roma; y es verdad, he dicho que eran algo más que mercenarios cegados por el dinero, pero desde luego no era el brillo de ningún estandarte lo que los animaba en esta aventura. ¿Qué, entonces? ¿Es que algunos espíritus solo encuentran sosiego caminando sobre el borde afilado de la guadaña?

Un relincho nos hizo volver la cabeza hacia la empalizada. Por el mismo lugar donde habíamos visto marcharse a Sexto Asellio regresaban dos jinetes al trote. ¿Habría olvidado el centurión darle algún mensaje, o tal vez hacía su último intento por devolver el sentido común al tribuno antes de su marcha? Pero no era Asellio.

—¡Es el tribuno Marco Arrio! —me salió de la garganta cuando reconocí los bucles dorados bailando sobre su frente y la pantorrilla atada a un trozo de madera. No sé si fue un grito de alarma o de simple sorpresa, pero al perfilar los rasgos del otro jinete que venía detrás sentí una sacudida en todo el cuerpo: Veleyo.

—¿Qué querrá ahora? —se preguntó en voz alta Arranes, a buen seguro compartiendo mi asombro y mi desasosiego.

Habíamos perdido el rastro de los dos hombres desde las altas horas de la noche en que regresaron de entre los muertos. Al parecer Marco Arrio había pasado el último trecho de la madrugada en una suerte de semi inconsciencia con arrebatos delirantes, primero en el valetudinario y luego en una tienda alejada de la reconstruida comandancia, como si —aun en su ruinoso estado mental— sintiera pudor de que escucháramos sus gritos desgarrados. Veleyo, inmutable como una estatua y solo temeroso de sus pesadillas, se había convertido en la sombra del tribuno romano, de modo que Arranes no había tenido oportunidad de volver a hablar con él acerca de lo ocurrido montaña abajo.

Los dos jinetes descabalgaron al llegar junto a nosotros. El tribuno apretó los dientes al poner su pierna herida en el suelo, sacó un palo largo del arnés de su caballo y recorrió los pasos que lo separaban de Arranes apoyándose en él. El viento le echaba el pelo por la cara, pero aún así pude ver los ojos de un hombre que había resbalado en infinita caída por el abismo de la locura.

—Solo respóndeme a una pregunta, tribuno —habló al·vascón con vehemencia—. Vas a ir a matarlo. No a verlo. Ni a ofrecerle sacrificios. Solo a matarlo.

—Esa es mi intención —respondió Arranes sólidamente.

El romano lo miró durante un tiempo, mientras todos conteníamos el aliento, y luego asintió.

—Entonces iremos contigo.

Un murmullo de alborozo se levantó entre la decuria de voluntarios. Debían pensar que nadie mejor a su lado para enfrentarse con cualquier temible criatura que aquellos dos hijos de perra sin alma.

Para mi sorpresa, Arranes asintió y dio la bienvenida a su odiado colega. ¿Cómo podía permitir que un espíritu tan ruin manchara la alteza de nuestra misión? Y si acaso lográbamos alcanzar nuestro propósito, ¿estaba dispuesto el vascón a compartir los honores del triunfo con Marco Arrio? Más adelante mis dudas encontrarían una respuesta terrible, pero de momento yo parecía ser el único que no veía con buenos ojos la llegada de tan ilustres ayudantes.

Y el tribuno romano lo vio en mi rostro.

—Necesitaremos soldados, no escribanos —dijo señalándome, cuando yo ya cargaba el bolso de pergaminos a mi espalda.

—Celio Rufo sabe empuñar una espada tan bien como una pluma —mintió Arranes, preparando la silla de su montura.

—¿Ah, sí? —Marco Arrio se inclinó para recoger una espada del suelo embarrado, sin duda el arma de alguno de los malaventurados legionarios que perecieron en aquel fuerte—. ¡Pues toma!

Me la arrojó por el aire y fui capaz de asirla por el lado adecuado, quizá sorprendiéndolo. Arranes observó la escena sin poder disimular una sonrisa. Luego saltó sobre su caballo Argo y se adelantó hacia la puerta decumana, que permanecía cerrada.

—¡Yo abriré la expedición y el tribuno Marco Arrio la cerrará! ¡En columna de tres! ¡En marcha, por Roma!

Arranes levantó con su poderoso brazo el listón que trababa las puertas y una ráfaga de aire las abrió hacia dentro de par en par. Era un aire cálido, distinto a la brisa gélida que venía soplando toda la mañana, y nos rodeó mórbidamente como el abrazo de un espíritu invisible, sin duda precursor de fatalidades.

No había equipaje que recoger ni amigos a quien despedir. Éramos en total catorce hombres con catorce espadas, abandonados en mitad de unas montañas nevadas a miles de millas de lo que cada uno considerábamos nuestra casa. Y aun así, ningún pie vaciló al echar a andar detrás del tribuno.

V
EN LAS PUERTAS
DE LA OSCURIDAD

No había nevado en las últimas horas, de modo que los despojos de la batalla nocturna continuaban expuestos en la escarpada ladera. No los restos de nuestros compañeros, que ya habían sido entregados al fuego, pero retales y pedazos de metal partido se esparcían por el suelo ya no tan blanco, revueltos en amorfos cúmulos de barro, nieve y sangre como si unos gigantes hubieran estado retozando por allí. ¿Y no era eso exactamente lo que había sucedido?

Una serpiente. Una serpiente gigante. Esa era la imagen que todos teníamos en la cabeza aunque nos faltara el valor para pronunciarlo. Estábamos caminando por el surco abierto en la tierra por una serpiente cuyas dimensiones era preferible no calcular, para que nuestras rodillas no temblaran. Todos la habíamos oído durante la noche, sus largos, profundos y horrorosos lamentos hasta que la joven prisionera se marchó con ella, como una bella mortal entregándose al rescate de alguna deidad tartárica.

Yo caminaba delante, tan pegado a la montura de Arranes que temía tropezar con sus pezuñas traseras, y mis pies fueron los primeros en mancharse con la nieve ensangrentada. Recuerdo que me volví hacia los hombres que caminaban tras de mí y comprobé que solo los ojos de Veleyo y Marco Arrio, que cerraban la marcha en sus cabalgaduras, eran capaces de mantenerse alzados. Ellos no tenían miedo ni tentación de imaginar horrores, pues ya habían visto todo lo que había que ver. Y sin embargo allí estaban; los únicos que no perseguían recompensa material en esta empresa, los únicos que conocían la verdadera naturaleza de nuestro enemigo, o al menos un atisbo cruel y mortal como un zarpazo en la noche. Habían salvado su vida de milagro y allí estaban para arriesgarla otra vez. Por cualesquiera que fueran sus motivos, y aunque hubieran perdido ya todo juicio, eran hombres bravos.

Pensando en su final, creo que no puedo menos que reconocerles esto.

En seguida, los tentáculos del hayedo nos volvieron a acoger en un fantasmagórico abrazo de brumas y esqueletos ramados. Caminábamos en silencio, escuchando nuestros corazones. Una vez dejamos atrás el escenario de la masacre nocturna, Arranes siguió guiando la marcha por el surco de la serpiente sin detenerse a considerarlo, como si cualquier otra opción fuera estúpida. ¡Nunca vi el hilo del destino tan claramente extendido delante de mí, tirando de mi mano hacia el abismo!

Descendimos durante horas. La vegetación, encogida y quebradiza por los rigores del adelantado invierno, se antojaba aquí más desquiciada y hostil, dando cuenta de que éramos los primeros hombres en desbrozarla desde tiempo atrás, o tal vez desde siempre.

Busqué con mi mirada huellas de lobos, sarrios o alimañas del bosque sobre la gruesa capa de nieve. Siempre se podían distinguir docenas de marcas con un simple vistazo, cuando no a los propios animales, escabulléndose precipitadamente ante la presencia humana o calculando sus posibilidades de ataque detrás de unos arbustos. Pero en aquel lugar no había más huella que la escalofriante herida abierta en la tierra que nos servía de camino.

Se me ocurrió que el avance de aquella criatura debía haber retumbado por todo el valle la noche anterior como el arrastre de un tronco colosal tirado por mil esclavos, y solo el fragor de la tormenta lo había mantenido apartado de nuestros oídos hasta que ya lo teníamos al pie de la empalizada.

—Él sabe a dónde nos encaminamos —dijo en algún momento Filipo, que marchaba a mi lado. Me miraba de refilón y comprendí que su pensamiento esperaba una confirmación.

—Arranes sabe lo que hay que hacer —respondí—. No sientas temor por eso, Filipo.

—No lo siento —se apresuró a rechazar.

A su derecha caminaba un legionario enorme que no abría la boca ni para expulsar el aliento y cuyo nombre no recuerdo con seguridad, aunque podría ser Valerio. Él, al igual que los demás legionarios incluido Filipo, llevaba su escudo atado a la espalda y el *pilum* en su mano izquierda. Su calzado de sandalias reforzadas, muy parecido al mío, difícilmente era el más apropiado para caminar sobre tierra nevada; se sucedían los resbalones y la humedad calaba hasta el tuétano. Pero las zancadas no se acortaban.

Viéndolos entendí que el imperio de Roma se extendía por el mundo no tanto gracias a la pericia o la osadía de sus generales, como por el paso firme de cada legionario. Cada uno de ellos es un ejército. Cada uno de ellos es Roma.

Un profesor del Palatino me había dicho en una ocasión: «La grandeza de un guerrero no se mide en yardas conquistadas, se mide por la grandeza del enemigo al que derrota; así el nombre del gran Escipión se halla escrito en letras de oro en la memoria de Roma por mor de su victoria sobre el temible Aníbal, más que por todas sus tierras conquistadas». Aquella aserción adquiría allí más sentido que nunca, pues a mi entender el suelo que martirizaba nuestros pies, estéril e inhóspito, no merecía la sangre de un solo legionario, mas el enemigo que nos aguardaba en la maleza era de tan oscura grandeza que su derrota sin duda enaltecería nuestros nombres a la leyenda en cuanto llegara a los oídos de Roma.

Si alguna vez llegaba.

El tribuno no había procurado provisiones de ningún tipo para nuestra liviana expedición; de esta manera trasladaba a los voluntarios la confianza en una campaña fugaz, de un día o dos a lo sumo. Valía más esta certeza que molestaban los gruñidos de nuestras tripas hambrientas, ya acostumbradas a esperar.

Pero al declinar el día, después de horas y horas de marcha ininterrumpida sin un vislumbre de nuestro objetivo ni un gesto claro de nuestro guía, noté crecer la inquietud del grupo. Tal vez alguno se habría decidido a hablar, en representación de las dudas de todos, si no fuera porque de súbito nos alcanzó de frente una vaharada de aire caliente, más hedionda y pegajosa que todas las anteriores. Los caballos comenzaron a lanzar bufidos y detuvieron su marcha, pateando la nieve con furia nerviosa. Era la misma locura que les había conquistado el seso durante la tormenta, y ni siquiera Arranes podía mantener dominado a su fiel Argo. Marco Arrio temió un encabritamiento y se apresuró a desmontar su bestia antes de que esta lo mandara volando, por cuidado de su pierna rota. Veleyo se fajó con la brida tenazmente durante un tiempo, hasta que el animal se alzó sobre sus cuartos traseros, soltando un fenomenal relincho, y tal como vaticinaba Marco Arrio el jinete acabó dando con su espalda en la tierra.

Arranes saltó ágilmente e incluso logró deslazar su *pilum* de los correajes del caballo, pero nada pudo hacer para evitar que se uniera a los otros dos corceles en una estampida enloquecida, perdiéndose cada uno por un extremo distinto del inmenso hayedo.

Pasaron unos instantes hasta que alguien se atrevió a hablar; todos sentíamos que la espantada de los caballos significaba una inminente amenaza, y mirábamos las sombras cada vez más tupidas entre los árboles esperando que se desencadenara el ataque.

Pero nada sucedió.

—¡Maravilloso! —exclamó al fin Marco Arrio, regocijado por su propia enajenación—. ¡Los dioses nos son propicios!

—Pernoctaremos aquí —anunció de pronto Arranes, y todos miramos a nuestro alrededor sorprendidos. Nos encontrábamos en el mismo corazón de una apretada arboleda.

—¿Aquí, mi tribuno? —dije.

—Aquí —zanjó él, clavando su lanza en la nieve.

—Se oye el rumor de un río muy cerca, tribuno —insistí, advertido por mis mediocres conocimientos militares de que aquella era una pésima posición de acampada—. Tal vez sería más adecuado buscar un claro en su ribera...

—¿No has oído a Arranes, escribano charlatán? —terció insospechadamente Marco Arrio, arrastrando su pierna mala hacia nosotros—. Acampemos en este lugar.

El vascón cruzó una opaca mirada con Arrio, quizá sorprendido, y luego dijo:

—Abrid un hueco en la tierra para templar vuestros cuerpos. No podremos hacer ninguna hoguera.

Estábamos ateridos, y la idea de una noche sin el abrigo de una llama se antojaba un suplicio cercano al suicidio, mas todos nos pusimos a cavar sin vacilación, utilizando nuestras cortas y anchas espadas. Solo Marco Arrio, que bastante tenía con mantener el equilibrio sobre su pierna entablillada, se quedó a parte junto a su inseparable Veleyo, ambos trazando círculos con su mirada. Vigilantes.

Las siluetas de los árboles se estaban apagando bajo la sombra de la montaña que se alzaba al oeste. Nos sumergíamos en la noche.

Acurrucado en mi hueco en la tierra, abrazado a mis rodillas y tiritando más de angustia que de frío, comencé a pensar en mi familia de Capua. Mi padre, el viejo senador retirado a campesino, un buen hombre que siempre me había amado y había pretendido lo mejor para mí. Mis hermanos, ay, cuando la abyección y el egoísmo aún no había hecho presa en sus espíritus débiles y yo los quería con toda la juventud de mi corazón; ¡cómo los añoré aquella noche!

Un búho se hizo oír desde una rama no lejana, y su voz gutural me tranquilizó. Mientras las bestias del bosque no sintieran ningún temor, yo tampoco debía hacerlo.

Pensé también en Sexto Asellio, deshaciendo el camino nevado al mando de la maltrecha Quinta Cohorte. Sin duda habrían acampado en el poblado de Iturissa para pasar la noche y partir con las primeras luces del alba, junto a la rezagada centuria de Luso… ¡Qué equivocados estaban mis cálculos en esto! Y allá abajo, en Olcairun, Pompeyo tendría hoy que seguir buscando la modorra en el fondo de una tinaja de vino, ya que el miedo a motines y rebeliones no lo dejaría dormir en paz mientras no viera entrar por sus murallas a Asellio con el cargamento de trigo. Un cargamento escaso, demasiado justo para tanta tropa con hambre atrasada, pero que debería bastar. Tenía que bastar, o de lo contrario todo nuestro sacrificio habría sido en vano.

Pasaron horas, y yo seguí con mi mente puesta en aquel trigo que habíamos recuperado por mantenerla lejos de otros pensamientos más tétricos. Pensamientos como que allí éramos catorce hombres ateridos en mitad de un bosque inhóspito en las profundidades de ninguna parte. Tan lejos de Roma. Tan lejos de Capua.

Me estremecí de pronto al notar el silencio. Ya no se escuchaba el ulular del búho, ¿desde hacía cuánto tiempo? Levanté mis párpados, que antes me había obligado a sellar para aislarme en mis sueños, y forcé mis pupilas a que indagaran en las siluetas de la noche. Los bultos a mi alrededor pertenecían a los demás integrantes de la expedición, apretados como yo en sus minúsculos refugios. No podía distinguir sus ojos abiertos o cerrados, pero les supuse haciéndose la misma pregunta de mí. Uno de los auxiliares mauritanos, reconocible por su envergadura y su enmarañada melena africana, movió la cabeza hacia un lado y después hacia el otro. ¿Habría sentido como yo latir un mal augurio en el súbito silencio?

La figura de un hombre se separó de un árbol más atrás, haciéndome contener el aliento, pero de inmediato reconocí al legionario Veleyo. Debía estar de guardia. ¿O es que jamás dormía? Quizás a él le resultaba más fácil descansar con la mirada puesta en las formas de la selva que abandonándose al torbellino de sus sueños, donde sus propios crímenes y las criaturas de la noche anterior unirían su horror en un festín de sangre y locura.

De pronto, Veleyo hizo un gesto con la espada en dirección a mí. ¿Qué pretendía...? Una mano se posó en mi hombro, y ahora no pude contener una cortada exclamación.

—Aguanta el grito, Celio Rufo —dijo Arranes, que se había inclinado sobre mi espalda para susurrarme—. Despierta a los hombres, uno a uno y en silencio.

—¿Nos atacan? —pregunté en vano. El tribuno ya se había alejado de mí para adentrarse unos pasos en la espesura.

Me moví deprisa, forzando a mis músculos entumecidos. El corazón volvía a latir frenéticamente en mi pecho y pronto me descubrí temblando de pies a cabeza, mientras pasaba junto a los voluntarios tocándoles el hombro. Todos comprendieron que había peligro sin necesidad de una sola palabra, y se armaron con presteza.

Marco Arrio se había incorporado también, con el látigo bien dispuesto en su mano derecha como si no recordase la tabla que le inmovilizaba la pierna y que lo mandaría al suelo en cuanto lanzara el primer chasquido al aire. Sin duda él había sufrido la peor vigilia, infectado por los dolores y el ensordecedor griterío de su demencia.

Silencio. Solo la respiración de cada uno de nosotros, detenida hasta casi el ahogo, confirmaba nuestra propia presencia en aquel bosque fantasmal.

Arranes no había dado otras instrucciones que las susurradas en mi oído, de modo que todos permanecíamos alerta sin saber muy bien a qué atenernos, con las manos aferradas a las empuñaduras de nuestras espadas y los músculos templados para la batalla. Buscábamos en la oscuridad. Esperábamos sin querer saber qué.

Me impacienté, no tanto por mi propio miedo, sino por haber perdido de vista a mi tribuno, que había fundido su perfil en la negrura de la arboleda. Anduve unos pasos en la misma dirección, despacio como un predador acechante, atento a cada contorno, cada hierba, cada rama. La luna, cuya esplendorosa redondez no habíamos podido contemplar por la tormenta pasada, hacía crepitar la nieve en fantasmagóricos destellos, pero resultaba imposible discernir en su superficie las huellas de las sombras.

Lo primero que noté fue el olor, intenso y familiar. Queso rancio. Sudor.

—Huelo algo... —comencé a decir, pero me interrumpió el súbito movimiento de Veleyo, unos pasos a mi derecha. Con la velocidad y la precisión de una ballesta asió su lanza y la mandó volando a través del aire congelado, siseando como una flecha invisible, hasta dar con la silueta que se agazapaba furtiva entre los árboles. El grito de dolor fue inequívocamente humano y creo que todos nos sentimos aliviados al oírlo. Las blasfemias que siguieron me sonaron vasconas, pero antes de que pudiera volverme hacia Arranes para comprobarlo me encontré con una daga pegada a mi cuello y el aliento pestilente de un asaltante sobre mi nuca.

—¡Tienen al tribuno! —avisó un legionario en la penumbra. Mis ojos quisieron buscar a Arranes pero antes vieron el resplandor metálico de otra daga sobre el cuello de Marco Arrio. Quise gritar que yo también estaba sometido, mas el acero en mi garganta aconsejaba silencio.

Al cabo de unas voces y unos vaivenes nerviosos quedó clara la situación. El grupo de atacantes era reducido, no más de seis o siete, pero nos habían tomado ventaja. El tribuno Marco Arrio, un soldado númida —Medof, tal vez— y yo estábamos inmovilizados, pendiente nuestra vida de tres filos surgidos de la oscuridad. ¿Qué hubiera pasado si los capturados hubiéramos sido solo el pobre negro y yo? Prefiero no pensarlo. Sin embargo el tribuno era una buena pieza y la amenaza sobre su pescuezo mantuvo quietos a los demás legionarios, incluido Veleyo.

Arranes regresó al fin ante mi vista, caminando despacio entre los desconcertados miembros de su expedición, espada en mano. Sus movimientos eran meditados pero su respiración agitada. Entonces miró hacia donde yo estaba y dijo:

—Gogor.

Comprendí que se estaba dirigiendo al mastodonte detrás de mí. Este respondió en su idioma:

—Bajad las armas. No queremos luchar.

Arranes se lo ordenó a sus hombres, que lentamente enfundaron sus defensas. Solo Marco Arrio, desafiando la daga bajo su nuez, protestó ante la resignación del otro tribuno.

—¿Qué estás haciendo? ¿Nos vamos a dejar asaltar por unos salvajes?

—Son amigos —respondió Arranes, mientras reconocía el rostro alargado de Unai tras los bucles de Marco Arrio—. Puedes soltarlo, Unai. Nadie va a pelear aquí.

El vascón de ojos de topo —¡o debería decir murciélago, puesto que en la noche parecían mostrarse más agudos que durante el día!— soltó su presa y retrocedió un paso, desconfiado. La mano de Marco Arrio voló a la empuñadura de su látigo en busca de impulsiva venganza, pero Arranes lo paró.

—He dicho que no va a haber sangre. Nuestro enemigo es otro.

Gogor me quitó de en medio con un empujón y no me alegré más de notar mi cuello indemne como de haber librado mi nariz de su pestilente aliento. Detrás de los arbustos, el vascón herido se incorporó con el *pilum* de Veleyo clavado en su hombro, más enredado en sus sucias capas de harapos que en la carne, se lo arrancó con un gruñido de furia y luego se acercó a su propietario para devolvérselo, intacto. Aquello era un insulto, una broma que hubiera merecido buenas carcajadas en cualquier otro escenario, pero que aquella noche se zanjó en el silencio de dos guerreros inquebrantables. Otros cuatro vascones emergieron de los árboles para completar lo que parecía haber quedado de la turma, que ya ni merecía dicho nombre por haber perdido sus monturas.

—¿Estás bien? —noté la voz de Filipo a mi espalda. Su pecho aún subía y bajaba acelerado, seguramente como el mío. Asentí.

El melenudo Gogor se acercó a Arranes y los dos líderes comenzaron a hablar en su lengua mientras nuestros corazones volvían a recuperar su trote medido. Todavía me asombro al recordar aquel encuentro como un momento de paz, un extraño remanso en medio de las violentas corrientes de la noche.

Incluso Marco Arrio renunció a sus protestas. Sus ojos evitaban cruzarse con los de Gogor igual que este mantenía bien apartados los suyos. Ambos eran conscientes de que una mirada frontal solo podía ser seguida por la espada y la sangre después de lo sucedido en la tienda enfermería la otra noche. Tal vez al amanecer, cuando las sombras levantaran el velo de prudencia sobre su odio...

El coloso de pelo negro convenció a Arranes de que podían encender una hoguera para calentarse. Antes de echarse sobre ellos, su grupo había caminado en círculos por el valle sin encontrar rastro alguno de sarrak.

—En realidad no hemos vuelto a ver ninguno vivo —apuntó Unai, ya sentados alrededor de una cimbreante llama. Había un turno de guardia pero podía sentir las dispares figuras de toda nuestra expedición detrás de nosotros, sus oídos atentos a las noticias.

Arranes, como yo, se preguntaba cuál habría sido el periplo de los vascones desde la infausta hora de su abandono. Esperábamos cualquier historia menos la que salió de los labios rajados de aquellos dos hombres.

—Os estuvimos siguiendo de lejos —contó Unai en latín, respaldado por el silencio cómplice de Gogor. Recuerdo que miré a Arranes y luego a Marco Arrio por lo que aquello significaba. Solo había dos posibles razones para seguirnos: sorprendernos en una emboscada, quizás en alianza con los montañeses, o bien esperar a que las fuerzas maléficas del bosque nos dejaran reducidos a huesos para saquear nuestra impedimenta como animales de carroña. Los dos tribunos dejaron que la historia siguiera su curso, esperando quizás al final para saldar cuentas—. Escuchamos vuestros gritos cuando os atacaron los sarrak, en el corazón del bosque. Rodeamos el valle para adelantaros hasta el Urkullu, donde vimos lo que quedaba del campamento romano. Cuando llegasteis arriba nosotros ya nos habíamos refugiado en una cueva, al pie de la ladera sur. Esa noche...

Unai tragó saliva y se quedó trabado. Gogor le pasó el odre de vino. El jefe no esperó para continuar y esta vez fue Arranes quien traducía sus palabras para nosotros:

—Esa noche el aire se hizo espeso como el aceite... Se sentía que iba a pasar algo... Los caballos se volvieron locos, no pudimos hacer nada para detenerlos... Entonces empezamos a escuchar el ruido... y lo vimos...

Arranes no resistió una nueva pausa.

—¿Qué visteis, Gogor?

El gigante alzó los ojos de las brasas.

—Vimos a Su Gaar. Como una víbora del tamaño de cien osos, deslizándose por delante de nuestra cueva, rodeando la montaña.

Arranes asintió lentamente y se tomó su tiempo para hacernos comprensibles sus palabras. Me pareció que el semblante de Marco Arrio mudaba, quizás sorprendido por su repentina comunión en el horror con el bárbaro. Dos hombres que han visto lo que ellos vieron deben sentir un nexo más fuerte que cualquier odio humano latiendo al mismo compás en el fondo de su alma.

—Muchos de los nuestros salieron —intervino Unai, recuperado el calor de su garganta—. Querían verlo. Y no les culpo. El horror y la fascinación caminan de la mano cuando se escucha el paso de la muerte.

—Yo ordené que nadie saliera. —Gogor sacudió la cabeza y apretó los puños—. Pero no me hicieron caso. ¡No me escucharon!

Unai repitió sus palabras. Esta vez fue mi lengua de escribano la que se arrojó en una pregunta que sonó espantosamente matemática:

—¿Cuántos cayeron?

—Once muertos y seis malheridos —respondió Unai sin vacilación; creo que había algo de contable también en el alma de aquel hombre. La lengua de su jefe ya no podía parar y tuvo que reanudar deprisa la traducción—: Luego salimos los demás, para intentar rescatarlos... Estaban destrozados... Alguno pedía auxilio sin saber que le faltaba medio cuerpo... La serpiente se marchaba pero todos pudimos verla... Nunca...

Las palabras de Gogor se ahogaron en un balbuceo de dientes apretados, seguramente lo más cerca que ese hombre había estado en su vida de quebrarse en un llanto. Unai continuó:

—No pudimos ayudarlos. Los que aún podían hablar habían perdido todo el juicio. Cuando el sol ha salido esta mañana solo quedábamos nosotros siete con vida.

Arranes puso su mano sobre el hombro de Gogor.

—Siento tu pérdida como si fuera mía, hermano.

El greñudo rechazó su gesto. Había algo más agazapado en su mirada. Una fuente de desprecio todavía sin revelar.

—No te das cuenta del daño que estás causando a tu gente, Arranes —habló Unai, dando voz ahora a los oscuros pensamientos de su líder.

—¿Por qué hablas así? —replicó mi tribuno, honestamente herido.

Unai cruzó sus ojos con los de Gogor en busca de asentimiento y siguió adelante. Cada sílaba caía ahora como un paso firme de soldado:

—Vuestro avance es lento por estos bosques. La mañana que abandonamos el campamento tuvimos tiempo sobrado de regresar a Iturissa y luego daros alcance.

En ese momento noté que Marco Arrio se enderezaba afanosamente sobre su pierna entablillada, al otro lado de la hoguera. Nadie más pareció advertirlo.

—Antes de llegar al pueblo vimos las cruces —dijo Unai.

—¿Cruces? —repitió Arranes. Yo estaba tan perdido como él.

—Para entonces ya habían retirado los cuerpos.

Por alguna razón dirigí mi mirada hacia Marco Arrio, pero el tribuno ya había desaparecido detrás de las sombras. Una espantosa intuición comenzó a tomar forma en mi cabeza, ¡y se revelaría tan acertada!

—¿Qué cuerpos? —exigió Arranes, cada vez más alarmado.

—Los de todos los hombres de Iturissa, por supuesto —respondió Unai con la irritación de quien tiene que explicar cosas evidentes.

—¿Qué estás diciendo? —balbuceó Arranes, y se volvió hacia mí como si yo pudiera aclararle algo. Creo que mis pensamientos en verdad andaban más ligeros que los suyos hacia la luz del nuevo horror, pero encogí mis hombros.

Gogor interpeló al tribuno roncamente:

—Vamos, Arranes, no pretendas sorpresa. ¿Quién si no tú podía ordenarlo?

La pregunta encerraba la respuesta y al fin Arranes comprendió. Como un resorte de catapulta se alzó sobre sus pies y buscó con su mirada alrededor del fuego. Marco Arrio se había retirado junto a su fiel Veleyo y permanecía apoyado en un tronco, escuchando con pretendida indolencia.

—¿Estás diciendo que la Legión crucificó a los hombres de Iturissa? —urgió Arranes. La expresión de Gogor reflejaba un esfuerzo por discernir la sinceridad o la impostura del tribuno—. ¿Cuándo?

—Pero no deberías preocuparte ya de eso —fue la enigmática respuesta de Unai.

—¿Cómo que no debería...? —Descolocado, rabioso, Arranes se volvió de nuevo hacia su colega tribuno—. ¡Marco Arrio! Alguien tiene que explicarme lo que está pasando aquí, o de lo contrario...

Gogor deshojó entonces las cuatro palabras de una frase que dejó paralizado a Arranes. Los demás intercambiamos miradas nerviosas.

—¿Qué ha dicho? —no resistí a preguntar.

No fue Arranes quien me respondió, sino Unai:

—Ellos también están muertos.

—¿Ellos? —Ahora la alarma entre los expedicionarios nos hizo ponernos en pie, vacilantes, como si la magnitud de la revelación necesitara imperiosamente una respuesta física—. ¿Quiénes?

—Los soldados, claro. Todos. Las mujeres del pueblo envenenaron su agua esa misma noche. A los que tardaban en morir los degollaron.

—Por Roma... —fueron las primeras palabras que Arranes pudo articular, arrastradas, quizás sin darse cuenta de que hablaba.

Mis ojos se enredaron en las llamas creyendo ver en ellas las imágenes de la miserable traición: las miradas de vacilación entre los legionarios antes de atreverse a cumplir las órdenes de Arrio, el apresamiento brutal de los ancianos mientras las cruces eran fabricadas y levantadas, los gritos angustiados de las mujeres al comprender el inminente holocausto, la lenta agonía de los condenados, desnudos y clavados como estandartes de muerte en medio de la niebla... Y más tarde, en medio de la noche, los susurros conspiradores de las mujeres, los pasos furtivos para derramar la terrible pócima en las tinajas de agua hervida, caldo letal que calentaría por vez postrera los estómagos de los infelices soldados, silencio, gemidos, gritos y más silencio, y la danza al fin de treinta dagas afiladas como el hielo, cercenando las gargantas romanas aún aferradas a un último aliento... ¡Qué espeluznante bienvenida para el confiado Sexto Asellio, que ya habría puesto sus pies de regreso en la aldea! ¿O acaso habían tenido tiempo las asesinas para esconder todos los cadáveres y fabular una historia engañosa? No, la astucia del centurión era aguda... y su pulso firme cuando llegaba la hora de la justicia. Casi me pareció escuchar los chillidos brujiles de las mujeres en la agonía de su castigo, como el eco de fantasmas atormentados recorriendo la noche por los valles del Pirineo…

Marco Arrio se había acercado de nuevo a la hoguera, apoyado en su bastón.

—¿Toda una centuria asesinada por unas mujeres? —dijo, demasiado atónito para darse cuenta de cuál era su situación tras la fatídica crónica.

Sucedió en un instante. Arranes se plantó ante él en dos zancadas y le rompió la nariz de un puñetazo. El romano perdió su pobre equilibrio y cayó de costado, gritando de dolor. Veleyo reapareció de las sombras y antes de que el vascón pudiera verlo venir tenía la punta de su espada bajo la barbilla.

—¡Nooo! —aullé por mi tribuno, mas poca era la ayuda que yo podía darle. ¿Y quién más, de los allí presentes, osaría poner su cuello delante del de Arranes para intercambiar su muerte? ¿Acaso Filipo, que concentraba toda la tensión de su cuerpo en la empuñadura de su espada? No, tampoco él.

Solo un giro de muñeca y la vida del héroe vascón se marcharía a borbotones por el filo de aquella espada vil. Pero Veleyo dudó. Su mentor yacía gimoteando en el suelo, con el rostro cubierto por las manos, aún perdido en una nube de aguijones punzantes e incapaz de asumir ninguna orden coherente. Quizá de haber esperado lo suficiente esa primera orden habría sido «¡Mátalo!», y Veleyo hubiera dado rienda suelta a su espíritu sanguinario.

No hubo tiempo.

El enorme corpachón de Gogor se abalanzó sobre el asesino levantándolo del suelo. Volaron sobre la hoguera y aterrizaron al otro lado con el retumbo de un gran tronco al desplomarse. La espada de Veleyo había quedado atrás y las dos bestias humanas se desbocaron en una sucia maraña de puños y garras. Era una lucha a muerte, un volcán de odio en erupción que calcinaría inmediatamente a quien se atreviera a acercar sus pasos.

Arranes los miraba inmóvil, una gota púrpura deslizándose por su cuello y la mano dispuesta sobre su espada. En el suelo, Marco Arrio se estaba incorporando penosamente; la sangre que manaba de su nariz invadía su boca y era arrojada en pringosos escupitajos. El joven tribuno no miraba sin embargo a los contendientes, sino al hombre que le había destrozado la cara y el orgullo. Iba a matarlo, se leía en sus ojos. No ahora. Pero la decisión estaba clavada en su alma como la punta metálica de una lanza. Regresaría con el cadáver de Arranes a Olcairun o jamás regresaría.

—¡Cuidado! —Unai alzó el grito al advertir el destello de una daga en la mano de Veleyo.

Hasta tres veces la vimos hundirse en el torso de Gogor, pero quizás las gruesas pieles le sirvieron de escudo porque el gigantón no cedió un palmo a su rival. Rodaron por la nieve hacia un lado, luego hacia el otro. La frente del vascón embistió la nariz de Veleyo con un crujido de huesos, solo para enfervorizar la rabia del romano que se revolvió hasta poner la espalda del otro en el suelo. La daga se levantó por encima de sus cabezas y parecía avecinarse el golpe de gracia, pero entonces Arranes dejó atrás sus tribulaciones y arremetió una patada en el costado de Veleyo. El asesino volcó doblado, sin aliento. Gogor se incorporó —entonces pudimos ver que le sangraba el pecho— y sin conceder tregua se inclinó sobre Veleyo. Le arrastró de un brazo hacia el fuego.

—¡Roma te exige que lo liberes, salvaje! —se oyó exclamar a Marco Arrio, como si cualquier invocación de autoridades lejanas pudiera marcar alguna diferencia en aquel grupo de hombres a la deriva, perdidos en el corazón de un bosque tan primitivo como el primer rayo de tormenta.

Nadie detuvo a Gogor. Solo Marco Arrio podría sentir algo parecido a la lástima por el villano, y sus fuerzas estaban lejos de ser suficientes para intervenir en su defensa. Fue un espectáculo horrible.

Veleyo boqueaba para recuperar el aliento y era vagamente consciente de ser arrastrado, pero sin duda no podía imaginar las intenciones del gigante vascón. Cuando sus manazas le rodearon el cuello, Veleyo quiso retorcerse. Sus músculos despertaron del momentáneo aturdimiento y un ciclón de golpes se abatió sobre el cuerpo entero de Gogor, sin conseguir apartárselo de encima.

Pero no era un simple estrangulamiento lo que Gogor pretendía. El asesino de mujeres vasconas merecía algo más.

Gogor arrastró por el suelo a Veleyo hasta poner su cabeza sobre la leña ardiente de la hoguera. Las llamas engulleron su rostro, contraído en una mueca de espantoso dolor, pero también alcanzaron las manos del propio Gogor, cerradas sobre el cuello del yaciente.

Gogor no las apartó. Dejó que ardieran igual que la cabeza de su enemigo.

Intento atrapar aquel momento con toda la pericia de mi memoria y todavía me espanto al comprobar que ninguno de los dos gritó mientras las llamas devoraban su carne. Las piernas de Veleyo se rebelaban pateando el aire, Gogor apretaba los dientes... Y un nauseabundo olor a pelo y piel quemados asaltó a los que rodeábamos la hoguera.

Pronto terminó la agonía.

Arranes se acercó al fin a Gogor y lo apartó del fuego. Sus manos eran un despojo de carne roja y abrasada. Alguien tiró también de los pies de Veleyo, ¡ojalá no lo hubiera hecho! No creo que pueda olvidar mientras viva la visión de aquella cabeza consumida, pero con una expresión de infinito dolor aún reconocible. ¡Y su cicatriz en forma de Y todavía hundida en la mejilla, como si la marca del demonio fuera a acompañarle hasta las mismísimos abismos del infierno!

Unai mandó a alguno de sus hombres que trajera nieve y prestamente embadurnaron con ella las deshechas manos de Gogor antes de cerrarlas con un apretado vendaje. El coloso no alteró el rostro, quizás porque ya no las sentía, quizás porque sabía demasiado bien que tantos esfuerzos eran inútiles. Era cuestión de horas que aquellas llagas se infectasen irremediablemente y no quedaría otra opción que amputar los miembros heridos. Su corte en el pecho era poco profundo pero mermaba las debilitadas energías de su corazón, al que casi se podía oír latir con una pesada cadencia de elefante.

Arranes se acercó a la roca donde estaba sentado.

—Me has salvado la vida —dijo.

Gogor lo miró. Uno de sus ojos estaba lleno de sangre.

—Vamos a ir contigo —fue su respuesta. Sabía bien lo que significaban sus palabras.

—Tal vez no regresemos —advirtió Arranes, como si el mercenario no contara ya con esa posibilidad cada vez que le encontraba el alba.

—¿Y a dónde quieres regresar? —atajó con algo parecido a una sonrisa.

¡A Olcairun, por supuesto! ¡A Roma! Es lo que yo hubiera contestado a pleno pulmón y con ganas de abofetear la estúpida cara del gigante. Pero Arranes se quedó sin voz. En el fondo tenía mucho en común con Gogor y los suyos, a pesar del destello de su coraza y sus galones legionarios. Era un apátrida, un extranjero en todas partes, alguien a quien nadie esperaba calentando el hogar. ¿No era ese el objeto de la búsqueda de Arranes, el verdadero sentido de la peligrosa expedición en la que nos había embarcado a todos? Ganarse un pasado, volver a plantar sus raíces cortadas, recuperar un linaje al que muchos honraban hasta su partida.

Por eso el tribuno vascón no encontró palabras y se marchó del lado de Gogor con el mentón pegado al pecho. Era demasiado temprano para enfrentarse con todos sus fantasmas.

Mi atención se desvió entonces hacia Marco Arrio. Un soldado de la tropa regular se había acercado para dar algún cuidado a su nariz rota, pero el tribuno lo apartó de un manotazo. Su respiración lanzaba nubes de ira regurgitada.

—Se está apagando el fuego —dijo alguien, y al cabo de unos instantes solo quedaron rescoldos esparcidos donde antes había una hoguera.

El silencio de la noche nos envolvió otra vez, más frío.

Amaneció tan suave, tan lentamente, que casi no me di cuenta. La niebla había espesado en un muro que la luz se batía por atravesar, apenas descubriendo siluetas imprecisas. Las hayas seguían allí, mirándonos desde sus altas cabelleras desnudas. Los veinte hombres, más un cadáver, seguíamos también allí, agazapados en nuestros nidos de nieve. Nadie había dormido. ¿Cómo hacerlo, sin estallar en una locura de pesadillas monstruosas? ¿Cómo osar dormirse cuando la figura que respira a tu lado podría deslizarse y cortarte el cuello en cualquier momento? Vascones, romanos, númidas, odios ancestrales de pueblos enemigos alimentándose de odios personales y venganzas de sangre... ¿qué nos mantenía unidos alrededor de aquella hoguera extinguida? ¿Por qué no salía cada uno corriendo por su lado, buscando una suerte que no podía ser peor ya? ¿Acaso no íbamos al encuentro del más horrible de los destinos, agazapado en alguna gruta de las montañas?

Supongo que para unos era el dinero; el sueño de iniciar una nueva vida al regreso, comprarse una granja en las afueras de Roma y contemplar el paso de los otoños desde un tranquilo triclinium, con la única preocupación de mantener a la memoria dormida. Otros aspiraban tal vez a medrar en la Legión y se veían condecorados por la mano de Pompeyo, como mi apreciado Filipo. Alguno quizás estaba tan embrutecido por los años de guerra que no sabía diferenciar una campaña de la otra, ni necesitaba razones para empuñar su espada. Marco Arrio ya solo anhelaba venganza.

En cuanto a Arranes...

—Quiero hablar contigo —escuché su voz en mi oído—. ¿Tienes los rollos para escribir?

—Sí —pronuncié roncamente. No esperaba aquello y por un instante temí haber perdido mi material de escritura en algún lance de nuestra accidentada marcha, pero hallé todo en mi bolsa de piel.

El tribuno acarreaba la misma máscara ojerosa de profundísimo cansancio que todos nosotros, mas su mirada estaba poseída de una intensa determinación. Tan discretamente como era posible en aquel pequeño anfiteatro de hombres vigilantes, Arranes me guió entre los árboles hacia una gran roca que emergía de la tierra como un hueso dislocado de la montaña. Trepó a lo más alto y lo seguí, aunque la tupida cortina de niebla impediría cualquier avistamiento.

Lo que hizo Arranes fue sentarse arriba.

—Vamos, siéntate, no me alargaré demasiado —dijo con voz pausada. Me acomodé a su lado y preparé mis pergaminos. La tinta se había compactado en una pasta semi congelada pero todavía serviría para untar mi pluma por una última vez.

Observé sorprendido el temblor de mi mano. ¡Tanta era mi ansiedad por escuchar lo que Arranes tenía que confesar! Y ciertamente sus palabras comenzaron a brotar con un brillo acuoso de nostalgia, como quien se transmite un mensaje de despedida antes de marchar hacia los dominios de la muerte.

—Creo que mi primer deber es agradecerte tu valor, Celio Rufo —habló sin mirarme, sin esperar realmente una respuesta—. No tenías por qué estar aquí, y ahora te has convertido en mi único aliado. El único en quien puedo confiar ciegamente.

Arranes se quedó mirando la blancura que nos rodeaba. Ni siquiera se distinguían los árboles. Era como estar flotando en una nube, lo más cercano al pacífico silencio de la gloria que un vivo puede llegar a sentirse. Y estábamos los dos solos.

El tribuno desenvainó su espada. Una espada romana, sencilla, de doble filo y empuñadura de hueso. La sostuvo ante sus ojos largamente, como si en ella viera algo más que un pedazo de metal.

—Ni una muesca —dijo, y era cierto; el filo se desplegaba como una línea perfecta, sin interrupción ni mácula, incluso después del fragoroso batir contra los sarrak—. Esta que ves es una espada nueva, fiel escribano, forjada por los herreros de Olcairun hace apenas dos semanas. Una espada vulgar y sin historia, sin otra memoria que la grabada en estas nieves. No es el arma de un héroe.

—Su leyenda está por venir, tribuno —pronuncié serenamente—. Junto a la tuya.

La cabeza de Arranes se ladeó de forma casi imperceptible en un gesto de cansada incertidumbre.

—No hace falta que te diga cuán poderoso es el enemigo al que vamos a enfrentarnos hoy —siguió despacio, pasando sus dedos por la hoja—. Es muy posible que no salgamos con vida. Por eso es importante que tomes tus últimas anotaciones. No te diré cuáles. Solo las que tú creas que deben quedar consignadas en esos rollos. Por mi parte... Necesito esta confesión para apaciguar mi alma.

Asentí, notando la emoción crepitar en mis ojos.

—Los vascones no me perdonan por haber hecho carrera en el ejército romano. Me ven como a un extraño. Si solo pudiera hacerles entender que mis intenciones son las mejores para su pueblo, mi pueblo... Sé que nunca me aceptarán como líder, pero no importa. Están equivocados si piensan que esas son mis aspiraciones. No. Mi sueño es otro... —Y aquí sus tribulaciones tomaron un vericueto inesperado—: Ese niño, Neko... Sería como un hijo para mí; el hijo que ya no puedo tener. Mi aprendiz, mi heredero algún día. Un hombre noble, quizás un rey. El primer Rey vascón. ¿Estoy muy loco por soñar en algo así?

Loco no, pero una palabra mucho más turbia comenzó a formarse en mi mente: ¿Mi venerado Arranes, un sedicioso?

—¿Un rey? Pero tú amas a Roma, tribuno —dije vacilante.

—Roma tiene muchos aliados, reinos amigos. Vasconia podría ser uno de ellos. El más leal y el más deslumbrante de todos los reinos de Occidente.

—No lo sé, tribuno, yo...

—Habla libremente, querido escribano.

Iba a decirle que sus consanguíneos no lo aceptarían nunca como rey ni como padre de reyes; bien se había encargado el viejo Osaba de advertirlo de que su gente no los quería, igual que no quería la tutela de Roma. Los vascones, después de todo, no eran más que una tribu, y ninguna otra cosa pretendían ser.

Pero no fueron esos los argumentos que salieron por mi boca, sino unos que nacían de mi propia melancolía:

—Nada. Es solo que no puedo dejar de pensar en Capua. Este lugar me resulta tan extraño... No creo que nunca pudiera albergar hacia estos bosques otro sentimiento que terror y desconfianza. Me temo que no puedo compartir tus sueños para esta tierra.

El vascón asintió gravemente.

—Lo entiendo. Tus raíces están muy lejos.

—Pero he elegido caminar a tu lado —me apresté a concluir—. Y voy a hacerlo hasta que mis pies den su último paso, amado tribuno.

—Lo sé, Celio Rufo. Pero quizás ha llegado el momento de que partas de regreso a Olcairun. Alguien tiene que servir de heraldo para la historia.

—Dame un día más, tribuno —supliqué—. Luego regresaré, contigo o solo si así lo quieren los dioses.

Arranes me miró al fin. Un día más era todo lo que nos separaba de la muerte, y yo lo sabía tan bien como él. Su boca dibujó una triste sonrisa.

—Tantas lecturas te han ablandado el seso, ¿lo sabes?

—Dicen que donde se huela el aroma de la tragedia acudirá al menos un poeta con apetito de gloria —respondí, abrazando su broma como un cálido manto de pieles.

Luego permanecimos sin hablar durante un largo rato, asistiendo a la arremetida del amanecer contra la empalizada de bruma.

—¡Arranes! —nos despabiló al fin la voz impaciente de Marco Arrio.

Había llegado la hora. Arranes envainó su espada.

Marco Arrio había mandado enterrar al malaventurado Veleyo junto a la hoguera que le dio muerte, sin estelas ni señales. Debió pensar que el difunto preferiría pasar desapercibido en medio de aquel bosque extraño. Ignoro si se dignó a pronunciar algunas palabras en su memoria, pero me cuesta imaginar a ningún legionario —¡qué decir de los vascones!— sumándose al duelo.

Cuando Arranes y yo regresamos, el grupo ya estaba preparado para la marcha. Veinte almas camino del Averno, demasiado sometidas ya a su destino para hacer preguntas o expresar temores. Querían avanzar. Era lo que habían hecho toda su vida y querían hacerlo también el último día: poner un pie delante del otro hacia la lanza del enemigo.

O sus fauces.

Los mercenarios de Gogor —pero sería justo dejar de llamarlos así, pues ya ninguna recompensa esperaban— se mantenían ligeramente apartados, siempre recordándonos que no eran de los nuestros y nunca lo serían, aunque empuñaban sus hachas y espadas con la misma bravura incuestionable. Noté que Gogor hacía un gesto a Arranes con la cabeza, apenas un leve movimiento que quería significar: «Basta de palabras, hagamos lo que tenemos que hacer».

Así que Arranes alzó su mano derecha y dio la voz de movimiento, abriendo el paso. Dudo que nadie esperase un discurso, una arenga militar aquella mañana de niebla helada. Hagamos lo que tenemos que hacer, decían todas las miradas, basta de palabras.

No había vuelto a nevar y el surco de la serpiente —aún me resistía a imaginarla y quería ver solo un camino bajo mis pies, pero mi miedo no se dejaba engañar— guiaba con obscena diligencia nuestra marcha entre los árboles, en suave descenso, cada vez más cerca del corazón del valle.

Marco Arrio caminaba en mitad del grupo ayudándose en un legionario; de nada servía ya pretender unas fuerzas que no existían y una dignidad que se había partido en pedazos como su hinchada nariz. Gogor cerraba la columna con sus hombres; bastaba mirar el vendaje de sus manos, supurado de sangre y pus, para imaginar unos dolores que no se reflejaban en su rostro.

Yo seguía los pasos de Arranes como un sonámbulo, aún abstraído en sus últimas palabras y preguntándome si tendría algún plan, alguna remota idea de lo que haríamos cuando nos encontráramos con la criatura cara a cara. ¿Cómo podríamos siquiera plantarle frente un puñado de soldados heridos y extenuados, cuando toda una cohorte bien fortificada había perecido a su monstruoso ataque? Mejor no pensarlo. No había que pensar. Solo caminar. Adelante. Adelante.

En seguida nos sacudió en el rostro otra bocanada de aire templado y húmedo, casi viscoso, que venía del fondo del valle al que nos dirigíamos. Era como las que habíamos sentido el día anterior, y el otro, desde que pusimos nuestros pies en el llamado bosque de Mari, pero cada vez el aire llegaba más espeso y maloliente. Pocas dudas cabían ya de que estábamos aspirando el aliento exhalado por la bestia innombrable, y casi la intuíamos esperando pacientemente nuestra llegada en su guarida cercana.

La niebla no se levantó. Había decidido quedarse de testigo en el día de nuestro juicio, y parecía moverse con nosotros engullendo troncos, plantas y rocas. Todos los demás seres del bosque habían desertado, aunque sospecho que llevaban siglos sin dejar su huella por los dominios de la serpiente y sin aventurar su vuelo por encima de aquellas copas.

Era un lugar malsano y hasta la nieve parecía sentirlo.

Debía ser mediodía cuando llegamos a un pequeño claro encajonado entre peñascos, al pie de dos montañas. La atmósfera pesaba, preñada de vapores, como si camináramos por dentro de un río invisible. El surco horadado se desdibujaba en túmulos aplastados y barrizales encharcados; pareciera que la criatura se hubiese dado un festín revolcándose en aquel lugar. O tal vez nos sentía cerca y quería distraernos. Quizás no estaba observando en ese mismo momento, desde su escondite...

—Aquí hay algo escrito.

Nos volvimos hacia Aljar, el númida, pues suya era la voz. Se había alejado unos pasos ladera arriba, y estaba ante una roca que asomaba de la nieve como una lápida. Arranes fue el primero en llegarse hasta él, echó un vistazo a la piedra e inmediatamente llamó a Unai. El intérprete vascón clavó sus largas zancadas en la nieve y yo me apresuré a su lado, ardiendo de curiosidad.

—¿Lo entiendes?

El tribuno señaló la roca. Era un bloque gris cuadrangular, de aspecto muy primitivo, con unas inscripciones desgastadas. Representaban unas figuras sencillas, hechas de óvalos y cruces, y estaban alineadas como frases, pero desde luego no conformaban ningún idioma que mi vasta cultura pudiera identificar.

Unai necesitó acercar sus ojillos cegatos hasta un palmo, y luego asintió despacio.

—Una vez vi dibujos como estos, y un hombre al que tomé por borracho me dijo que eran palabras sarrak… Nadie puede saber lo que significan… Pero esperad, aquí debajo… —Señaló una línea estrecha grabada con más precipitación que destreza al pie del monolito—. Alguien ha intentado hacerlo comprensible para los ojos de un vascón… aunque es un dialecto antiguo… Creo que es una advertencia. —Se volvió hacia Arranes—. *Estas son las puertas de la oscuridad.*

El tribuno respiró profundamente, se incorporó y miró a su alrededor como si viera el bosque por primera vez.

—Hemos llegado —dijo.

Todos nos movimos nerviosos, buscando con los ojos y apretando las empuñaduras de nuestras armas. ¿Habíamos llegado? ¿Era posible? Más bien parecíamos habernos extraviado definitivamente en el vientre de las montañas, ahora que nuestro camino se extinguía en charcos de lodo.

Como en respuesta al tumulto de cavilaciones silenciosas, Arranes echó a andar veloz por entre las rocas. Nuestras miradas lo siguieron voraces. Estaba buscando. También Unai, y pronto todos los vascones andaban tras él rastreando la quebrada ladera. No quise perderlo de vista; temía que si lo veía desaparecer detrás de alguno de aquellos peñascos no volvería a saber de él. Se lo tragaría la tierra, estaba seguro, y los demás emprenderíamos una disparatada huida como una gallina sin cabeza, en busca de una agonía lenta y gélida por las faldas del Pirineo.

Y, en efecto, la tierra se abrió.

No fue bajo sus pies, sin embargo, y yo estaba tan pegado a mi tribuno que no lo hubiera dejado caer de todas formas, no sin acompañarlo al abismo aferrado a su brazo.

Oculta entre troncos y rocas desmoronadas de la montaña, encontramos la boca de una gruta. Primero la creí angosta, apenas una guarida de osos, pero al destrepar la pendiente de guijarros hasta ella me di cuenta de su verdadera magnitud. Y de algo más.

—Ha entrado aquí —dijo Marco Arrio, cuando nos alcanzó arrastrando su pierna entablillada.

Estaba en lo cierto; la tierra removida bajo nuestros pies, las piedras hundidas bajo un peso descomunal, las ramas quebradas, hacían adivinar el monstruoso paso de la serpiente hacia el interior de la garganta. ¿O hacia fuera? La respuesta llegó en forma de corriente de aire desde las entrañas de la cueva, ese aire viciado de aliento infernal que solo podía tener un origen. La serpiente estaba dentro. *Su Gaar* nos esperaba.

La expedición se congregó lentamente. Nadie salió corriendo, presa del pánico. Nadie conspiró por una postrer retirada. Ni siquiera se oyó un suspiro entregado. El único anhelo de aquellos hombres, llegados a ese lugar que tanto se parecía a la antesala del Averno, era hallar un timón al que asirse para mantener su rumbo entre las olas de la tormenta. Y solo Arranes podía ser aquel timón.

—Prende una antorcha, fiel Celio —me susurró el vascón, y luego se volvió hacia sus hombres para mirarlos de frente.

Nunca mientras viva olvidaré las palabras que salieron de sus labios, sólidas y limpias como el mejor cuarzo, investidas de un eco legendario.

—Este es el final de nuestro viaje —dijo—. Los dioses nos han permitido llegar hasta aquí con vida, o quizá solo debamos agradecérselo al vigor de nuestras piernas. No importa demasiado. Estamos aquí por una razón. Y no es por venganza, aunque bien la merecen los legionarios caídos sobre estas nieves. Ni siquiera es por el honor de Roma. —Calló un instante. Levantó la vista a las cimas que se escondían tras la niebla—. Estas montañas han visto el espíritu del hombre doblegarse ante los acechos del infierno durante siglos. Pero esa larga derrota ha llegado a su fin. Nosotros somos el espíritu del hombre, renacido de sus cenizas.

Arranes me tendió la mano, la misma que volvía a chorrear sangre por la herida del gato de Aliksa. Le entregué el hachón ardiente, y él lo alzó por encima de todas las cabezas.

—¡Somos la luz en las tinieblas! —bramó, y hasta los vascones que no habían comprendido sus palabras gritaron a todo pulmón con el puño en alto. Nuestras almas se habían fundido en una sola espada.

Después, entramos en la cueva.

La primera sala era amplísima, de techo tan elevado que en ella podría erguirse un cíclope. Las corrientes soplaban con urgencia, como si en cualquier momento fuéramos a escuchar el sonido de un gran portón al cerrarse, y la humedad del aire se materializaba a veces en gruesas gotas que nos caían desde la negrura. La luz de nuestros cinco hachones se extinguía antes de abarcar los confines de la estancia, pero bastaba para atisbar la veintena de bocas que se abrían ante nosotros, todo un mundo de túneles ignotos y retorcidos que nos aguardaba dispuesto como la red de un pescador a su inadvertida presa.

Marco Arrio portaba una de las antorchas.

—Tendrá que ser la más grande —exclamó, adelantándose hacia una de las galerías. El lacerante lastre de su pierna entablillada no era capaz de menguar su brío, ahora que llegaba la hora final—. Esta. Ninguna otra es lo bastante ancha para lo que yo vi.

Arranes buscó el rostro de Gogor y lo encontró bañado en sudores. El dolor de sus manos quemadas terminaría por enajenarlo, pero aún se dominaba.

—Era muy grande —se limitó a convenir el gigante vascón en su lengua.

Por Júpiter, yo no había visto al monstruo pero mi sentido me decía que había otras respuestas a nuestro dilema. ¿Cómo podían saber que el cuerpo del engendro no se estrecharía a voluntad para pasar por cualquiera de las aberturas, al igual que las serpientes más voluminosas se filtran en las casas por una rendija olvidada? ¿Quién podía hablar con tanta ligereza de un ser cuya naturaleza nos era un completo enigma?

Pero vi cómo Arranes asentía. He de decir que tampoco encontré argumentos para alzar mi voz y detenerlos. ¿Qué otra opción quedaba? Si queríamos continuar juntos, la galería más ancha parecía una buena elección. ¿Es que alguien estaba dispuesto a aventurarse en solitario por cualquiera de esos pasadizos? No yo, desde luego.

En columna de a dos, como si aún tuviera algún sentido preservar la formación militar, fuimos engullidos por la boca elegida. Cada movimiento lo realizábamos ya enteramente envueltos por el hálito pegajoso de la bestia, que parecía rezumar de las mismas paredes de la gruta. Recorrimos un centenar de pies en leve descenso, sin más obstáculo que un súbito escalón y alguna traicionera estalagmita. El murmullo de nuestros pasos crepitaba delator por cada rincón del abismo.

—Pisad con cuidado —susurró Arranes, y entonces entendí que el vascón albergaba la esperanza de sorprender a nuestro enemigo en alguna especie de letargo. Una esperanza remota y contraria a lo que decía nuestro instinto, pero quizás la única opción a la que nos podíamos aferrar en una lucha tan grotescamente desigual.

Pronto nuestras antorchas alumbraron una bifurcación. La galería se separaba en dos ramales de idénticas proporciones, desarmando el método de elección de Marco Arrio.

—Parece que habrá que dividirse —anunció Arranes, y cruzó una mirada con el otro tribuno. Marco Arrio no se movió; aunque el vigor le hubiera respondido para encabezar uno de los grupos no pensaba apartarse de Arranes. Sus destinos estaban atados hasta el final.

No le costó al vascón, sin embargo, encontrar a alguien dispuesto a asumir el segundo mando. El impetuoso Filipo dio un paso adelante.

—¿Cuál es tu nombre, legionario? —preguntó Arranes, quizá para decepción de mi entregado amante.

—Cayo Filipo, mi tribuno.

Arranes reconoció su valor con una inclinación de cabeza, y sin perder un instante dispuso el nuevo orden:

—Romanos, itálicos y mauritanos seguid todos a Cayo Filipo. Conmigo se quedarán los vascones, el tribuno Arrio y mi escribano. Marcad una F con el hachón en la pared derecha de cada nueva galería que penetréis; nosotros marcaremos una A. ¿Lo has entendido, legionario Filipo?

—Sí, mi tribuno.

—Que Júpiter sea piadoso con todos nosotros —concluyó Arranes. Luego dibujó una A cenizosa en la entrada de nuestra galería y abrió el paso hacia su interior.

Filipo hizo una F y se adentró por la otra galería con sus hombres después de dedicarme una última mirada, ¡una mirada de la que me han separado doce años!

Al seguir a mi tribuno no pude evitar pensar que quedábamos en desventaja respecto al otro grupo. Gogor y uno de sus jinetes andaban malheridos, Marco Arrio solo usaría sus menguadas fuerzas para conspirar, y yo era tan mediocre guerrero que casi no contaba. Al verme entre aquel penoso grupo de hombres, sin embargo, me di cuenta de que sentía mi alma más cercana a la de los toscos vascones que a la de mi compatriota Marco Arrio. Supongo que la vileza no entiende de orígenes.

Nuestra galería se angostaba a cada paso y se volvió traicionera, con inesperados requiebros y socavones. La mala vista de Unai le hizo dar con el suelo tres o cuatro veces, pero su diligencia no aminoraba. En una ocasión mi propio pie se deslizó por la grieta de una sima, los dioses sabrán de qué profundidad, y solo gracias a la mano rápida de Arranes salvé el equilibrio. Imaginé la angustiosa muerte que me esperaría allí abajo, con el cuerpo partido y abandonado en una infinita noche de piedra...

—Silencio —dijo de pronto Arranes, volviéndose hacia nosotros.

Todos contuvimos la respiración. Durante un instante solo escuché el martilleo de mi corazón en los tímpanos; entonces llegó algo más. Al principio lo tomé por un rumor de agua, una de las muchas corrientes ocultas que debían correr por aquellas grutas. Pero no era agua. Sonaba más bien como un cuerpo arrastrándose, deslizándose sobre la roca...

—Se está moviendo —dijo Marco Arrio.

Me estremecí. La serpiente estaba despierta; peor aún, estaba en guardia. Todas nuestras opciones de victoria se disipaban como el humo al viento.

—¿Viene hacia aquí? —La pregunta de Unai quedó colgando en el vacío. ¿Quién podía saberlo?

Entonces Arranes hizo lo único que tenía sentido hacerse, por mucho que nos aterrara. Siguió adelante. Escuché el murmullo de dos vascones, sentí algunas piernas vacilar por primera vez, pero uno detrás de otro todos secundamos los pasos de nuestro tribuno.

Al cabo de poco tiempo cesó el rumor, tan súbitamente como había comenzado. Nuestra ansiedad, lejos de sofocarse, se acrecentó de golpe. ¿Dónde se había detenido la bestia? ¿Estaba allí mismo, esperándonos a la siguiente vuelta del pasadizo, o en el otro extremo del laberinto? En semejantes elucubraciones estábamos cuando llegó otro sonido rebotando por los ecos de la cueva. Una risita.

Uno de los vascones habló y Unai asintió, repitiendo:

—Es un niño.

Arranes y yo nos miramos. En efecto sonaba como una risa infantil, pero no la de un niño. Más bien de una *niña*.

Y de pronto, los gritos.

Gritos humanos, gritos de horror y muerte.

—¡Es Filipo! —exclamé presa del pánico.

Nos revolvimos en la penumbra como animales encabritados, sin saber a dónde o de qué huir. ¡El grupo de Filipo estaba siendo mortalmente atacado en algún lugar al otro lado de aquellas paredes! El propio Arranes movía su hachón en círculos como si esperase ver las voces surgir de alguna grieta como murciélagos, cualquier indicio que le dijera hacia dónde correr, en auxilio o en retirada.

Conociendo a Arranes solo podía ser en auxilio, y no me sorprendí cuando nos hizo callar de un bramido:

—¡Quietos, por Marte! ¡Regresaremos sobre nuestros pasos hasta la bifurcación, y entraremos por la galería de Filipo!

Emprendimos la carrera. Ya no había que temer al repiqueteo de nuestras sandalias y se diría que pisábamos con más fuerza de la necesaria, solo para tapar con nuestro estrépito los alaridos demenciales de los legionarios emboscados.

Nunca llegaríamos a tiempo para salvarles, aquello parecía seguro. Más bien temíamos oír cómo sus gritos se apagaban hasta extinguirse en un soplo de aire, pero si Filipo había seguido las instrucciones del tribuno antes o después terminaríamos encontrándolos en las galerías. Y no lejos de ellos, muertos o vivos, se hallaría nuestro enemigo.

Hasta que alcanzamos la bifurcación no me di cuenta de que Marco Arrio había quedado atrás. Sorprendí a Arranes echando un furtivo vistazo hacia la oscuridad de la que habíamos venido, sin duda con mi mismo pensamiento.

—El tribuno... —llegué a pronunciar, o tal vez solo creí hacerlo, porque Arranes ni siquiera me miró antes de volverse hacia la boca marcada con una F y acometerla con el grupo de vascones.

Por alguna razón sentí que debía esperar aunque solo fuera un momento más. Quizás hubiera hecho méritos el tribuno romano para que lo dejáramos y olvidáramos a merced de las sombras, pero yo temía, como un egipcio, que aquel pequeño acto de venganza haría pesar nuestro corazón fatídicamente en la balanza de Osiris.

Así que esperé y agucé el oído. Me bastaba con escuchar el repiqueteo de su pierna entablillada, sus andares cojos deshaciendo el camino hacia allí aunque fuera penosamente; saber, en definitiva, que era capaz de valerse para encontrar la salida o seguir nuestros pasos por la cueva.

Sin embargo el tiempo pasaba y el único sonido que llegaba era el de mis compañeros alejándose por la otra galería. Por detrás de sus pisadas aún se sentían remotos lamentos, rescoldos ya de una batalla que debía haber terminado trágicamente. Así que antes de quedarme yo también desamparado en medio de ninguna parte, decidí echar tierra sobre mi conciencia y corrí como un poseso en alcance de Arranes y los suyos.

Los encontré en una sala inclinada, de techo tan bajo que había que agacharse, moviéndose alborotados.

—¿Qué pasa, tribuno? —me presenté de nuevo ante Arranes.

—¡La señal! ¡Busca la señal!

Bajo el parpadeo de los hachones distinguí al menos seis posibles derivaciones de la galería, unas en pendiente arriba, otras hacia abajo, todas de distintas alturas y angosturas. Frenéticamente me puse a buscar la F de Filipo con los demás.

Pero no había ninguna señal.

—¡Maldito inepto, se lo expliqué! —encolerizó Arranes.

Entonces mi pie tropezó con algo, y al mirar comprendí lo sucedido.

—Mi tribuno —dije, alzando una daga llena de sangre—. Creo que fueron atacados aquí. Probablemente huyeron despavoridos.

En efecto, al bajar las antorchas los charcos que pisábamos adquirieron una coloración espantosamente roja. Mezclada con el agua, la sangre se filtraba velozmente por las grietas del suelo, lo que significaba que no había pasado mucho tiempo desde que fuera derramada...

—¡*Auxilio!* —tembló una voz en la bóveda de la sala.

Nos revolvimos en todas direcciones; nuevamente el eco se reía de nosotros. Sin embargo esta vez Arranes creyó descifrar su juego:

—¡Por aquí! —gritó, apresurándose por uno de los corredores. Lo seguimos todos, espada en ristre.

Y su intuición había sido certera. Antes de completar cien pies dimos con los primeros heridos: el legionario Valerio alargaba una mano hacia nosotros mientras con la otra intentaba mantener sus vísceras dentro del vientre abierto; a su lado, la blancura desorbitada de los ojos de Tuarem, el númida, nos decía que la aparente integridad de su cuerpo no se correspondía con la de su mente.

—Resiste, legionario —alentó vanamente Arranes, para después exhortarlo con urgencia—: ¿Dónde están los demás? ¿Ha sido la serpiente?

—Apareció de pronto... —vocalizó el pobre Valerio, mientras la vida se le escapaba entre los dedos—. Nos asustamos... corrimos... Perdóname...

No sabría decir a quién iba dirigida la que sería su última palabra: ¿a Arranes? ¿a Júpiter? ¿a su amada esposa? El desdichado legionario torció su boca en una mueca final y se derrumbó antes de recibir ningún consuelo.

Fue Gogor quien hizo retumbar su garganta en aquel momento:

—¡Se mueve otra vez!

Aunque yo no entendí sus palabras me quedé tan quieto como los demás. ¡Ahí estaba el rumor de la serpiente, de nuevo arrastrándose, invisible por los túneles de piedra!

—Se está acercando... —dije en un susurro encogido, y sospecho que todos se estremecieron, ¡porque era cierto que el fragor se agrandaba a nuestros oídos como un largo y profundo redoble de tambor!

Estábamos encajonados en una estrecha galería, casi sin espacio para blandir nuestras espadas y menos para organizar una defensa de grupo. Arranes ordenó que lo siguiéramos:

—¡Por aquí!

El retumbo de la serpiente acompañaba nuestros pasos veloces por el otro lado de la roca, se diría que con la misma urgencia, y sentí el corazón galopar bajo mis ropas húmedas. ¡Se acercaba el final, después de todo! De pronto se me ocurrió que llevaba a mi espalda los rollos con toda la historia de Arranes consignada en palabras, ¡torpe de mí, debí dejarlos bajo una piedra, con una señal, a la entrada de la gruta, para que alguien pudiera encontrarlos! Allí dentro no eran más que una carga absurda sobre mis huesos, y por más que me penara intuía que ninguno de nosotros saldría con vida de aquel abismo laberíntico, como no fuera el cobarde tribuno Marco Arrio; pero dudo que él se preocupara por hacer justicia a la memoria de Arranes si es que alguien se prestaba a escuchar su demencial relato.

Llegamos a una sala circular de unos doce pies de altura e instintivamente nos agrupamos todos en el centro, espadas hacia fuera como un enorme erizo.

El rumor cesó.

Lejos, en algún rincón de los túneles, se lamentaba un legionario herido. ¿No era aquella la angustiada voz de Filipo?

—¿Se ha ido? —dijo Unai, sosteniendo su hachón en medio del grupo.

Yo me volví hacia él, no sé si para hablarle o hacerlo callar, y entonces vi algo que le chorreaba en el hombro, como una baba viscosa que se deslizaba desde...

—Oh Júpiter —balbucí. Unai debió advertir algo extraño en mi expresión y abrió la boca, pero no tuvo tiempo de preguntar.

La monstruosa cabeza de la serpiente se descolgó por una grieta en el techo, abrió sus fauces y engulló el cuerpo Unai hasta los codos.

Mi alarido se mezcló con el bramido infernal de la bestia:

HAAUUUIIKK

Todos se volvieron espantados para ver cómo el pobre Unai era alzado hacia el techo, su antorcha todavía en la mano y sus piernas sacudiéndose en el aire sin concierto. Su cabeza había quedado dentro de la garganta del engendro, que poco tenía en realidad de serpiente salvo las escamas y su estructura anguiforme. Grueso como el tronco de un roble, su cuerpo acababa en una boca sin ojos, puntiaguda y de aspecto huesudo a modo de un pico, pero un pico con largos y afilados colmillos.

Las manos vendadas de Gogor lograron aferrarse a los tobillos de Unai en un desesperado intento por sujetarlo, mas no quedaba fuerza en sus dedos quemados y el gigante lo vio escurrirse gritando de dolor y rabia.

Solo Arranes aprovechó el momento para clavar su *pilum* en el costado de la bestia, abriendo una fuente de sangre negruzca que llovió sobre nuestras cabezas en pastosos borbotones. Un chillido como el de cien puercos acompañó las convulsiones del reptil, pero la lanzada no impidió que se retirara por el túnel superior llevándose al moribundo Unai en sus aberrantes fauces.

—¡Por este lado! —gritó Gogor, echando a correr. El infeliz aún esperaba salvar a su traductor.

Arranes iba a emprender la carrera y yo con él, pero de pronto se quedó inmóvil. Escuchando.

—¡No, es por aquí! —llamó, sin conseguir detener la marcha de los otros vascones.

En verdad se oía reptar a la criatura por los pasadizos en dirección contraria, como si hubiera dado un brusco giro para engañarnos, o...

—¡Seguidme los demás! —mandó el tribuno, mas solo quedábamos a su lado otro vascón y yo. Los tres nos aventuramos por un estrecho túnel amparados en la menguante antorcha de Arranes. Tan pronto parecía sentirse el rumor del monstruo a nuestra derecha como a nuestra izquierda, y el pasadizo emprendía un abrupto descenso hacia las húmedas profundidades. Si alguna vez he notado el alma próxima a renegar de mi cuerpo fue entonces; el aliento de vida quería abandonarme ya para anticiparse a los horrores que muy pronto lo aniquilarían.

Porque mis pensamientos estaban cerca de alcanzar una enloquecedora revelación. En mi mente de escribano fallaban las matemáticas en un punto crucial, inapelable y terrible: la bestia que habíamos visto asomar por aquella galería superior, aun siendo tal su mesura que pudo llevarse al desdichado Unai entre sus mandíbulas, no alcanzaba ni remotamente el diámetro del ser que había abierto un surco tan ancho como una vía romana por todo el bosque.

Y ahora, destrepando casi a tientas la retorcida galería en que nos había metido Arranes, el vaivén de rumores venía a confirmar la sospecha de que no nos enfrentábamos a un solo enemigo. Pero ¿a cuántos de ellos? ¿Quizá dos? ¿Seis? ¿Docenas, centenares de ellos? A fin de cuentas, ¿no habían terminado con toda una cohorte bien atrincherada en lo alto del Urkullu, incluidos varios temibles sarrak, con la centuria de Marco Arrio y con los bravos jinetes vascones de Gogor? Pero estos habían visto la verdadera magnitud del monstruo allá afuera, en la montaña, y sin embargo ahora no parecían extrañados. ¿Tan poderoso es el miedo, que puede deformar nuestra memoria como la arcilla si es menester hacerlo para preservar el juicio?

No comuniqué mis inquietudes a Arranes; se movía tan deprisa que no hubiera atendido a una sola de mis palabras, y en todo caso ¿qué sentido tendría ya? Nuestra suerte estaba echada.

Avanzábamos con la espada siempre en ristre, lo que suponía una dificultad añadida en el descenso por aquellas piedras resbaladizas. Arranes sostenía además el hachón, que rumiaba ya sus últimas llamas amenazando con dejarnos en completa tiniebla, mas no lo vi perder el pie ni una sola vez.

Yo tuve peor fortuna.

Mi sandalia izquierda volvió a patinar cuando acometía un escalón y caí hacia delante sin que esta vez Arranes pudiera sujetarme. Solté mi hierro y proyecté mis manos al frente tratando de salvar mi rostro del inminente impacto, pero no hubo tal. Di una voltereta en el vacío y mi espalda aterrizó sobre una pared que descendía vertiginosamente, así que continué mi caída deslizándome por ella hacia la negrura. Mi grito resonaba como un eco histérico en las cavidades de la gruta. ¡Mi final había llegado y no me sentía preparado! Mis dedos quisieron aferrarse al más pequeño saliente sobre la roca, pero mi descenso era imparable y solo logré arrancarme varias uñas en el intento.

Al fin mis piernas se doblaron contra el repentino suelo. Un último gemido de dolor y mi viaje terminó tan abruptamente como se había iniciado. Me faltaba el aliento pero era consciente de que los dioses habían decidido concederme una prórroga; ni siquiera notaba un hueso roto, y con alivio comprobé que mi bolsa de cuero seguía amarrada a mi espalda, si bien los rollos en su interior debían estar más que húmedos y aplastados. De mi espada, empero, no quedaba sino la vaina de piel, colgando de mi cintura como un pellejo desgarrado; imaginé el hierro perdido en algún hueco de las paredes y no sentí otra cosa que gratitud por no haberme atravesado con él en la caída. La gruta, conocedora de las naturalezas, me había despojado del disfraz de guerrero y me devolvía así a mi verdadera condición de simple escribano.

Pero ¿dónde me encontraba? Tardé un momento en advertir que, aunque no llevaba antorcha ni se percibía fuente alguna de luz, la sala a mi alrededor permanecía tenuemente iluminada como si en las propias paredes latiera un fulgor rojizo.

—¡Celio Rufo! —llegó la voz de Arranes rebotando por los huecos del pasadizo.

—¡Estoy bien! —respondí, descubriéndome más entero de lo que cabría esperar de mí.

—¿Dónde estás?

Me incorporé para inspeccionar mi perímetro. Pronto vi que había aterrizado en lo que parecía el extremo de una sala de grandes proporciones.

—¡Parece una gran cripta! —grité en respuesta— ¡Y hay luz!

En seguida me di cuenta de que el tribuno malinterpretaría mis palabras. Cuando caminas por las entrañas de un recóndito abismo, luz significa salida, ansiada escapatoria. Mas no en este caso.

—¡Vamos a bajar! —anunció Arranes desde lo alto, y no supe discutirle. Después de todo nada garantizaba que pudieran encontrar un acceso mejor que aquel empinado sifón, aunque el vascón debía menospreciar su riesgo por saberme intacto en el otro lado, ajeno al milagroso auspicio que la fortuna había ejercido sobre mis huesos en la caída.

Los dos vascones, sin embargo, debieron suplir con su pericia mi inmerecida suerte, ya que los oí descolgarse sin grandes problemas y al cabo de no largo rato vi el parpadeo agonizante de su hachón acercándose por el túnel. Arranes asomó primero, e inmediatamente levantó la vista hacia el techo de la sala.

—Que Júpiter nos ampare, ¿dónde hemos llegado? —dijo, sobrecogido por una especie de respeto litúrgico.

Seguí sus ojos y al instante compartí su admiración. Toda la pared superior de la gruta estaba cubierta de una capa cristalina, como millones de pequeños rubíes incrustados en la roca y en las estalactitas que se suspendían sobre nuestras cabezas, muy altas, igual que collares fantásticos. La antorcha en la mano de Arranes debió sentirse acomplejada ante la enigmática perfección de aquel brillo porque en aquel momento se extinguió con un suspiro de humo gris.

Sin embargo, seguíamos viendo.

—Increíble —dijo el tribuno, soltando la tea muerta, y habló sin mirarme—. ¿Habías leído algo parecido a esto alguna vez, escribano?

—Nunca, mi tribuno —respondí sinceramente.

Bajo el cristalino resplandor de la gruta, incluso la sangre que goteaba de la mano de Arranes lanzaba hermosos destellos.

Nos movimos despacio, sintiendo la humedad espesarse en nuestros pulmones, en la dirección que parecía conducir hacia el centro de la gran sala. El jinete vascón que seguía los pasos de Arranes —sus dioses lo guarden, nunca supe su nombre— dijo entonces algo.

—Es cierto —asintió el tribuno—. Se escucha un arroyo.

Un saliente de la pared retuvo nuestra inquieta mirada hasta que lo dejamos atrás y el cuerpo central de la gruta se abrió ante nosotros tan magnífico como una cúpula del Capitolio romano. La bóveda, cuajada de cristales, reverberaba al compás de las ondas producidas por el riachuelo que serpeaba por debajo, delgado pero vivo como si fuera la sangre misma de la montaña corriendo por sus arterias. Las paredes de la sala aparecían horadadas por docenas de bocas, las bocas de todas las galerías que confluían en aquel corazón megalítico, dando buena fe de que habíamos llegado al final de nuestro viaje.

Extrañamente, me di cuenta de que me invadía un hondo sosiego cuando más tensos tendría que notar mis músculos, en guardia ante el inminente enfrentamiento con la bestia. ¿O no habría tal enfrentamiento? ¡Por Juno que llegué a dudarlo! Mi alma se encontraba en paz como si acabáramos de poner nuestros pies en el otro lado de la laguna Estigia y nos aprestáramos a un descanso eterno con nuestros muertos más queridos. ¿Era eso lo que había sucedido? ¿Estábamos muertos? ¿Y desde cuándo? ¿Toda nuestra travesía no había sido otra cosa que el sueño delirante de un moribundo?

Todo parecía tan irreal que por un momento deseché los horrores que habíamos padecido como simples pesadillas, fruto del desmoronamiento de la mente humana en su último hálito de vida, o de la batalla del espíritu pecador contra su mala conciencia antes de la disolución en los arcanos de la noche sin fin.

No puedo decir si mi emoción era compartida por los dos vascones que andaban a mi lado, porque antes de convertirla en palabras vi algo dentro de la cueva que dejó mi lengua inerte.

La muchacha estaba sentada en una piedra junto al arroyo, desnuda, ausente, peinando sus cabellos encendidos con los dedos igual que hiciera en mi tienda horas antes. No levantó la vista hacia nosotros. Sobre el rumor del agua me pareció escuchar una suave melodía, apenas murmurada por sus labios púberes. Canturreaba con total placidez, sabiéndose más que nunca protegida en el calor de su propia casa. No había ninguna manera de que pudiéramos representar una amenaza para ella. La sola idea parecía ridícula, ¡y no era más que una niña desnuda y solitaria!

O no tan solitaria...

Me volví hacia Arranes y ante mis ojos se produjo un hecho insólito. Su semblante destilaba la misma paz que yo había sentido hasta descubrir a la zagala desnuda, pero estaba además preñado de determinación. Sus manos comenzaron a moverse como por cuenta propia, sin que él apartase la mirada de la muchacha ni un solo instante. Primero dejó la espada en el suelo; luego se quitó el casco y lo puso encima. Se soltó el cinturón donde aún colgaba su puñal y lo sumó al montón.

—Tribuno —comencé, mas sus oídos estaban tapiados por el hechizo y no había forma de acceder a su sentido. El otro vascón lo miraba vagamente asombrado, pero lejos de sentirse impelido a intervenir.

Arranes continuó despojándose de la coraza, luego sus brazaletes dorados. Finalmente se quitó la túnica y quedó tan solo vestido con su camisa larga de lino rojo.

—No os preocupéis —dijo suavemente, y echó a andar hacia la chica.

Cuando ya estaba a menos de diez pasos, el rostro de mejillas sonrosadas se alzó para mirarlo. Arranes dudó por primera vez, abrió la boca pero no acudieron palabras a ella. Entonces la niña sonrió. Aunque no podíamos distinguirlo desde tan lejos, pondría mi mano en el fuego de que eran lágrimas lo que destellaba en la mirada extasiada del tribuno. ¡O era yo mismo quien lloraba y no quería darme cuenta!

Arranes completó la distancia que los separaba y permaneció de pie junto a la muchacha sentada, sin atreverse a tocarla. Fue ella quien inesperadamente tomó su mano herida, ensombreciendo su sonrisa con un velo de compasión. Lo que había sido un simple arañazo amenazaba con llevar a mi tribuno gota a gota hasta la muerte, rebelde a toda cicatrización o vendaje.

La muchacha se inclinó entonces hacia el agua que corría a sus pies, formó un cuenco con sus manos y las llenó. Mirando a los ojos de Arranes se incorporó y, muy despacio, como si el líquido cristalino no quisiera deslizarse más rápido que la voluntad de la niña, lo dejó caer sobre la herida del tribuno.

Mis pies me empujaron hacia delante, mis pupilas se afilaron, ¡necesitaba presenciar aquel momento mágico! Y he aquí que la magia no faltó a su cita.

El corte en el dorso de la mano se enjuagó mansamente y dejó de sangrar. Ni una gota cárdena volvió a asomar. Avancé casi sin darme cuenta hacia ellos, y al cabo de tres o cuatro pasos un nuevo estremecimiento me hizo detenerme. Arranes alzó su mano para mirarla bien, sin duda igual de maravillado: ¡la herida había desaparecido! Borrada por completo de la piel, tal que si nunca hubiera existido.

¡Y alguna vez dudé si sería una bruja!

—¿Cómo te llamas? —preguntó el tribuno casi en un susurro, y la chica le respondió con el mismo silencio plácido de la primera vez que sus miradas se encontraron, en Iturissa.

Súbitamente, como si la osada inquisición hubiera invocado todas las fuerzas del Dis Pater, la cueva retumbó y sus paredes se sacudieron provocando pequeños desprendimientos. El bramido cavernoso recordaba —¡ahora sin ninguna duda aritmética!— al sonido que habíamos escuchado la noche anterior confundido con los truenos de la tormenta; el estruendo de un coloso abriéndose paso entre los árboles.

—Es él —pronuncié, masticando el miedo en mis palabras—. Su Gaar.

Un nuevo temblor replicó a mi insensata voz y esta vez sentí vibrar el suelo bajo mis pies como si el monstruo anduviera allí mismo, rozando con su lomo el techo de una enterrada galería.

La muchacha se levantó. Su expresión se había crispado.

—No voy a hacerte daño —dijo Arranes, casi como una súplica.

¿Y cómo culparlo por su debilidad? ¡Cualquiera hubiera tenido por malsana la idea de herir a un ser tan impúdicamente bello! Mas creo sospechar una debilidad mayor en mi tribuno, llegado a aquel punto de embriaguez espiritual. ¡Pienso que ya vacilaba también en su intención de matar a la odiosa serpiente y se lamentaba incluso por haber hundido su lanza en aquel vientre escamoso!

Sabéis que he renunciado a buscar nombres para la abyecta relación que unía a dos seres de naturaleza tan grotescamente opuesta, ¡pero el amor entre la bella y el reptil pesaba en el aire a nuestro alrededor más palpable aún que la humedad y la pestilencia! La cueva de la niña era también la casa de Su Gaar, tal vez incluso ambos formaran parte de un mismo ser místico e incomprensible, una deidad remota que no sentía el temor de Roma y por eso había osado a enfrentarse con la Legión.

Pero ahora la Legión había llegado hasta su guarida para reclamar el tributo debido y quizás el dios de los vascones no esperaba tan irreverente desafío. Tal vez lo habíamos cogido desprevenido, como confió Arranes en la boca de la gruta, y después de todo sí teníamos una oportunidad de victoria a pesar de haber llevado nuestros pies hasta el mismísimo redil de la criatura infernal.

Pues, ¿no teníamos al alcance de nuestra daga la yugular de la frágil muchacha? Si en algún momento podíamos disponer de ventaja sobre nuestro fantasmagórico enemigo era aquel, ¡y justo entonces Arranes había caído ablandado por la voluptuosidad de la joven hembra!

En eso la chica dio media vuelta y rompió a correr. La melena roja flotando por encima de sus carnes albas, desapareció de nuestra vista antes de que pudiéramos darnos cuenta siquiera de que estaba huyendo.

—¡Espera! —gritó Arranes, y sin más se fue en su busca.

—¡No, mi tribuno! —llamé yo a mi vez, sin ser oído. Me volví hacia el vascón con barba de chivo—. ¡Vamos!

Eché a correr primero, no muy seguro de que el bárbaro compartiera mi arrojo, pero pronto noté sus pesadas zancadas por detrás.

Arranes se perdió en los quiebros de la pared más alejada, por donde había marchado la joven aparentemente hacia alguna salida. Sin embargo, cuando doblé la última roca tras los pasos de Arranes me encontré con un espacio cerrado, un rincón muerto de la gran sala donde el agua caía desde un alto chorro como una fuente y se acumulaba en un pequeño lago de insospechada placidez.

Allí esperaba la muchacha, al borde mismo del agua como si amenazara con zambullirse en un último y desesperado intento de fuga. El tribuno frenó su carrera, mostró sus manos vacías.

—No tengas miedo de mí —dijo, guardando la distancia. El otro y yo clavamos nuestros pies a su espalda—. Soy Arranes, hijo de Arbiscar.

¿Cómo podía imaginar que aquellas palabras levantarían algún afecto en las entrañas de un ser ajeno a todo entendimiento humano como aquel? ¿A qué estirpe podía apelar sino a la de los demonios del Hades para conseguir un atisbo de comunión con la muchacha, o mejor diré con ese espíritu en forma de muchacha?

Unos ojos verdes, demasiado hermosos para pertenecer a nuestro mundo de mortales, le devolvieron una mirada que quería confiar pero aún no podía. Arranes dio un paso hacia ella tentativamente. La chica miró al agua, luego a Arranes, y permaneció quieta. Estaba cediendo.

Despacio, el tribuno adelantó su otro pie descalzo, pero antes de que pudiera ponerlo de nuevo en el suelo, como una pesadilla que irrumpe implacable en mitad de un sueño sereno, Marco Arrio surgió de detrás de una roca y cogió a la muchacha por detrás, colocándole su daga en el cuello.

—¡Nooo! —el aullido de Arranes se extendió por toda la sala como un coro de llantos lunáticos.

Mil destellos rojos crepitaron en la hoja metálica pegada a la piel de la niña como augurios de sangre derramada, y el gesto colérico de Marco Arrio no prometía mejores futuros.

—¡La tengo! —chilló el romano con timbre histérico, apretando en sus dientes el dolor de su pierna rota—. ¡Tengo a la bruja!

Noté que Arranes iba a lanzarse y me apresuré a agarrar su brazo: ¡nunca sería más rápido que el corte letal de aquella daga!

—Si la hieres... —habló con gravedad, pero su amenaza se apagó lentamente como el hachón que había entrado en la cueva.

—¿Qué vas a hacerme, tribuno? —se regodeó Marco Arrio. Al fin se veía en situación de hacer pagar al vascón sus insolencias, de doblegarlo en una humillación peor que la muerte misma—. Sin tu coraza romana se ve mejor lo que eres en realidad: un aldeano montañés, nada más. Si no fuera porque caíste en gracia al viejo Pompeyo ahora serías un esclavo o un gladiador, como todos los demás mercenarios, aunque por tus canas creo que ya no valdrías ni para una cosa ni para la otra. Pues abre bien los ojos, extranjero. Esta es la piedad que muestra Roma con los salvajes que escupen en su nombre.

Ya no pude retener a Arranes, que se abalanzó hacia ellos como un toro en embestida. ¡Pero mis cálculos habían sido certeros, y tiempo sobrado tuvo Marco Arrio de deslizar su cuchilla por el cuello de la muchacha antes de que el vascón lo tumbara de un golpe!

Durante un instante todos nos quedamos inmóviles. El vascón sin nombre y yo, separados unos pasos de ellos; Arranes y Marco Arrio en el suelo, caídos; y la muchacha en medio de todos, de pie...

Ilesa.

Quise frotarme los ojos. La luz en aquel ábside de la gruta estaba viciada de reflejos encarnados y pensé que algún efecto óptico me engañaba. ¡Yo había visto cómo la daga se hundía en el cuello de la zagala y lo atravesaba de parte a parte! ¿Dónde estaba la sangre, que debía estallar a chorros? ¿Dónde siquiera un rastro del corte?

La muchacha respiraba sofocadamente y su mirada andaba perdida en las sombras de la cripta, pero la nívea piel de su cuello continuaba inmaculada.

Fue el grito ahogado de Marco Arrio lo que nos hizo volver la mirada hacia él. Se estaba incorporando con esfuerzo sobre sus rodillas, y se cubría la garganta con su mano izquierda, pero no podía impedir que la sangre fluyera entre sus dedos.

Era su cuello el que estaba sesgado.

—*Bruja...* —pronunció el romano, y por Juno que no había otra forma de llamar a aquella criatura después de presenciar lo que habíamos presenciado. ¡La herida que Marco Arrio quería infligirle se había vuelto contra su agresor como una maldición fulminante!

Incluso Arranes tardó en rehacerse, estupefacto ante el prodigio como nosotros.

El tribuno de pelo rubio, sin embargo, logró alzarse otra vez de pie y ganar una compostura firme. Aún no estaba derrotado. Soltó la daga y buscó el látigo de empuñadura marfileña en su cinturón. Su pierna derecha temblaba como una torre de huesos rotos, su nariz había adquirido una bulbosidad morada, y la sangre que caía de su cuello resbalaba sobre su coraza dorada completando una imagen de ruina humana. Pero el odio lo mantenía en pie.

Arranes fue a levantarse y Marco Arrio hizo chasquear las púas metálicas del látigo a un palmo de su cara, reprimiéndolo. Aun herido de muerte y con la mitad de su cuerpo inservible, el tribuno romano dominaba la fusta con maligna maestría.

Un nuevo restallido y la muchacha se volvió hacia él.

Yo esperé que entonces, al ver su rostro infantil y sentirse penetrado por aquellas pupilas fabulosas, el tribuno flaqueara definitivamente y rindiera su orgullo. Mas no fue así, y el espectáculo del horror levantó de nuevo el telón ante nuestros ojos espantados.

El látigo se erizó en el aire como el lomo de un gato y luego descargó su ataque sobre el cuerpo desnudo de la niña.

¡Chas!

—¡Ah! —Marco Arrio se encogió con la mano en el pecho como si el golpe hubiera caído sobre su piel, a través de la coraza.

La bruja lo contemplaba con los labios entreabiertos, plácida, se diría que esperando un beso suave. Revuelto de ira, Marco Arrio volvió a alzar su brazo armado y sacudió la sierpe de cuero otra vez contra las carnes inmaculadas de la niña.

¡Chas!

El asesino ya no gritó porque, aunque su poca cordura había quedado perdida en los recónditos corredores de la cueva, esta vez esperaba sentir el dolor traicionero como la anterior. Una llaga se abrió en su antebrazo izquierdo y rompió a sangrar. ¡Pero no desistió el infeliz, todavía más ciego de furia!

¡Chas, chas, chas, chas!

Un torrente de latigazos se abatió sobre la muchacha sin mellar una sola pulgada de su piel, lacerando por contrario los miembros del que blandía el arma. ¡No cejó el alienado Marco Arrio hasta que las fuerzas se le terminaron de escapar por las heridas que nacían en su piel con cada azote! Bañado en su propia sangre, el espíritu criminal del tribuno finalmente se dio cuenta de su derrota y soltó la empuñadura de marfil. Lo miramos todos durante unos instantes, esperando su derrumbe, mas aún le quedaba entereza para mantenerse erguido. Y hablar, borboteando por su cuello abierto:

—Es... es un demonio...

Del piélago emergió en ese instante la cabeza de una serpiente monstruosa, y se quedó alzada sobre nosotros como una inmensa cobra decidiendo a quién lanzar su mordida letal. No era la que había devorado al desdichado Unai, unas manchas caprichosas teñían su vientre escamoso y no quedaba rastro de la lanzada de Arranes. ¡Maldita fuera mi razón, agonizante pero siempre adelantada a mis sentidos, que incluso en aquel momento de desespero me azotaba con la certeza de que el peor horror todavía estaba por llegar!

La ciclópea cabeza del ser se balanceó a unos diez pies de altura, olfateando nuestro miedo, un chorro de baba viscosa descolgándose entre sus espantosos dientes. Entonces me di cuenta de que Arranes estaba indefenso, despojado de su coraza y sus armas. Sin pensarlo me incliné para recoger su espada del suelo y corrí insensatamente hacia él.

Sentí la mirada sin ojos del engendro siguiéndome mientras me movía. ¡En cualquier momento sentiría también sus colmillos hundiéndose en mi espalda! Mas no paré y en seguida me hallé ante Arranes ofreciéndole la espada. El tribuno me miró como si regresara de un largo viaje y no me reconociera, aturdido.

—No —dijo secamente.

¡Todavía rechazaba armarse! Insistí con mi gesto pero no tardé en entender que su determinación, o debería decir su delirio, era un muro insoslayable.

Mi papel en aquella tragedia no debía haber sido más que el de mero testigo, notario anónimo para la historia, y sin embargo me veía impelido a empuñar la espada no solo para proteger mi insignificante vida, sino también la del héroe cuyas hazañas venía a loar, y que de súbito habíase transformado en una suerte de asceta con vocación de víctima sacrificial. ¡No era aquella la epopeya que hubiera querido consignar en mis pergaminos, por Júpiter puedo jurarlo!

Las oscilaciones vacilantes de la serpiente terminaron con un leve gesto de la muchacha, apenas una inclinación de su cabeza acompañada por una palabra de sílabas intranscriptibles. Unas sílabas que iban a significar el final para Marco Arrio.

Igual que una cobra, la bestia se abatió con sus fauces abiertas sobre el tribuno romano, engulléndolo hasta la cintura. Una lluvia de agua y sangre nos salpicó mientras escuchábamos el grito agonizante del desgraciado dentro de la garganta de la serpiente. ¡Aún seguía con vida cuando el reptil lo alzó por el aire y volvió a zambullirse en el lago para desaparecer en sus oscuras profundidades!

Todo el orgullo, toda la cólera, todo el desprecio que no era sino desprecio por sí mismo del tribuno Marco Arrio quedó apagado para siempre en un remolino de destellos rojos que poco a poco se remansaba en busca de su paz milenaria, como si nada en absoluto la hubiera alterado.

Los ojos de la niña se fijaron ahora en mí, o tal vez en Arranes que se había incorporado a mi lado. Un estremecimiento estuvo a punto de colapsar mis músculos de terror, mas no dejé que lo hiciera. Tomé el brazo de mi tribuno con aplomo y tiré de él para apartarlo de aquella mirada malsana.

—¡Salgamos de aquí, tribuno!

Arranes se dejó arrastrar sin oponer su voluntad pero sin facilitarme el trabajo, prendado aún del hechizo de la ninfa. De pronto se oyó un alarido al otro lado de las rocas, y me di cuenta de que el otro vascón ya no estaba con nosotros. Sin duda había escapado ahuyentado por la serpiente, el muy infeliz, para encontrarse con alguna bestia hermana en la cámara mayor. De modo que ya no podía contar con más fuerza y cordura que las mías propias.

En ese instante el agua del lago volvió a crepitar, y con ella las paredes de toda la gruta. Algo inmensamente grande se aproximaba buceando desde los abismos de la tierra.

—¡Por Júpiter, vámonos de aquí! —vociferé desesperado.

Al fin logré despabilar al tribuno, y en cuanto hubo apartado su vista del rostro hipnótico de la chica comprendió que era prudente moverse.

Salimos a trompicones hasta el cuerpo central de la gran sala, sin una idea muy clara de lo que haríamos a continuación. Imposible sería remontar el sifón que yo había descubierto con mi caída, así que deberíamos elegir cualquiera de las infinitas galerías que desembocaban en la sala y confiar en que no nos llevara más adentro aún en el vientre de la montaña.

¡Porque no tengo pudor en confesar que ya solo pensaba en salir de allí con vida! En el estado de estupor en que se encontraba sumergido Arranes, y abandonados por todos en el corazón del mismo infierno —aunque fuera un infierno engastado en rubíes preciosos— no podía quedar otra opción juiciosa que la huida.

Claro que el tribuno no concebía siquiera esa posibilidad, y cuando notó mi resuello de cobarde se plantó como un árbol sobre el suelo pétreo de la cripta.

—Yo me quedo aquí —pronunció, inamovible. Por encima de su hombro vi el agua en un extremo del lago bullir como alentada por el fuego. Su Gaar se acercaba...

—Pero tribuno, ya has cumplido tu palabra —intenté, patéticamente aferrado a mi miedo—. Mandaste el trigo, y ahora has descubierto la guarida del monstruo. Regresemos con una nueva cohorte, ¡con una Legión entera si hace falta para destruir este lugar! Mas no ahora, tribuno, ahora estamos solos...

—No estamos solos —rebatió inesperadamente, y seguí su mirada hacia lo alto. Por una de las galerías elevadas llegaban los vascones de Gogor—. ¡Aquí!

Hubo un griterío de júbilo histérico, como el que pueden compartir dos condenados a muerte que se reconocen hermanos en el patíbulo.

Gogor, tan debilitado que le costaba erguirse, ordenó a los cuatro hombres que lo acompañaban descender hasta donde aguardábamos Arranes y yo. Él lo hizo con más lentitud, recuperando el aliento y gimiendo con cada pequeño salto.

Aún les quedaba un trecho hasta el suelo cuando dos cabezas de serpiente surgieron de sendas galerías y se precipitaron sobre ellos. Uno de los vascones fue atrapado por la cintura y partido en dos con un seco crujir de mandíbulas. La otra cabeza falló en su tentativa sobre un hombre que se defendió con su escudo, y en seguida se vio asaeteada por las espadas de otros dos. La primera serpiente se volvió entonces hacia Gogor. El gigante buscó urgentemente su espada en la cintura, mas sus manos quemadas ya no sentían otra cosa que intenso dolor bajo las vendas y el hierro se le escurrió en cuanto logró zafarlo de su correa. Indefenso, Gogor esperó la embestida mortal de la bestia lanzándole oscuros juramentos y agitando los brazos como aspas de molino en un patético intento de intimidación. Unas pesadillescas fauces se desplegaron ante él, bañándolo en un pestilente aliento, y se produjo el ataque esperado. Sin embargo tuvo suerte el vascón —¿o acaso la suerte hubiera estado en una muerte rápida?— y el mordisco no fue certero, de modo que salió golpeado por el morro de la criatura, voló por los aires y cayó rotundamente en el basamento de piedra muy cerca de nosotros.

La cripta retumbaba ya con tanto fragor que parecía a punto de venirse abajo. Fragmentos de estalactitas y de las propias paredes se desprendían en una lluvia cristalina, mientras el agua desbordaba el cauce del arroyo y corría sin rumbo por las vetas de la piedra, también mojando nuestros pies.

El espectáculo de horror continuó con la aparición de más y más serpientes por las bocas de las galerías. Quise contarlas en un absurdo reflejo racional, pero al sobrepasar la tercera decena desistí embargado por el pánico. Ninguna asomaba el cuerpo entero, sino tan solo su cabeza, lo cual me hizo barruntar una nueva sospecha que vería pavorosamente confirmada poco después.

Arranes se acercó a Gogor para ver si aún vivía, pero estaba inclinándose sobre él cuando un ensordecedor borboteo, como lava regurgitada en la garganta de un volcán, nos hizo darnos la vuelta hacia la sala del lago. La muchacha seguía allí, de pie, serena, mirando lo mismo que mirábamos nosotros con una expresión muy distinta.

Su Gaar había emergido...

Dejadme, dejadme un instante para que contenga el temblor de mi mano, respire hondo y pueda así concluir la escritura de este relato demencial. Pues ¿no es para volverse loco? ¡Claro, muchos no lo creeréis ni aun cuando lo leáis en tinta sobre piel! Pero soy ingenuo en pensar que este manuscrito ha de llegar a otras manos que no sean las del propio Pompeyo o alguno de sus agentes, debidamente adiestrado para echarlo al fuego en cuanto hubiérame dado muerte.

¡Si al menos tuviera la certeza de que los ojos del Magno iban a posarse sobre estas sílabas! ¡Atiende bien, Pompeyo, si estás ahí! ¡He aquí los horrores que te negaste a oír y creer, han vuelto para sojuzgarte y perseguirte aunque solo pueda ser en tus pesadillas!

Su Gaar había emergido y no hay palabras en lengua humana para describir la monstruosidad de su naturaleza. La memoria trastornada de mis ojos retiene a duras penas sus perfiles de engendro marino, una hidra de pesadilla, fusiforme como un aberrante calamar escamado, blanco en lo que parecía su frente y amoratado en la parte trasera de su cuerpo donde nacían sus treinta o cuarenta tentáculos, aún hundidos en el lago. ¡Esos tentáculos, de espeluznante longitud, eran los mismos cuyas cabezas asomaban ahora por las bocas de las galerías de la cripta, como serpientes picudas, babeando su apetito ciego sobre nuestras cabezas!

Tal era su amorfidad que yo no supe dónde buscar sus ojos, hasta que una boca —¡sírvame esta prosaica palabra para describir tamaña bestialidad!— se abrió verticalmente en su frente pálida y reconocí como ojos la docena de pequeños botones, igual que pulidos carbones, que se extendían a sus dos lados. Dentro de sus labios rojos cimbreaban muchas filas de dientes finos y alargados, con esa apariencia frágil de los dientes de pez que ceden al menor empuje pero se traban con mortífera obstinación cuando intentas escapar de su presa. Y su tamaño... ¡Un hombre a caballo podría caber en aquella boca!

La bestia serpentígera se arrastraba sobre su panza con ondulaciones lentas pero vigorosas, haciendo intuir el poderío del músculo que se contraía y estiraba debajo de las escamas, capaz sin duda de sorprendernos con un inesperado giro o sacudida. Sin embargo avanzaba despacio, dándonos la oportunidad de escapar a la carrera. Pero ¿cómo saber que cualquier galería que tomáramos no iba a aparecer bloqueada por uno de los miembros terribles de aquel cuerpo? Y en todo caso ¿no era yo el único entre el grupo con vocación de cobarde? Gogor ya se recuperaba del suelo con la ayuda de los dos vascones que habían logrado repeler el ataque de las serpientes picudas, y con la misma entereza que afrontarían el segundo lance de una intrincada batalla se aprestaban a plantar cara al mismísimo Su Gaar, espadas en ristre.

Arranes había recuperado su respiración profunda y pausada, confortado por la presencia de sus hermanos vascones. Pero era la suya una paz falsa, entregada, la paz de los que van a morir sin remedio y han acatado su sentencia.

Allí estábamos los cuatro hombres que habíamos logrado preservar nuestra vida y la porción suficiente de juicio para poder hallarnos de pie ante el más horripilante enemigo al que jamás se hubo enfrentado hombre o ejército. Nosotros lo mirábamos y él nos miraba, casi sin moverse. Se diría que una conversación de almas silenciosas estaba teniendo lugar en aquella cripta, también con la participación de la muchacha desnuda, que aguardaba a un lado de su colosal consorte con gesto lánguido.

Mas aquel limbo de contemplación se desvaneció pronto. La boca de Su Gaar se desplegó a izquierda y derecha en un rugido demoníaco —HAUUUUAAAKK— mostrando sus infinitos dientes y una rosácea faringe de la que súbitamente saltó un chorro blancuzco, directamente dirigido hacia el vascón que había adelantado más sus pasos hacia la criatura. El guerrero se vio súbitamente envuelto en una pasta pegajosa, y a cada movimiento que hacía para quitársela de encima acababan sus miembros más trabados en la sustancia.

El otro vascón fue a ayudarlo y al instante encontró sus propias manos inevitablemente pegadas a la viscosidad. ¡Me hicieron pensar en dos pobres insectos atrapados en una mortífera tela de araña!

—¡Córtalo! —gritó de pronto Arranes, y tardé unos instantes en advertir que era a mí a quien requería para cortar con mi espada el filamento de baba que todavía los unía con la bestia. Ese tiempo perdido por mi torpeza vino a representar la muerte de los dos desdichados hombres, ¡pues en ese momento el hilo viscoso dio un fuerte tirón recogiéndose en la garganta del monstruo, y arrastrando irremediablemente por el suelo a su doble presa!

Los dos vascones clamaron auxilio y tanto Arranes como yo nos apresuramos para intentar agarrarlos, pero la lengua retráctil se los llevó con tal ímpetu que apenas llegamos a rozar sus pies. Las fauces de la medusa horrible apenas tuvieron que abrirse un poco más para engullir de un solo mordisco a los infelices, lanzando un último chillido de animal eufórico.

Seis o siete cabezas de serpiente habían descendido desde las galerías hasta rodearnos con su aliento fétido, preparadas para proyectarse en un ataque definitivo y mortal en cuanto recibieran la orden del espectral calamar dentado que debía ser su centro pensante.

Gogor, a mi derecha, buscó la daga en su cinturón con sus torpes manos vendadas. ¡Aún quería resistirse el villano! Pero bastó este gesto, harto más patético que agresivo, para que tres de las serpientes se arrojaran sobre él certeramente, una mordiendo su brazo, otra una pierna, y la tercera llevándose con un chasquido la cabeza del vascón.

El tronco maltrecho de Gogor cayó sobre la piedra vomitando sangre por sus amputaciones. ¡Y durante un insoportable aliento vi sacudirse al brazo y la pierna supervivientes, como si quisieran seguir batallando después de muertos!

Definitivamente la espeluznante muerte de Gogor hizo despertar a Arranes de todas sus tibiezas y embriagueces, como si de súbito hubiera recordado la causa de su misión y viese en aquel hombre un símbolo de todo el pueblo vascón al que había venido a salvar.

—¡Gogoooor! —aulló apretando los puños, y se encaró con Su Gaar.

Siguiendo mi instinto le volví a tender su espada, y esta vez la aceptó prestamente. ¡Cómo olvidar su imagen, allí parado, descalzo, casi desnudo, armado tan solo con un hierro y sin embargo crecido como una figura mítica a punto de encontrarse con los trágicos designios que la diosa Fortuna le tiene reservados!

Creo que incluso el monstruo sintió el aura heroica que emanaba el cuerpo de Arranes y por eso aplacó sus músculos y tentáculos en una quietud casi reverencial. Sus decenas de ojillos negros recorrían a mi tribuno como si trataran de discernir su mortal naturaleza humana o bien el signo que le distinguiera como ungido por los dioses.

—¡Abandona estas montañas! —bramó entonces Arranes, la espada alzada sobre su cabeza—. ¡Abandona estos bosques en el nombre de Roma! ¡Yo te lo ordeno!

El vascón adelantó dos pasos firmes hacia la bestia, ¡y por Júpiter que noté las carnes infames del engendro agitarse en sutil retirada, amedrentadas por la cercanía del hombre!

Sucedió en ese instante lo peor que podía suceder; la muchacha salió de detrás para interponerse entre su amada criatura y el tribuno. Sus ojos verdes latían húmedos, poderosamente tristes.

—*Arranes* —musitó, suplicando clemencia como si de pronto el tribuno hubiérase enseñoreado de la cripta.

Se acabó, pensé infielmente de mi tribuno, ahora volverá a caer bajo el hechizo de la joven y dócil entregará nuestras vidas en estéril sacrificio. El vascón habrá fracasado así en su epopeya de salvación y mis esfuerzos como narrador de la misma se disolverán entre tinta y sangre sobre aquellas rocas ignotas.

Pero no ocurrió de esa manera, como bien podéis suponer al leer estas líneas.

Arranes cubrió los pasos que lo separaban de la muchacha y se plantó ante ella sin bajar la guardia, libre de flaquezas y morbideces.

—Aparta —dijo en latín, convencido de que no había palabra humana que pudiera resultar incomprensible para los oídos de la ninfa.

Ella no se movió, pero claudicó su mirada ante la de Arranes y agachó la cabeza, dejando caer un mechón de rojo ondulado que le ocultó el rostro. Era el paradigma de la vulnerabilidad, ¡tan astutamente pretendida!

Vi la mano izquierda de Arranes volar hacia los cabellos lacios muy despacio, como abocada a una caricia, mas estaba equivocado en mis temores. Con una rudeza que debió sorprenderla tanto como a mí, agarró varios mechones de su melena y tiró fuerte para apartarla de su camino. La cría cayó al suelo con un gemido de dolor asombrado, y cuando se revolvió para mirarle de nuevo sus esmeraldas estaban encendidas por todos los demonios del Érebo.

RAAAAAAAAIIIIIIEEEEEEKKK, chilló la bestia. Todas las cortesías habían terminado y el duelo se precipitaba a su embestida final. ¡Era hora de que los sacrílegos pagáramos con nuestra vida la osadía!

La boca vertical se desplegó como un portón ofreciéndonos el espantoso abrazo de sus incontables hileras punzantes, y yo hubiera saltado para correr al límite de mis fuerzas si no fuese porque mis piernas se encontraban en un estado parecido a la congelación, abandonándome inerme y rendido al capricho asesino del engendro.

Un movimiento rápido y ágil de Arranes hizo cambiar el signo de inminente fatalidad de la contienda. El tribuno se abalanzó en grandes zancadas hacia el mismo vértice de las fauces, espada en ristre, para darse un enérgico impulso en el último momento y proyectarse hacia arriba en un salto vigoroso. Ante mis ojos pasmados todo transcurrió insólitamente despacio, como si el tiempo se hubiera convertido en una sustancia pastosa en la que costaba abrirse hueco.

La garganta de la hidra escupió una, dos y hasta tres veces su blancuzca saliva hasta alcanzar la mano izquierda de Arranes en el aire. El tribuno aterrizó sobre la cresta bulbosa del calamar, justo en medio de sus múltiples ojos, y luchando por mantener su equilibrio quiso zafarse del pringoso hilo de baba. Mas no era tarea fácil, y el miedo a envolverse en la trampa como ocurriera a los dos jinetes hizo tomar a Arranes una drástica decisión. Apretando los dientes en un grito anticipatorio, descargó varias veces la espada sobre su propia mano hasta cortarla del brazo. La lengua viscosa se recogió entonces con el pequeño botín, dejando a Arranes tullido pero libre encima de la bestia.

Tan absorto andaba yo en las maniobras del tribuno que dejé pasar casi inadvertidas dos cabezas de serpiente rozándome por cada hombro. Gracias a los dioses ellas también me ignoraron como a una roca más de la caverna, pues no tenían otra orden que acudir en rescate de su bestia madre. Su Gaar se revolvía ahora de un lado para otro, chillando ensordecedoramente; bajo su peso trepidaban suelo y paredes desatando una sucesión de desprendimientos que amenazaba con provocar el total derrumbe de la cámara.

Arranes esperó aferrado a la blanca cresta del monstruo el momento idóneo, y cuando llegó no dudó en alzar su espada, esa espada nueva, sin historia ni deudas ancestrales, congregó todas las fuerzas remanentes de sus músculos en aquel brazo, y descargó una estocada profunda que hizo saltar la capa de escamas como cristales que estallan al golpe de un mazo. El hierro se hundió hasta la empuñadura entre los ojos de la criatura con una explosión de sangre negra y aceitosa, y el grito furioso de Arranes se fundió con el horrorizado de la muchacha desnuda, que ahora arañaba el aire en un gesto de escalofriante similitud con el de la bruja Aliksa.

El monstruo tardó algo más en lanzar su aullido espectral, como si fuera aquella, la sensación de caer herido ante un vulgar hombre, tan extravagante que le costara asimilar su doloroso sentido. Pero cuando lo hizo, la sacudida fue tan rotunda que Arranes salió despedido por los aires. Voló como un muñeco de trapo y, de nuevo, pude anticiparme al plúmbeo curso del tiempo para ver el destino que aguardaba a mi tribuno en cuanto su cuerpo diera con el suelo. Creo que grité, o al menos preparé el aliento en mi garganta para un grito, mas nada pude hacer para evitar que una puntiaguda estalagmita atravesara el tórax de Arranes de parte a parte.

Se quedó ensartado allí, cara abajo, vaciándose en los generosos torrentes de sangre de su vientre y su mano amputada. Pero no estaba muerto; los dedos de su mano derecha se abrían y cerraban como si aún buscaran la empuñadura de la espada para seguir asestando mandobles, y en cuanto me acerqué lo suficiente pude ver que sus ojos y sus labios buscaban un último interlocutor.

—¡Oh mi tribuno, oh mi tribuno! —era todo lo que mi lengua, ¡valiente colgajo inútil!, se mostraba capaz de pronunciar en aquel trance. Le tomé la cabeza, acariciando casi inconscientemente su melena rizada y sus barbas ya no tan bien cortadas. En mis manos agonizaba el héroe al que había entregado toda mi vida ¡y ni siquiera encontraba las palabras para acompañarlo en su espantoso dolor!

Aunque he de manifestar que no era dolor lo que hallé reflejado en aquel rostro. Nada tan prosaico. Era la suya una mirada anhelante de respuestas, anhelante de certezas que lo permitieran morir en paz.

—Celio Rufo… —logró decir, dejando escapar un hilo de sangre—. ¿Qué ha pasado?

Sentí mi alma encogerse y tuve que apretar los ojos para contener un estallido de lágrimas. ¿Tan perdido había quedado el pobre Arranes? ¿No era acaso consciente del lugar donde nos encontrábamos, de la misión, de todos los sucesos que habían preñado de horror los últimos días de nuestras vidas? Pero aún pudo seguir hablando:

—¿Está muerto?

Entendí que se refería a Su Gaar. La bestia, no lejos de Arranes pero fuera de su vista, habíase ahora sumido en un silencio quejumbroso y oscilante, mientras se dejaba mojar los labios por el llanto de la muchacha que había acudido a confortarla. Su abrazo constituía una estampa abominable para la sensibilidad y el juicio de cualquier hombre, tanto que no pude soportarlo y me volví de nuevo a Arranes.

—Morirá, tribuno —fue la respuesta que me pareció más justa con la verdad y la piedad.

Lo cierto era que la hidra parecía malherida, con la espada de Arranes aún incrustada en su cerviz y lanzando borbotones negros entre febriles estertores, ¡pero yo temía que su impía naturaleza, más cercana a los demonios del Hades que a los simples animales de la Tierra, la guardara de una muerte tan vulgar!

La audacia del ataque, sin embargo, debía haber causado tan hondo desasosiego en aquel espíritu feroz acostumbrado a las fáciles matanzas, que su bravura ciega se resquebrajaba como las filas de un ejército en retirada ante el descubrimiento de su propia vulnerabilidad. Tal vez el monstruo no moriría en aquel lance, no, pero el mensaje que había recibido en forma de acero afilado era claro y contundente: el sometimiento de los hombres ya no iba a serle servido en bandeja de plata. Roma había llegado a los confines de aquellas montañas, y la sumisión supersticiosa de los primitivos lugareños pronto sería reemplazada por el peso de la civilización y el poderío de la Legión.

Así que no me sentí mentiroso mientras intuía, más que veía, la inmensa silueta de Su Gaar escurriéndose de regreso hacia el piélago del que había emergido, rumiando su dolor y su humillación por dentro. También sentí las sombras de las serpientes deslizarse sobre mi cabeza para desaparecer en el interior de las mil galerías de la cripta, quizás con el anhelo de reunirse en alguna secreta cámara con el corazón herido de su inabarcable cuerpo y consolarse en un arrullo dragontino.

Alcé la vista solo una última vez para cerciorarme de que la muchacha de cabellos rojizos también se alejaba detrás de las rocas, aunque no lo hizo sin volverse antes hacia nosotros. El frío de su mirada crepitó en mi nuca erizándome el vello, y supe que si sucumbía al arrebato de encontrar mis ojos con los suyos mi vida terminaría allí mismo con un último latido congelado. Confortada, o quizá menos de lo que yo imaginaba, por la penosa agonía de Arranes, la muchacha reanudó sus pasos tras el rastro viscoso de su amante.

—Celio, ahora…—La voz del tribuno se iba apagando, igual que el brillo de sus ojos—. Debes ir… y contárselo.

—Así lo haré, tribuno. Lo juro.

Los dedos de su mano derecha quedaron inmóviles. Así supe que Arranes había muerto.

—Lo juro —repetí, llorando.

Los párpados del vascón habían quedado entornados y los cerré con la mayor suavidad. Aquellas pupilas ya habían visto demasiado, y merecían un descanso.

Pensé, por supuesto, en liberar al tribuno de la estalagmita para darle sepultura entre unos guijarros o al menos dejarlo yacer honrosamente sobre la húmeda roca. Pero la caverna se estremeció súbitamente con un alarido sufriente de Su Gaar y decidí que no valía la pena poner mi vida también en riesgo. Y acaso, ¿qué tumba podría cavar que fuera más profunda que aquella cripta donde nos encontrábamos? Nadie perturbaría el sueño de Arranes durante milenios, eones quizás. Los dioses de la Tierra y las Profundidades habían creado esa estalagmita, a lo largo del tiempo y con un paciente goteo, justamente para dar muerte al hijo de Arbiscar. Los designios se habían cumplido y el orden de las cosas se encontraba en equilibrio.

Era momento de marchar.

«Debes ir y contárselo». ¿A quién se había referido mi tribuno? ¿Al procónsul Pompeyo, o más bien a su soñada Belartze? Tal vez no pensara en nadie determinado, y en todo el mundo a la vez. A fin de cuentas Arranes siempre había aspirado a un lugar en la historia, y justo era reconocérselo después de su aventura trágica.

Eché a correr, sin calcular siquiera cuál debía ser la galería que condujera a la salida. ¡Y cómo corrí! Tomé la primera boca que parecía ascender y me lancé en un galope ciego que hizo dar mis huesos con el suelo en continuos resbalones, mas ya no había oscuridad ni magulladura que pudiera detenerme.

Es posible, aunque no lo recuerdo, que todo el tiempo fuera gritando como un poseso, ¡pues aquel era el momento en que el ariete de la locura quebraba al fin la muralla de mi seso y lo tomaba al asalto para no dejarlo ya más!

Al cabo de cierto rato, que sería incapaz de determinar, me tropecé con los restos inertes de dos legionarios. Confieso que no me detuve a honrarlos ni les dediqué el más fugaz pensamiento, pues mi vista se fijó de inmediato en un hachón todavía palpitante que permanecía agarrado por un brazo —¡digo bien, un brazo solamente!— sobre el suelo. Insuflé aquella agonizante llama con mi aliento desesperado y con la ayuda de algún dios misericordioso logré reavivar la lumbre necesaria para poder ver dónde pisaba.

Rearmado de esperanza continué mi marcha, esta vez guardando la prudencia suficiente para detenerme en cada bifurcación y comprobar las marcas de la pared. ¡Puedo decir que Arranes, incluso después de muerto, me había salvado la vida nuevamente gracias a su ocurrencia de las señales! De no ser por ellas creo que todavía hoy se escucharía el eco de mi lamento como un espíritu errante por los remotos recovecos de aquel laberinto megalítico.

Y ¡ay, querido Filipo!, este es momento de confesión vergonzante para mí. Ni siquiera hace unas horas, cuando hablábamos en tu cubículo al amparo de una lámpara de aceite, he reunido el valor suficiente para contarte lo que ahora consigno en tinta cobarde para que la historia me haga justicia. ¡Sí escuché tus voces clamando auxilio mientras buscaba la salida, ya lo creo que las escuché tan nítidamente como siento ahora los latidos apretados del corazón en mis sienes! Y estuve seguro de que era aquella tu voz, la voz del que antes fuera mi amante y ahora dejaba abandonado a su suerte en algún pasadizo siniestro de la gruta. ¡Si al menos pudiera decir que mis pies vacilaron, que me detuve un instante para dilucidar, que la culpa hizo temblar mis pasos durante el resto de camino al exterior! Pero no fue así…

En cuanto vislumbré el tenue resplandor de la neblina, inundando de fría luz diurna la boca principal de la cueva, me olvidé de todo lo que dejaba atrás con la misma rapidez en que nos olvidamos de los sueños al despertar. ¿Quién puede condenarme por ello? ¿No es el ansia de supervivencia, por más que egoísta y miserable, la única fuerza capaz de hacer andar a un moribundo, de convertir en audaz a un pusilánime, de transformar miedos en energía?

¡Vivir, vivir, vivir! Aquella era la única obsesión que me ocupaba mente y cuerpo. ¿Qué más puedo decir? Salí afuera, y ni siquiera cuando noté mis pies hundirse en la nieve —¡que me pareció cálida y reconfortante!— pude parar mi carrera. Seguí dando zancadas como si temiera aún que alguno de aquellos tentáculos con cabeza de serpiente fuera a emerger de la gruta para llevarme. Imagino que tomé nuestras propias huellas como camino a desandar, pero no puedo asegurarlo. Solo sé que me arrojé en una marcha alocada, al borde del ahogo, sin sentir piernas ni brazos ni frío ni dolor.

Anduve y anduve, y en algún lugar de una cañada blanca desfallecí.

EPÍLOGO

Roma no es un buen sitio para dormir. Al bullicio de sus gentes durante el día le sigue el estruendo de los carros por la noche, cruzando sus angostas callejuelas cargados de mercancías. Continuamente se quedan atascados en alguna esquina o desnivel, y las voces airadas de los carreteros se introducen sin remedio en las pesadillas de los hombres que habitan los edificios.

Incluso en el recogido cubículo de Filipo, donde a fuerza de susurros y humo viciado nos habíamos sumido en una especie de paz aletargada, asustaban de cuando en cuando los crujidos de los carros recordándonos que la ciudad nos esperaba al otro lado del muro, siempre despierta.

Todavía quedaban horas para el amanecer, pero nuestra conversación se estaba agotando como el sabor de las hierbas en la pipa de agua.

—Debo decir que al final tuve suerte —dijo el manco, asintiendo suavemente. Sus ojos brillaban cansados, enrojecidos—. No sé cómo pude hacerme un torniquete en el brazo… Tampoco sé cuánto tiempo pasé arrastrándome por esas galerías, completamente a oscuras… pero al final encontré la salida. Entonces pensé que la Fortuna me había sonreído.

—Nadie me dijo que te habían encontrado —alegué, honestamente indignado—. ¿Fueron los hombres de Asellio?

Durante las semanas siguientes a mi rescate, en los ratos en que no permanecía atado y amordazado en la enfermería por mis constantes ataques de pánico febril, pude hablar con algunos legionarios que me traían noticias de Sexto Asiello. Al parecer el centurión tenía el paso vedado a mis aposentos, aunque juraría haber visto su perfil canoso asomado sobre mi lecho en alguna noche de sudores fríos, observándome en silencio, calculando lo que mis ojos debían haber visto por los estragos causados en mi juicio. Nunca más hablé con él, por tanto, pero supe que había conseguido llegar con el trigo a tiempo de sofocar una inminente rebelión de los soldados. Pregunté si había contado algo acerca de un pueblo llamado Iturissa, allá en las montañas, pero mis informadores se encogían de hombros.

Entendí entonces que el veterano centurión se había juramentado con sus hombres para preservar la reputación de su cordura en su regreso a Olcairun. Nada de serpientes ciclópeas, nada de tormentas avérnicas, nada de gigantes con agallas en el cuello, nada de legionarios envenenados por viudas campesinas… Una simple emboscada, a manos de una tribu de las montañas particularmente salvaje e irreductible, había sido la causa del retraso y las bajas en la cohorte. Un ataque por sorpresa que había acabado con la vida, en brava lucha, de los dos tribunos al mando de la misión.

Claro que Pompeyo no podía ser tan estúpido como para aceptar aquella simpleza. Él había puesto en marcha la expedición y conocía mejor que nadie su cualidad siniestra, su vocación maldita desde su mismo origen. Sabía que ninguna tribu montañesa desconocida, por muy brava que fuese, podría acabar con una cohorte y media de la Legión tan rápidamente, y menos con la vida del extranjero más fiel a Roma que jamás hubo conocido, Arranes.

Pero la verdad, como suele suceder a menudo, no convenía a nadie, y el procónsul se apresuró en organizar una gran celebración por la llegada del trigo que mantendría los vientres llenos y las cabezas vacías hasta el reinicio de la contienda con Sertorio.

De lo único que se hablaba en el campamento, no sin cierto regocijo, era de la desaparición del tribuno Marco Arrio y su impenitente látigo. Solo algún legionario con más seso mostraba su inquietud por la desaparición de quien notablemente había sido nuestro contacto fiable con los lugareños, el tribuno Arranes. Pero el nombre del vascón, en gran medida gracias al mezquino silencio extendido sobre él por el Pompeyo como una lápida, pronto fue olvidado por una tropa que solo parecía mirar con cierta nostalgia el rincón del campamento que la turma de Gogor solía alborotar con sus fiestas y sus pestilentes comilonas.

Para la mayoría, la buena noticia, la única noticia en realidad, era que había llegado el trigo.

Lo que me contaron de Asellio, estaba diciendo, es que salió con cincuenta jinetes un día después de haber regresado a Olcairun. Partieron al alba y se los oyó volver ya entrada la noche, con los caballos reventados y mi cuerpo aún inconsciente y semi congelado cargado como un bulto inerte. Fue mi suerte el haber caído exhausto en una ladera fácilmente visible desde el camino, pues la valentía de

Asellio tenía un límite y este era el anochecer; nunca habría osado acampar en el bosque de Mari.

Durante mi convalecencia nadie pudo decirme nada concreto de la bolsa que llevaba a mi espalda cuando salí huyendo de la cueva —¡donde guardaba mis valiosos pergaminos!—, por lo que imaginé que o bien la extravié sin tener conciencia de ello durante mi vagabundeo o bien fue rescatada conmigo pero hecha quemar por Asellio para borrar todo rastro de nuestra tétrica aventura. ¡Ojalá hubiera podido también quemar los recuerdos en mi cabeza!

—Me rescataron los legionarios de Metelo —dijo Filipo.

¡Metelo, claro! El colega de Pompeyo en el proconsulado, al otro lado del Pirineo, debía haber conocido la suerte de su cohorte de intendencia en Urkullu y lógicamente habría enviado nuevos expedicionarios.

—Estaba al borde de la muerte —continuó evocando Filipo—, y me llevaron a su fuerte. Pasé todo el invierno con ellos. Luego querían mandarme a Roma, por ser un tullido, pero yo insistí en volver con las legiones de Pompeyo. Fue poco después de que mataran a Sertorio en Osca.

—Y no me encontraste allí —completé.

¿Cómo me iba a encontrar? Pompeyo quería echar tierra sobre el episodio de la expedición maldita y no desaprovechó la primera oportunidad de incluirme en un traslado de heridos a Tarraco. Allí pasé mis días hasta el final de la guerra, sin esperar nada de mi vida más que la llegada de cada amanecer y el final de mis pesadillas nocturnas. No me sorprendió conocer, un día, que el insigne centurión Sexto Asellio había muerto en el primer asedio de Calagurris, en extrañas circunstancias. Pompeyo se desprendía de su pasado para afrontar sin mácula los laureles de Roma…

—¿Y Belartze? ¿Qué se hizo de ella? —quiso saber mi interlocutor.

Me incorporé en el banco. Mis vértebras crujieron.

—No fue hasta mucho tiempo después que cumplí mi promesa —sonreí tristemente—. Porque creo que realmente era a ella a quien se refería Arranes en su última voluntad. Le escribí una larga carta, contándole todo del modo más heroico posible, y haciendo hincapié en los profundos sentimientos que el tribuno le profesaba. Pero luego rompí la carta. Era una locura. La cambié por un escueto mensaje que hablaba de los buenos sentimientos de Arranes hacia el pueblo vascón, y sin más detalles le pedía que le guardara en su memoria como un hombre valiente que entregó su vida por su tierra. Al cabo de varios meses regresó mi correo privado. Le había costado, pero finalmente había podido encontrar a Belartze y entregarle la carta. Estaba casada con un comerciante galo y tenía tres hijos. Sin embargo no halló rastro de Neko, que ya debía ser un muchacho en edad de guerrear. Quizás se hubiera alistado en la Legión, o hubiera sido tomado como esclavo. A veces sueño… —tragué saliva, sobrecogido— que me lo cruzo por las calles de Roma, encadenado junto a otros esclavos, y él se me queda mirando…

—Entonces debes saber que Pompaelo es ahora una gran ciudad —dijo Filipo. Su observación no era una simple banalidad para sacarme de mi agonía culpable—. Yo también he hecho algunas averiguaciones, como te puedes imaginar. Ya nadie en la región habla de monstruos ni sacrificios a dioses antiguos, al menos de puertas afuera. Así que lo conseguimos. Arranes lo consiguió, ¿no te das cuenta?

No quise responder. Mis pensamientos nadaban entre aguas ponzoñosas, y la luz de la esperanza no se filtraba por ellas.

—Celio Rufo… ¿no me has oído?

De pronto un grito nos estremeció, proveniente de la habitación contigua.

—¡Samir! —identificó Filipo, y saltó sobre sus pies empuñando una daga. Lo detuve.

—Son los agentes de Pompeyo. Nos matarán.

El manco me miró un instante.

—Mi conciencia está tranquila —dijo, y se zafó para correr hacia la otra sala.

¿Podía yo decir lo mismo? ¡No! Mi conciencia no descansaría en paz hasta que el nombre de Arranes y de la Quinta Cohorte de Olcairun fuera grabado en la memoria de Roma con los honores que merecía, pero otra pulsión más poderosa que el reconocimiento me llamaba a seguir los pasos de Filipo y arriesgar mi vida en una sucia trifulca si hacía falta. Era casi una necesidad física de batirme con mi destino cara a cara, piel contra piel, sin escondite donde retirarme ni parapeto con que defenderme. Además, ya había abandonado a Filipo una vez…

Mi daga había quedado sobre el pecho del esclavo durmiente horas antes, así que irrumpí en la oscura sala con mis manos desnudas. Encontré a Filipo forcejeando con un hombre de gran estatura envuelto en una capa. A sus pies yacía el cadáver degollado del esclavo Samir, y de pronto sentí una sombra moverse por los rincones de la habitación. Comprendí que era otro agente cuando vi el destello de su espada encaminándose hacia la espalda de Filipo.

—¡No! —grité, saltando sobre el asesino. Rodamos por el suelo y sentí el filo de su hierro rasgar mi túnica, pero de alguna forma terminé encima de él y con la espada en mi poder. Era un hombre calvo, de baja estatura y algo entrado en años, y su vida quizás hubiera merecido mi misericordia de no ser porque el brillo opaco de sus ojillos me hizo recordar otros ojos infernales…

De un espadazo atravesé su corazón. Luego, encendido de cólera salvaje, saqué el hierro y me volví hacia donde luchaba Filipo con el otro agente. Los dos trazaban círculos en el aire con sus dagas, bañándose de cortes superficiales pero esquivos al golpe definitivo. De pronto el intruso barrió los pies de Filipo con una patada y lo hizo caer sobre su tripa. ¿Cómo pude dejar que sucediera? No lo sé. Solo recuerdo que alcé mi espada y me lancé contra el asesino sin detenerme siquiera a respirar, pero mi embestida no llegó a tiempo. Las manos hábiles del agente, hechas a los crímenes rápidos y limpios, sujetaron la cabeza de Filipo por el pelo y le abrieron la yugular de parte a parte antes de que mi espada descargara sobre la nuca del asesino.

El agente cayó, su cabeza casi arrancada del tronco, sobre el cuerpo ya inerte de Filipo, formando sus géiseres de sangre un único torrente espantoso.

—Filipo —murmuré sobrecogido. Pero al momento me di cuenta de que no debía penar por él. Al fin se entregaba a la muerte que durante tantos años había perseguido sin éxito en las más cruentas batallas. Aparté el pesado volumen del asesino que lo aplastaba para mirar por última vez sus ojos, y los encontré plácidamente cerrados como los de un niño que duerme confiado en los brazos de su madre—. Adiós, Filipo.

Algunas voces se alborotaron en la calle y decidí que era hora de marchar. No tardarían en llegar nuevos agentes.

Salí no obstante por la puerta principal, con la espada manchada aún en mi mano e insólitamente tranquilo ante las miradas que se asomaban por las ventanas. El tiempo de huir ha pasado, me decía, y no voy a apurar mis horas finales en carreras furtivas.

Me quedaba una última misión, según lo entendía, y así tomé camino hacia mi casa para llevarla a cabo. La noche romana cruzaba su cenit entre el trasiego de los últimos carros y el aullido de los perros.

Fue un paseo largo hasta el Aventino. La intensa lluvia de la tarde había convertido en barrizales las oscuras callejuelas de la ciudad, y en algunos pasajes flotaba una fuerte pestilencia a basura mojada. Una extraña beatitud, empero, me invadía con cada paso y se diría que todos los peligros y asechanzas del conticinio se empequeñecían hasta desvanecerse ante mi avance seguro.

Divisé en lo alto del Palatino la silueta del Templo de la Magna Mater, casi recortada contra la luna, y pasé muy cerca de la imponente sombra del Circo Máximo antes de enfilar hacia los bloques de mi barrio. A tan alta hora de la madrugada apenas se veía palpitar algún candil insomne en las ventanas, mas agradecí aquella sensación de absoluta soledad entre los muros, como si la ciudad y yo nos hubiéramos retirado a un rincón vacío de la noche para otorgarnos una despedida íntima.

Porque sí, me estaba despidiendo de Roma. Vivo o más probablemente muerto, este cuerpo que tan fielmente me ha servido durante cuarenta años volverá pronto a Capua para descansar con sus parientes y sus antepasados.

Hoy mismo. En cuanto termine estas palabras que agotan ya mi octavo vaso de tinta y mi tercer rollo de pergamino. Me duele hasta el último hueso de mi espalda y ya no siento las articulaciones de mi mano derecha, pero ha merecido la pena.

La historia queda escrita aquí. Y, ardan estas telas en el fuego o queden olvidadas en un arcón polvoriento bajo siete candados, lo que ha sido escrito permanece en la memoria de los dioses para toda la eternidad.

El primer rayo del alba acaba de caer sobre mi pupitre, y juraría que he escuchado un cuchicheo afuera, en las escaleras. No voy a ponerme nervioso. No pienso gritar. Recogeré los rollos cuidadosamente, ordenaré mis instrumentos y aguardaré un rato.

Quizás no sean ellos, sino algún vecino que sale a trabajar. Quizás encuentre el camino libre cuando me asome más tarde, y pueda salir tranquilamente, cargado con mi mochila. No me costará tropezar con algún comerciante que emprenda rumbo a Capua esta misma mañana.

Tal vez me quede un poco de suerte, después de todo, y la sombra que ahora eclipsa la puerta, a mis espaldas, sea la de mi querido Ennio, que ha venido a buscarme preocupado por mi esquivo comportamiento.

Muy lejos de aquí, en el corazón de unas montañas siempre nevadas, duerme el sueño de los muertos un hombre que tuvo por nombre Arranes. A su lado hay una serpiente herida y una joven desnuda, que la acaricia y le canta.

NOTA DEL AUTOR

De sueños, legionarios, serpientes y otros aquelarres literarios

Hay libros que te obligan a que los escribas. Hay ideas que te asaltan por la espalda, te ponen un cuchillo en el cuello y te retan: ¿te consideras escritor? Pues *escribe*. Solo que en este caso no fue un cuchillo, sino más bien una espada corta, el arma de un tribuno romano. Y su voz me susurraba en dos lenguas, las dos muy antiguas, las dos extrañas y familiares a mis oídos en igual medida.

No tuve más remedio que escribir *Infierno nevado*. Mi vida estaba en juego. Mi vida literaria, al menos. La idea, el *mandato*, me esperaba agazapado en la página 241 del libro *Lovecraft, una biografía*, escrito por L. Sprague de Camp y publicado en nuestro país por la editorial Valdemar. Lo que allí se contaba era poco más que una anécdota perdida entre la vasta correspondencia del genio de Providence. Un sueño, de hecho. Pero uno «de claridad y viveza sobrenaturales», según explicaba el propio Lovecraft a su amigo Donald Wandrei: «un titánico avistamiento del horror oculto que con toda seguridad algún día emplearé en mis ficciones.»

Sin embargo, por alguna razón que desconocemos nunca llegó a hacerlo. Lovecraft no exploró más allá del fragmento de sueño consignado en la carta que acompaña a esta nota (y que espero que disfrutes, querido lector, como el remate perfecto a la experiencia onírico-literaria de este volumen). Perdido el interés en su idea, Lovecraft la cedió a otro de sus amigos, Frank Belknap Long, quien la interpretó con absoluta libertad en su novela corta *El horror de las colinas*. El biógrafo Sprague de Camp concluye: «Long escribió un trabajo competente, pero uno no puede menos de lamentar que Lovecraft no llevara a cabo su plan original.» Y ahí es donde el filo de la historia comenzó a rasgar mi yugular de aspirante a escritor...

Porque aquel no había sido un sueño cualquiera. La noche del 31 de octubre de 1927, Howard Phillips Lovecraft se imaginó formando parte de una cohorte romana en ascensión por los bosques al norte de Pompaelo, quinientos recios legionarios con la misión de abortar el inminente aquelarre de los montañeses y acallar así los rumores sobre el acecho de unos supuestos dioses primigenios…

Pamplona. Legiones. Monstruos innombrables. Y el esbozo de una historia que quedó en el tintero del mejor autor de horror de todos los tiempos. ¿Cómo rechazar un desafío así?

De modo que me dispuse a realizar mi propio aquelarre literario, invoqué al espectro de Lovecraft y paseé de su mano por los bosques de mis ancestros. Entre las hayas encontramos a las criaturas con las que había soñado; fue fácil, solo que ya tenían sus nombres propios. Nombres como Sugaar, la serpiente-dragón que habita en las simas profundas, o su consorte, la bella Mari, que cada viernes lo espera para yacer juntos mientras los lugareños lo celebran alrededor de una hoguera.

Porque la erudición de Lovecraft era colosal, pero no llegaba hasta los arcanos del folklore vasco y su mitología. Ni siquiera la palabra *aquelarre* aparece en su relato; pero, ¿qué mejor traducción podría hacerse de *sabbath*, por estos lares?

Lovecraft conocía el nombre de Pompaelo, pero quizás ignoraba que se lo había otorgado Pompeyo el Grande. Las fechas de la fundación de Pamplona coinciden a grandes rasgos con las apuntadas en su relato, a finales de la República. Aunque el asunto es aún objeto de debate histórico, se cree que Pompeyo acuarteló a sus tropas junto a una aldea vascona —quizás llamada Olcairun— para descansar de su campaña contra Sertorio y soportar el crudo invierno del 75 a.C.

Tirando de ese hilo, y como sucede a menudo en la documentación histórica, me encontré con el protagonista perfecto para completar el elenco imaginado por Lovecraft. Su nombre, Arranes, aparece junto con otros de origen vascón en el *Bronce de Áscoli*, el documento por el que se les reconocía la ciudadanía romana en agradecimiento a sus servicios bajo Pompeyo Estrabón. Aquellos vascones conformaban la *turma salluitana*, una misteriosa élite de jinetes de cuyo devenir no encontré más huellas. Por suerte, añado. Porque cuánto más estimulante fue lanzarse a escribir así, con apenas un puñado de datos que me clavasen a un mapa real, y explorar a mi antojo los gigantescos espacios en sombra donde a menudo prolifera el liquen de lo fantástico y lo inesperado. ¿Cómo podría *Infierno nevado* ser considerada una novela histórica? Lo que se espera de una novela histórica es que enseñe, esclarezca, racionalice, desmitifique, mientras que la novela fantástica se empeña justo en lo contrario: poner en cuestión, oscurecer, mistificar, problematizar.

Lo más cómodo, quizá, sería encajar este libro en una estantería de *fantasy*. Quién podría discutirlo. Qué mejor compañía que las rampantes fantasías medievalistas a lo Tolkien, aunque se encuentren muy lejos de mis referencias reales. Hay magia. Hay seres mitológicos. *Ergo* es fantasía.

Pero, ¿y el horror? Porque *Infierno nevado* fue alumbrada, ante todo, como un homenaje al gran sublimador del género, Howard Phillips Lovecraft. Desde luego, en estas páginas hay horror. Aunque quizá no tan cósmico ni tan materialista. Demasiada testosterona. Me pregunto si no se esconderá ahí la razón por la que Lovecraft nunca quiso abordar la escritura de su sueño. Porque claro, ¿cómo mantenerse distinguidamente sensible al horror insondable, entre quinientos hombres malhablados, sanguinarios, apestosos y cubiertos de fango hasta las cejas?

Por otra parte, la historia que aquí se narra bien podría explicarse en clave de terror psicológico, pues ¿no han sido siempre el bosque y sus grutas símbolos poderosos del inconsciente y de *lo siniestro*? Incluso cabría una lectura política del relato, tan obvia que me abochorna sólo pensarla...

¿Cuál es entonces la estantería adecuada para este libro?

Mi respuesta personal es... todas y ninguna.

Honestamente, creo que la única manera de valorar con justicia *Infierno nevado* es como un puro ejercicio *kitsch*. Si imitar el estilo de Lovecraft ya implicaba algunos rasgos *kitsch* como el uso de lenguaje arcaizante o la sobreexposición del efecto terrorífico (obviamente, Lovecraft evita la etiqueta por la radical originalidad de sus relatos, refundadores del género, y por su absoluta despreocupación de los gustos populares), mi adaptación pompeyo-vasconizada suponía una ruidosa doble vuelta de tuerca en el mecanismo del pastiche. Tanto en la voz narradora como en los elementos argumentales, tuve claro desde el principio que trabajaba con materiales ajenos; mi único objetivo era por tanto dar con una intersección nueva, un cruce que no se hubiera explorado y en el que pudiera saltar algún chispazo de originalidad, con suerte, pero hacerlo sin abandonar el viejo y transitado camino del relato de aventuras. Ni más, ni menos.

Era un disparate, un trabajo de encargo que nadie me había encargado, pero creo que el esfuerzo valió la pena. No, no lo *creo*. A estas alturas, ya estoy seguro. Y no porque los lectores de *Infierno nevado* sigan aumentando y escribiéndome de tanto en tanto para preguntarme —un tanto mosqueados— por qué no he seguido por esa línea histórica en mis siguientes escritos; estoy seguro, sobre todo, porque diez años y cuatro novelas después, la historia del escribano Celio Rufo y del malhadado tribuno Arranes me sigue encantando, y no al modo de un fantasma que se niega a abandonar su antigua casa, sino con la fascinación del primer encuentro: el autor y sus personajes, antorcha en mano, conociéndose entre las brumas de una historia aún no escrita.

Todavía hoy —hoy más que nunca, en realidad— soy capaz de emocionarme con la arenga final de Arranes, ese jinete sin patria, *iluminado* por la visión de Roma, justo antes de acometer el último tramo de su viaje, el que les llevará hasta las profundidades del mismo infierno.

Nosotros somos el espíritu del hombre, renacido de sus cenizas. ¡Somos la luz en la oscuridad!

Que los dioses, primigenios o paganos, te guarden por siempre en su reino, tribuno Howard.

ISMAEL MARTÍNEZ BIURRUN
Madrid, 5 de enero de 2015

CARTA DE HOWARD PHILLIPS LOVECRAFT A DONALD WANDREI

(Traducción de Ismael Martínez Biurrun)

Querido Melmoth:

¿Así que estás ocupado, ahondando en el turbio pasado de aquel insufrible joven asiático, Varius Avitus Bassianus? ¡Bah! ¡Existen pocas personas a las que deteste más que a esa maldita rata siria!

En cuanto a mí, últimamente me he dejado arrastrar a los tiempos de Roma por la Eneida de James Rhoades, una traducción que nunca había leído, mucho más fiel a P. Maro que cualquier otra versión en verso que haya visto, incluida la de mi difunto tío Dr. Clark, que no llegó a ser publicada. Esta diversión virgiliana, junto con los espectrales pensamientos propios de la Víspera de Todos los Santos y sus rituales de brujería en las colinas, me produjeron la noche del pasado lunes un sueño romano de claridad y viveza sobrenaturales, un titánico avistamiento del horror oculto que con toda seguridad algún día emplearé en mis ficciones. Los sueños de Roma no fueron una característica infrecuente de mi juventud; aquellas noches solía seguir al Divino Julio por toda la Galia como tribuno militar; pero hacía tanto tiempo que había dejado de experimentarlos, que el de esta noche me ha impresionado con extraordinaria fuerza.

Era un llameante crepúsculo en la diminuta ciudad provincial de Pompelo al pie de los Pirineos, en la Hispania Citerior. El año debía ser de finales de la República, puesto que la provincia todavía estaba gobernada por un procónsul senatorial en vez de un delegado pretoriano de Augusto, y era el día primero antes de las Calendas de Noviembre. Las colinas se alzaban escarlata y oro hacia el norte de la pequeña aldea, y el sol del oeste brillaba vigoroso y místico sobre los edificios de piedra y yeso del polvoriento foro, también sobre la empalizada del circo, hacia el este. Grupos de ciudadanos —colonos romanos de frente ancha y nativos romanizados de pelo grueso, junto con los inevitables híbridos de ambas sangres, todos vestidos con togas de lana vulgar, así como los resplandecientes legionarios y los Vascones, lugareños de barba negra y manto recio sobre el hombro— atestaban las calles pavimentadas alrededor del foro, movidos por una vaga y enfermiza inquietud.

Yo mismo acababa de descender de una litera que los porteadores ilyrios habían traído con prisa desde Calagurris, en la ribera sur del Ibero. Al parecer yo era un cuestor provincial llamado L. Caelius Rufus, y había sido llamado por el procónsul, P. Scribonius Libo, que había llegado unos días antes desde Tarraco. Los soldados pertenecían a la quinta cohorte de la XII legión, bajo el tribuno militar Sex. Asellius. El legado de la región, Cn. Balbutius, también había llegado desde Calagurris, donde se encontraba el cuartel general permanente.

El motivo de la reunión era un horror que anidaba en las colinas. Todos los aldeanos estaban asustados, y habían suplicado el envío de una cohorte desde Calagurris. Era la Terrible Estación de otoño, cuando a las aldeas llegaba el rumor de las estremecedoras ceremonias que preparaban los salvajes de las montañas. Eran el pueblo antiquísimo que habitaba en lo más alto de las colinas, hablantes de un lenguaje tan abrupto que ni si quiera los vascones podían entenderlo. Casi nunca se dejaban ver, pero una vez al año enviaban mensajeros de ojos achatados y piel amarilla —recordaban a los pequeños escitas— para negociar con los mercaderes a través de gestos; y cada primavera y otoño celebraban sus infames rituales en las cumbres, con sus aullidos y altares de fuego alzados para terror de las aldeas circundantes. Siempre sucedía igual: la noche antes de las Calendas de Mayo y la noche antes de las Calendas de Noviembre. Paisanos de la región desparecían justo antes de aquellas noches, y nunca se volvía a saber de ellos. Y se rumoreaba que los pastores y granjeros locales no eran precisamente ajenos a las ceremonias del pueblo antiguo; más de un cobertizo se quedaba vacío durante las medianoches de los dos horribles sabbath.

Este año el horror era aún mayor, porque la gente sabía que la ira del pueblo antiguo apuntaba hacia Pompelo. Tres meses antes, cinco de los pequeños comerciantes de ojos rasgados habían descendido de las montañas, y tres de ellos habían resultado asesinados en medio de una reyerta en el mercado. Los dos restantes habían partido, sin decir nada, de regreso a las montañas... Y este otoño ninguno de los aldeanos había desaparecido. Existía una amenaza en esta inmunidad. No era propio de los antiguos escatimar víctimas para sus sacrificios. Era demasiado bueno para ser cierto, y los lugareños andaban asustados.

Durante muchas noches se escucharon oscuros tambores en las colinas, hasta que el edil Tib. Annaeus Stilpo (de sangre mestiza) ordenó a Balbutius que fuera a Calagurris en busca de una cohorte para acabar de una vez con los terribles sacrificios nocturnos. En un principio Balbutius se había negado, con el argumento de que los miedos de los aldeanos carecían de objeto, y que los repugnantes ritos de los salvajes de las colinas no eran asunto de Roma a menos que sus propios ciudadanos se vieran amenazados. Yo, sin embargo, que al parecer era un amigo íntimo de Balbutius, me mostré en desacuerdo con él. Le expliqué que había estudiado en profundidad aquellas tradiciones siniestras y consideraba al pueblo antiguo muy capaz de infligir un castigo innombrable a la ciudad, que después de todo era un asentamiento romano y contenía un gran número de nuestros ciudadanos. La propia madre del quejumbroso edil, Helvia, era una romana pura, hija de M. Helvius Cinna, quien había llegado con el ejército de Escipión. En consecuencia, hice llegar una carta al procónsul a través de un esclavo —un griego vivaracho llamado Antipater—; Scribonius tuvo en cuenta mi súplica y ordenó a Balbituis que enviara a su quinta cohorte hacia Pompelo, bajo el mando de Asellius, con la misión de incursionar en las nebulosas colinas durante la víspera de las Calendas de Noviembre y extinguir cualquier orgía inconcebible que pudieran encontrar, trayendo a tantos prisioneros como pudiera a Tarraco para el próximo juicio ante el propretor. Pero Balbutius seguía poniendo reparos, así que se hizo necesaria más correspondencia. Tanto escribí al procónsul que logré interesarlo profundamente, hasta que decidió hacer una investigación personal de aquel horror. Así que se dirigió con sus lictores y sus asistentes a Pompelo, donde escuchó suficientes rumores para quedar tremendamente impresionado y preocupado, y se reafirmó en su determinación de extirpar aquellos rituales. Deseoso de contar con alguien que hubiera estudiado el asunto, me ordenó acompañar a la cohorte de Asellius. Balbutius, por su parte, también había venido para defender su opción contraria, pues estaba convencido de que una acción militar drástica agitaría el sentimiento de malestar entre los Vascones, tanto los aldeanos como los ciudadanos.

De modo que allí estábamos todos, bajo el místico atardecer otoñal: el viejo Scribonius Libo en su toga pretexta, la luz dorada bañando su calva y su arrugada cara de halcón, Balbutius en su resplandeciente coraza, los labios apretados hasta azulear en una mueca obstinada, el joven Asellius con sus grebas bien pulidas y su sonrisa de superioridad, y una curiosa multitud de aldeanos, legionarios, vecinos, lictores, esclavos y sirvientes. Yo vestía una toga común, y al parecer no tenía ninguna distinción. Y por todas partes rebullía el horror. Las gentes del lugar apenas se atrevían a alzar la voz, y todo el séquito de Libo, que llevaba allí casi una semana, parecía haber sido poseído también por el miedo. El mismo Scribonius se mostraba taciturno, y las voces vivaces de los que llegamos más tarde le resultaban tremendamente molestas e inadecuadas, como si nos encontráramos reunidos en el panteón de algún dios místico.

Entramos en el pretorio y sostuvimos una grave

conversación. Balbutius insistió en sus objeciones, y fue apoyado por Asellius, que parecía profesar un gran desprecio hacia los nativos, pero al mismo tiempo consideraba desaconsejable excitarlos. Ambos soldados sostenían que podíamos permitirnos la enemistad de una minoría de colonos y nativos civilizados por nuestra inacción, pero no enemistarnos con una mayoría de lugareños y campesinos si acabábamos con aquellos ritos ancestrales.

Yo, por otra parte, repetí mi exigencia de acción, y me ofrecí a acompañar a la cohorte en cualquier expedición que emprendiese. Señalé que los bárbaros Vascones eran en todo caso un pueblo turbulento y de poco fiar, por lo que tarde o temprano se haría inevitable alguna escaramuza con ellos, independientemente de lo que decidiéramos ahora. Recordé que nunca habían sido un enemigo peligroso para nuestras legiones, y que haríamos mal en permitir que unos bárbaros interfiriesen en las decisiones de los representantes de Roma, cuando se trataba del prestigio y la justicia exigidos por la República. Y que, por otro lado, el éxito de la administración de una provincia como aquella dependía sobre todo de la seguridad y la complicidad de los elementos civilizados, en cuyas manos reposaba la maquinaria local del comercio y la prosperidad, y por cuyas venas corría una porción de nuestra propia sangre italiana. Estos, que en cifras solo eran una minoría, eran el elemento estable en cuya constancia podíamos confiar, y cuya cooperación serviría para sellar definitivamente el lazo entre la provincia y el Imperio del Senado y el Pueblo Romano. Era al mismo tiempo un deber y una conveniencia ofrecerles protección como a cualquier ciudadano romano: incluso (y aquí lancé una mirada sarcástica a Balbutius y Asellius) si hacerlo suponía un pequeño esfuerzo y una momentánea interrupción de las actividades habituales del campamento, tales como jugar a las damas o montar peleas de gallos. Debido a mis estudios, tenía razones para creer que el peligro que se cernía sobre Pompelo era real. Había leído muchos rollos de papiros en Siria y Egipto, y en las crípticas ciudades de Etruria, y había hablado largamente con el sumo sacerdote de Diana Aricina en su templo de los bosques, cerca de Lacus Nemorensis. Existían espantosas maldiciones que podían ser conjuradas desde los sabbath de las montañas; maldiciones que no deberían existir nunca en los territorios gobernados por Roma. Y permitir orgías de la clase que se celebraban en los sabbath no estaría en consonancia con lo sucedido en la época de nuestros antepasados, durante el consulado de A. Postumius, cuando muchos ciudadanos romanos fueron ejecutados por la práctica de bacanales, un hecho siempre guardado en la memoria del Senatus Consultum de Bacchanalibus, grabado en bronce y expuesto a los ojos del mundo. Por otra parte, mientras los rituales no lograran invocar ninguna fuerza capaz de doblegar a un pilum romano, resultaría extraordinariamente fácil para una cohorte acabar con aquellos sabbaths. Solo los participantes deberían ser arrestados; dejar marchar a los espectadores serviría para atenuar el resentimiento que sus simpatizantes pudieran mostrar. En resumen, tanto los principios como la conveniencia política demandaban una acción firme, y yo no dudaba de que Publius Scribonius, teniendo en mente la dignidad y las obligaciones del Pueblo Romano, se mantendría firme en su plan de enviar la cohorte, conmigo de acompañante, por mucho que las objeciones de Balbutius y Asellius (hablando más como provincianos que como romanos) se empeñaran en ofrecer.

El sol ya casi tocaba el suelo, y la silenciosa ciudad parecía envuelta en un halo irreal y maligno. Por fin, el procónsul P. Scribonius dio la aprobación a mis palabras y me asignó a la cohorte con el rango provisional de centurio primipilus; Balbutius y Asellius se mostraron de acuerdo, el primero con más elegancia que el segundo. Mientras el crepúsculo se derramaba por las salvajes laderas otoñales, un horrible y monótono batir de tambores se alzó a lo lejos en un ritmo estremecedor. Algunos de los legionarios se retrajeron, atemorizados, pero bastó un grito del oficial para devolverlos a su lugar, y al poco tiempo toda la cohorte se alineaba para salir por la explanada este del circo.

Libo en persona, así como Balbutius, insistieron en acompañar a la cohorte; pero supuso una gran dificultad encontrar a un nativo que nos sirviera de guía por los caminos de las montañas. Finalmente un joven llamado Vercellius, hijo de padres romanos, accedió a conducirnos hasta el pie de las colinas malditas. Comenzamos a marchar en la recién inaugurada oscuridad, con el plateado filo de la luna temblando sobre los bosques a nuestra izquierda. Lo que más nos inquietaba era el hecho de que el sabbath iba a celebrarse a pesar de todo. La noticia de nuestra cohorte ya debía de haber alcanzado las colinas, y la falta de una decisión final no haría el rumor menos alarmante; sin embargo, ahí estaban los tambores, siniestros y orgullosos, como si los celebrantes tuvieran alguna razón para no importarles lo más mínimo si las fuerzas del Pueblo Romano marchaban contra ellos o no.

El sonido se hizo más fuerte al tiempo que nos adentrábamos por una brecha en las montañas, encajados entre empinadas vertientes boscosas cuyos árboles se revelaban extraños y fantásticos a la luz vibrante de nuestras antorchas. Todos iban a pie salvo Libo, Balbutius, Asellius, dos o tres de los centuriones y yo, y al cabo de un rato el camino se hizo tan estrecho y escarpado que quienes montábamos tuvimos que abandonar nuestros caballos; un escuadrón de hombres se quedó para vigilarlos, aunque era poco probable que las bandas de ladrones se atrevieran a salir en semejante noche de terror.

De vez en cuando nos pareció detectar una forma escurridiza entre los bosques colindantes, y después de una hora y media de escalada el ángulo y la angostura de la pendiente hicieron el avance demasiado difícil para un importante grupo de hombres, alrededor de trescientos. Entonces, con absoluta y horrible brusquedad, escuchamos un aterrador sonido desde abajo. Provenía de los caballos abandonados, pero se trataba de gritos, no de relinchos. Gritos. Y no se distinguía ninguna luz allí abajo, ni se escuchaba el sonido de ninguna persona, nada que diera cuenta de lo que había sucedido.

Al mismo tiempo, unas hogueras fueron prendidas en lo alto de los picos adonde nos dirigíamos, así que el terror nos acechaba igual por delante que por detrás en nuestro camino. Cuando buscamos al joven Vercellius, nuestro guía, solo encontramos un cuerpo inerte y arrugado en mitad de un charco de sangre. En su mano llevaba la espada corta que había robado del cinturón de D. Vibulanus, un subcenturión, y en su cara había tal expresión de terror que hasta los soldados veteranos palidecieron con solo verla. El desgraciado se había suicidado cuando los caballos comenzaron a gritar… Él, que había nacido y vivido toda su vida en aquella región, y que conocía bien las historias de las montañas.

De pronto todas las antorchas comenzaron a languidecer, y los gritos de los legionarios asustados se mezclaron con los gritos incesantes de los caballos. El aire se hizo perceptiblemente más frío, mucho más de lo que es habitual a comienzos de noviembre, y parecía removido por unas terribles ondulaciones que no pude evitar asociar con el batir de gigantescas alas. La cohorte al completo permaneció inmóvil, y mientras las antorchas se extinguían observé lo que tomé por fantásticas sombras dibujadas en el cielo por la espectral luminosidad de la Via Lactea en su fluir a través de Perseo, Casiopea, Cepheus y Cisne.

De súbito, todas las estrellas fueron borradas del cielo, incluso las brillantes Deneb y Vega allí en frente, así como la solitaria Altair y Fomalhaut por el otro lado. Y cuando todas las antorchas murieron, solo permaneció sobre la condenada y vociferante cohorte la venenosa luz de los altares de fuegos alzados en las cumbres; de rojo infernal, ahora silueteaban las colosales, locas y convulsas formas de unas bestias sin nombre como ningún sacerdote phrygiano o anciana sacerdotisa de

Campania hubiera imaginado nunca en sus cuentos
furtivos. Y por encima de los atormentados gritos de
hombres y caballos, aquel demoniaco toque de tambores
se elevó hasta un grado atronador, mientras un
viento helado, consciente y deliberado, descendía
desde aquellas aborrecibles alturas y se enroscaba
alrededor de cada hombre por separado, hasta que
toda la cohorte forcejeaba y gritaba en la oscuridad,
como en representación del destino de Laocoonte y sus
hijos. Solo el viejo Scribonius Libo parecía
resignado. Murmuró unas palabras en medio del
griterío, que todavía resuenan en mis oídos. Malitia
vetus... malitia vetus est... venit... tandem venit...

Y entonces desperté. Fue el sueño más vivido que
he tenido en años, como excavado en los pozos más
olvidados e intactos de mi subconsciente. Del destino
de aquella cohorte no hay noticia en los libros de
historia, pero la ciudad al menos logró salvarse,
pues las enciclopedias hablan de la supervivencia de
aquella ciudad de Pompelo, bajo el nombre español
moderno de Pompelona...

Tuyo por la Supremacía de los Godos
C. IVLIUS.VERVS.MAXIMINVS.

PASO DEL PIRINEO
OCCIDENTAL
SIGLO I A.C.

IMUS PYRENEUS
(ST. JEAN-LEVIEUX)

AQUITANIA

URCULU

VASCONIA

SUMUS PYRENEUS
(PUERTO DE IBAÑETA)

BOSQUE DE MARI
(SELVA DE IRATI)

ITURISSA
(ESPINAL)

Río Ulzama

Río Arga

Río Erro

Río Urrobi

Río Irati

OLCAIRUN
(PAMPLONA)

N

0 ⸻ 10 Km

------------- *Frontera actual de Navarra con Francia*

SOBRE EL AUTOR

Pamplona, 1972

Es uno de los autores más reconocidos del nuevo género fantástico español. Publicó Infierno nevado, su primera novela que ahora reedita Sportula, en 2006. A esa le seguirían Rojo alma, negro sombra (2008), Mujer abrazada a un cuervo (2010), El escondite de Grisha (2011) y Un minuto antes de la oscuridad (2014).

Con clara predilección por la fantasía oscura y el terror (es miembro de NOCTE, la asociación española de escritores de terror), ha sido finalista en dos ocasiones del premio Ignotus. Entre sus otros galardones se encuentran el Premio Celsius y el Nocte. También ha participado en diversas antologías de relatos.

BIBLIOGRAFÍA

2006

Infierno Nevado (Equipo Sirius)

2008.

Rojo alma, negro sombra (451 Editores)

2010

Mujer abrazada a un cuervo (Salto de Página)

2011

El escondite de Grisha (Salto de Página)

2014

Un minuto antes de la oscuridad (Fantascy)

2015

Infierno nevado (Sportula)

SPORTULA

Todos los libros tienen edición electrónica. Aquellos marcados con (*) también han sido editados en papel.

Printed in Great Britain
by Amazon